U0937928

林中散记

王嘉龙 著

中国电影出版社
二〇一五·北京

图书在版编目（CIP）数据

林中散记／王嘉龙著．—北京：中国电影出版社，2015.10

ISBN 978-7-106-04280-6

Ⅰ.①林… Ⅱ.①王… Ⅲ.①散文集—中国—当代 Ⅳ.①I267

中国版本图书馆 CIP 数据核字（2015）第 238790 号

责任编辑：纵华跃

封面设计：品序文化

版式设计：未名池

责任校对：张莉娜

责任印制：张玉民

林中散记

王嘉龙　著

出版发行　中国电影出版社（北京北三环东路 22 号）邮编 100029

电话：64296664（总编室）　64216278（发行部）

64296742（读者服务部）　Email：cfpygb@126.com

经　　销　新华书店

印　　刷　北京易丰印捷科技股份有限公司

版　　次　2015 年 11 月第 1 版　2015 年 11 月第 1 次印刷

规　　格　开本/710×1000 毫米　1/16

印张/15.5　字数/220 千字

书　　号　ISBN 978-7-106-04280-6/I.1029

定　　价　38.00 元

目录
CONTENTS

森林、森警与我
（代序）

森林和我的生命是不可分的。我自幼成长在内蒙古大兴安岭林区，幼时的双眼里除却家的世界便是山林的世界，就连母亲拍打我入睡的摇篮曲都是“山风吹，树儿摇，宝宝快睡觉”。而许多大人用来吓唬孩子的话通常也是“不听话，山上的白脸狼就来了”。及至长到可以跟随大人进到林子里去的时候，我更是为那苍翠的山林和山林里五颜六色的野花、野果、鲜蘑以及蹦蹦跳跳跃入眼帘的动物们所吸引。到了上学的年龄，学习写作文，我在作文本上一笔一画地写下“我要把鲜艳的国旗插到山峰顶上，要和蓝天白云比个高低”。

我是在28岁那年离开那个林区小城的。但是我并没有离开大山和森林，反而因了职业的关系，有幸去接触与亲近更多的森林。大小兴安岭自不必说，长白山、燕山、大青山、贺兰山、祁连山、阿尔泰山、喜马拉雅山、高黎贡山、大小凉山都曾留下我流连忘返的足迹。

大森林素以浩瀚粗犷著称，一座座高耸陡峭的山峰，一片片向天而立的树木，不惧严寒酷暑，不畏风霜雨雪，不怕雷劈电闪，纵是深陷火海，它也要在烈火中舞蹈，在烈火中涅槃。

大森林又不独是雄性强悍的，它还兼有母性温柔清婉的一面。一片新绿的美，五颜六色的美，披了皑皑白雪的那种素颜纯净的美惊喜了多少世人的眼睛，柔软了多少诗人的心。大森林就是一位成熟的母亲，在她的怀抱中孵育着万千的生物，清澈的森林河在山涧里蜿蜒流淌。大森林的品格就是这样的兼容并包，从不排斥拒绝不同种类不同形体以不同方式浸入她生命体的任何事物，也从不受不良物的玷污与影响，而是孜孜不倦地吸收着有益的营养使自身和她怀抱中的万千生物茁壮成长。

与父辈早年就在大森林里闯荡有关，与自己自幼就受到大森林风雨浸润有关，我的人格发展以及为人处世的方式都深深地打下了大森林的印记。血液中骨子里都张扬着那种直通通的旷达爽直，擀面杖捅炉子直来直去不拐弯，不工心计，不会设防。与人相交，以善相待，以情为重，虽然有时被算计被计较，过后自己醒悟归醒悟，教训却并没有吸取多少，在新的教训面前，只无奈地叹上一口气："唉，就是这个林区人的性格了！"但我并不以这种性格为耻，反而以这种品性为荣。在大森林勃勃生机的氛围熏陶中，我日渐养成了豁达、乐观、坚韧、向上的品格。在生活中不畏惧艰苦，在工作中不畏惧困难。像山风鼓荡起的林海波涛一样，我的心中充满了激情澎湃的理想。我把大森林当作我的良师益友，当作我的故乡家园。每当我从喧闹的城市走进大森林，我的心就会格外地愉悦格外地沉静。安静下来的头脑，能把很多困惑不解缠绕纠结的事情想开想透，顿觉豁然开朗。所以，我理解了梭罗的《瓦尔登湖》为什么会那样的沉静与优美。

大森林是美丽与慈爱的，对于包括人类在内的万千生物是做着母亲一样的贡献的。但是，她在人类的斧锯枪弹甚至小小的烟蒂面前，在恶魔般的火灾面前，又是无比的柔弱。她需要热爱她的人来保护她呵护她。这样，一个堪称伟大的职业诞生了，这就是森林警察。我国的森林警察是世界上唯一的一支以防火灭火保护森林为己任的专业武装部队。

森警部队自1948年诞生，近70年来，虽然在体制编制上几经调整，隶属关系多次转换，但护林防火的主业始终没有变。特别是1978年以后，随着部队实行义务兵役制，扑救森林火灾的职责任务更加突出。一场场熊熊的山火锤炼着这支部队锻造着这支部队，一代代官兵在血与火、生与死的拼搏中成长。

如今的森警部队是相当地壮大了，部队遍布东西南北重点林区。卫星监测、北斗导航、直升机、全道路装甲运兵车、水灭化灭相结合，地面与空中相配合，扑灭森林火灾的能力效率大大提高，森警部队以其卓著的战绩名扬四海。而回首往昔，森警部队却鲜为人知，走过了相当长一段默默无闻艰苦寂寥的岁月。特别是职业制时期，老森警们住地窨子，住伐木人早年废弃的木刻楞，住临时搭建的撮罗子。巡山时是一人一匹马一人一杆枪，打火时是手中一把树条子。野外宿营地当床天当房身上裹件棉衣裳，啃窝头吃咸菜，喝草塘里的水。经年累月的艰苦生活和身体的透支，使得老森警们人人都落下一身的疾患。更早的不说，单就1963年的那批森警，活到60岁的只能以个位数计。虽然环境与条件如此艰苦，任务又十分险恶，但是森警官兵们任劳任怨，甘于寂寞，甘于奉献，没有人开小差，没有人当逃兵。他们觉得既然当了森警，就应当在这林子里吃这份苦遭这份罪，就应当把自己的一百多斤交给大山交给森林，他们觉得这是职业的需要，理所当然。老森警们文化都不高，甚至有的只会歪歪扭扭地写下自己的名字。他们是一群敏于行而讷于言的人，不事张扬，更不懂得自我宣传。世人知我我是我，世人不知我还是我。这是那个年代老森警们人人心中秉持的一个信念。在上世纪大兴安岭那场著名的1987年“5.6”特大森林火灾之前的几十年里，报纸上广播里几乎没有关于这支部队的任何消息。森警部队就像地处人迹罕至的一座座大山一样，甘于寂寞，敦厚笃实，就像风雨雷电中的浩瀚森林一样，披肝沥胆，默默奉献，森警战士们就像深山里生长着的小草，不求人知，但很顽强。但当大兴安岭漠河那场特大森林火灾发生时，当人民生命财产和国家宝贵的森林资源遭到空前劫难时，森警战士们却冲在了火场第一线，他们的坚韧果敢与娴熟的扑火技能方为世人所知。但是记者们报道这支部队时，却还说不清他们的准确名称，有的把他们写为“森林火警”，有的干脆称他们为“火场上的红孩儿”。

1987年5月6日是大兴安岭森林的劫难日，也是森警部队浴火重生的纪念日。从这一天起，高层领导开始关注这支隶属于林业企业的武装警察部队，亲临火线的国务院领导在写给中央的报告中说，“森林警察部队只能加强不能削弱”。不足15字的短短一句话，从此拯救了这支历经坎坷默默无闻无私奉献了近40年的队伍，为保护国家的森林资源维护生态安全，找到了“飞机加警察”（这是当时的说法，后来的实践可以看出，这句话揭示了提高森林防火灭火质量效益的深刻内涵）一条行之有效的路径。从此，森警部队开始不断地发展壮大，逐渐成为森林灭火战线不可或缺的主力军突击队，在国际社会上也颇具影响。

森警因森林而生，因森林而彰显其堪称伟大的价值。因与果是一种缘分。缘分是一条神秘的红丝线，常常在冥冥之中把看似不相干的人或事联结在一起，从而让它们之间发生一些注定要发生的事情，而这事情又是那么的美好，那么的令人感念。所以，当人们说到“缘分”这两个字时，都有一种宗教般的情怀。我和森警就是有缘分的。在我到了需要有一份职业的年龄，森警部队征召的机会就来了，我毫不犹豫地报了名，森警部队在众多的应征者中挑选了我。从此，因为森警，我和大森林的缘分更深，关系更加亲密。

始料未及的是我在森警部队一干就是35年，从一个未及弱冠的年轻人变成了雪染双鬓“年过半百的老人”，我把人生最宝贵的年华献给了森警献给了森林。特别是“森警”这一份原本的职业，慢慢地成了我所钟情与热爱的事业。尽管社会上仍有许许多多的人陌生于这支地方专业武装部队，但是需要我作自我介绍时，我都会响亮亮地说“我是森警”，即或是后来组织把我调整到军事院校工作，需要介绍经历背景时，我还是要说“我是森警”。森警是维护生态安全的，是为人类谋福祉的，我为我是森警的一员而感到光荣和自豪。

森警部队不仅是一支能吃苦能打火的战斗集体，而且还是一个重情重义的温暖大家庭。在我从警之初，在大山深处那艰苦岁月里，我像一株未经风雨的嫩苗，得到了老森警们父兄般的关照与呵护，从执勤到生活，点点滴滴，细致入微。后来的漫长日子里，我多次调整岗位，多次变换环境，但是战友的情谊始终伴随着我，兄弟般的温暖始终包围着我。我曾感慨地说“好人都让我遇上了”，战友们说“关键是森警里都是好人”。

森林和森警给了我人生正能量的教育，使我像一株沐浴着阳光雨露吸足了肥沃养分的树苗，得以茁壮成长。我感恩森林，感恩森警。我觉得自己作为森警部队近40年发展史的参与者见证者，作为一个从职业制走过来的老森警，应当把我的一些经历写下来，使森警部队的历史除了史志之外，还能有一些故事性的文字留下来，这似乎是一项很有意义的工作。我应该有这个责任担当、历史担当，我没理由不做这件事。

怎样使我的记述具有生动性感染性，使读到它的人多少能够喜欢它一些，我觉得文学能帮上我的忙。自少年时代起，我就喜欢阅读文学作品，只是那时处在“文革”时期，所能得到的文学书籍很是寥寥，但只要能够摸到手边，我是一定不放过的，哪怕是点灯熬油看几个通宵。我在15岁的时候，意外的借到一本繁体字的《唐诗三百首》，欣喜异常，用了多半个寒假的时间，把它全部抄写了下来，包括注解。那一次的抄写大大提高了我对古诗词的兴趣，提高了我对繁体字的读写能力。那一厚沓子一面是表格一面是手抄诗的纸张现在我还保存着。当森警后，特别是在外站那一段时间，闲暇时间多，又很寂寞，看书成了打发时间打发寂寞的最好办法。在春秋季节天气不冷又没有蚊子的日子，在山坡上倚着一棵粗壮的大树，在和煦的阳光下捧着一本喜欢的书读，觉得心情特别地宁静和放松。冬天的夜晚，点一盏油灯围坐在劈柴嘎嘣作响的火炉前看书，也是很值得回味的画面。

喜欢阅读，把自己塞进文学氛围里去接受熏陶，对提升自己的文学情趣、审美能力、欣赏水平以及品格修养道德情操都大有裨益。

然而，我很早进入的却是公文写作的角色，文学写作成了被我隔着帘子偷窥的美人。

这一次要把我有关大森林有关森警的故事写下来，我觉得自己对于文学不可以再羞涩下去了。森林本身就是一部大文化，森警更是文学创作的一块沃土，只是尚未有人来犁荒，她还是一块美丽而神秘的处女地。

因为缺少文学写作的练习与实践，对于怎样让文学帮上我这次写作的忙，心中没底。但是动了脑子往深里想，自己确实没有文学创作的禀赋，缺少实际创作的历练，但是我有自幼以来森林生活的经历，特别是有30多年森警部队工作生活的经验。我觉得这是我的特殊财富。我虽然没有什么写作上的技巧，但我想，我只要把熟悉的生活经历原原本本地记录下来，把我每一段工作生活中的情感实实在在描述下来，我的文字和写作就有了支撑，我就能为森警的后来人和有兴趣的读者们提供一幅部分森警史的生动画面。秉持着这样一个信念，我就这样一篇篇地写下来。

尽管是原原本本的记录实实在在的描述，但是，一篇篇写下来，我慢慢感悟到，写作不是对往昔经历的简单回忆，不是文字的堆积。每一次的下笔，都是一次情感的回望，都是一次对当初那颗灵魂的追问。尽管是一个人的写作，但我不是孤独的，每次写作的时候总会有一群森警战友映现在我的面前，他们和我共同回忆着过去，述说着森林述说着山火，述说着我们津津乐道的那些个糗事，我们一起在马背上驰骋，在火场上拼搏，在森林里徜徉，在木屋里大碗喝酒，拔犟眼子。每一次的写作，都是一次与老领导老战友的聚会，都是一次欣喜的重逢，所以，我的每一次写作都是快乐的温暖的，甚至是常常动了感情的。

有一天梦见一个战友对我说：“森警是一部大书，你写的太少了啊！”梦中醒来我还记得这句话，至今未忘。森林是一部大书，森警是一部大书，我只是以我的经历我的视角浮光掠影地记录了很少的片段，老森警们见了可能会有很多的遗憾，或有很多贻笑大方之处，我非常盼望着森警的老领导老战友们当面给我一些指导或者给我讲讲他们亲身经历的故事，我再加以整理写作，岂不是一件更好的事情吗?做一个过往历史的讲述者记录者，感觉真好。

2015年9月10日 于天津

然而，我却不知道，就在这大悲大喜的1976年行将岁尾的时候，我的个人命运也在悄然发生着重大的转折。

我们八个即将成为森警战友的知青还照了一张合影，至今，我还保留着这张黑白小照片。照片里，我坐在最右边，是唯一留着胡髭戴着棉手闷子的人。我们都目视着前方，那前方除了摄影师之外，还有什么呢？

1976，当森警去

“毛主席没了！”邻居家的大婶急慌慌地跑到我们家拉着哭腔喊。

爸爸妈妈默默地坐在椅子上，并不接话。他们已从街头的广播里听到了毛主席逝世的讣告。

那是1976年的9月9日夕阳西下的傍晚，屋子里已经没有了阳光，电灯还没有拉亮。

哀痛与恐惧无可名状地笼罩着中国大地，也笼罩着我们这个平凡百姓之家。

此前的3月，曾有新闻报道说，吉林境内下了陨石雨。我们知青队的老队长就说，天上掉石头，天下可要有事了。联想到此前周总理的逝世，知青们对他的话将信将疑。

可是谁能料到，此后，朱老总逝世，唐山大地震死了无计其数的人，这9月里，毛主席逝世了。而在其后不久的10月，王张江姚“四人帮”竟被连窝端了。

1976年，这个充满变量的年份，中国大地正经历着翻天覆地的动荡与变化。

然而，我却不知道，就在这大悲大喜的1976年行将岁尾的时候，我的个人命运也在悄然发生着重大的转折。

10月下旬的一个晚上，在饭桌旁，我向爸妈讲着怎么样砌房檐的事。

在这之前的一个礼拜，工程队确定我和另外的七个知青一道跟着瓦匠师傅学徒，队上给我们几个发了灰铲、瓦刀、刨锛一类的瓦工工具，确定了要跟着的师傅。那一刻啊，心里头真是乐开花了。两年的知青生活，筑路、抬砖坯、扛麻袋、挖地基、和灰挑砖的重体力活都干遍了，这回终于能学上手艺了。是一辈子的饭碗了，当时自己心里这么想。所以，跟着师傅干活，卖力又用心。灰铲、瓦刀怎么拿，砖怎么砌，这一招一式，我看在眼里记在心里干在手里。回到家里，我就兴奋地和爸妈讲那些所谓的“要领”，爸妈听得兴致盎然。

这一晚，我正说得有兴致的时候，大哥进屋了。他一边脱着外衣，一边对我说，你去当森警吧。

当森警？爸妈和我都错愕了。

大哥说，招森警的通知下来了，你当知青满两年了，正好够条件。

大哥在主管知青的农副处当会计，了解一些内部消息。当森林警察？这可是我和爸妈没有想过的事。“文革”那时候，中学毕业一律当知青，满两年才能推荐当兵、上大学。这样的好事，像我们这样的底层工人家庭想都没敢想过。不过，因为我们是林业战线的职工家属，我们对打山火看林子的森林警察并不陌生，我们邻居家就有人当森警，一身藏蓝色的警服，国徽头上戴，红旗两边挂，神气得很。而且，关键的是当了森警，就意味着有了正式的工作，那个“知青”满地泛滥的年代，能有一份正式工作是很多人都不敢奢望的。况且，森警无论官儿和兵都是四个兜（解放军干部上衣是四个兜，战士上衣是两个兜），穿皮鞋，发工资，比当解放军还好。可这好事能轮上咱吗？爸妈和我都没有信心。

大哥说，明天你去报名，试一试，能去上更好，去不上，就好好学你的泥瓦匠。

没敢想的事没想到竟会意外地顺利。报名的知青中有的因为身体不合格，有的因为政审不合格，唰唰唰地就淘汰了一些。剩了十五个人的时候，我在里面，剩了十个人的时候，我还在里面。最后剩了八个人的时候，大哥嘻嘻笑着说，知青点里就招八个，你准备走吧。说了这话没几天，铅印的“林区职工补充自然减员登记表”就发到了我的手里，填了表再盖了章就意味着我真的就当了森林警察了。

厂子里和知青点对我们几个当森警很重视，厂领导特意安排厂办主任把我们八个知青召集到厂部开了个送行座谈会。那个主任对我们一个一个地点名，其中好几个人他都熟悉，有的是副厂长的儿子，有的是工会主席的儿子，有的是科长或车间主任的儿子。我和另外的一两个属于纯粹的工人子弟，虽然人家叫不上我们父辈的名字，可也对我们表示了热情的祝贺。我们八个即将成为森警战友的知青还照了一张合影，至今，我还保留着这张黑白小照片。照片里，我坐在最右边，是唯一留着胡髭戴着棉手闷子（即棉手套）的人。我们都目视着前方，那前方除了摄影师之外，还有什么呢？

1976年11月19号的傍晚，我们总共52名被征召的新森警，都被集中到了牙克石林业宾馆。这是我活了十九年第一次住宾馆。其实，这个宾馆距离我们家并不远，每次上街都是必经之地，但对这个为中央和省上的领导人以及苏联专家专门建筑的宾馆，对于我们这些平头百姓而言，只有远观和仰视的份儿，哪里敢奢望进去住一晚上？走进宾馆，踩在走廊里松软的地毯上，我真是屏了呼吸蹑手又蹑脚。

那个晚上，森警的袁大队长给我们开了会。这个军人出身的森警领导，说起话来直直的不拐弯。

他说，嗯（是上挑的鼻音），你们要知道当森警可是艰苦啊。嗯，那不是扎兰屯的小吊桥（扎兰屯秀水公园里的吊桥——是很多牙克石人羡慕的一处景观），嗯，也不是牙克石的中央街。嗯，那是深山老林子，山猫野狼熊瞎子可是多得很。你们谁要是后悔了吱一声还来得及。嗯，等明天开拔了进山了，后悔药可就没了。嗯，你们想好了吗？

我们52个新森警似乎都听呆了，没有谁敢言语。实际上谁也不能说什么，我们这些人毕竟都是从学校毕业好几年的知青了，都是有一些或多或少社会阅历的人，谁能被他这番话吓住呢？

没有听到有人说后悔，袁大队长似乎很满意。他说，嗯，你们要是不后悔，明天吃完早饭就列队上火车站。嗯，穿着便衣也不能散逛，也得像个警察样。

听了袁大队长的话，我们面面相觑，个个都是老百姓的装束，哪有什么警察样啊。虽然我们明天就要奔赴新训队了，可我们的警服还没有着落呢，只能穿着便衣，背着花被子出发了。

1976年11月20日，吃了牙克石林业宾馆的早餐，我们52个便衣警察在几个老森警的组织下，列成两列纵队向着火车站进发了。我们的目的地是靠近中苏边境的额尔古纳右旗莫尔道嘎镇。

路上有好事的行人问，你们是民兵训练？我们当中有人高声答道，当森警去！

而我无论如何也没想到，这一声脆亮亮的简短的回答，竟铺就了我未来的人生之路。

2013年12月23日于天津

数九的天气，在东北大兴安岭北坡，气温不是零下三十多度就是零下四十多度，我们就趴在厚厚的冰雪上端着枪练瞄准练击发。前胸以下冻得拔凉拔凉的，手脚一会儿就冻得像猫咬似的，最可怜的是练击发的右手食指孤零零的冻一会儿就不听使唤了。

那个时候，我无论如何都没有想到，这个“兵”字从此竟然成了我生命的重要符号，我会由一名林业企业管理的警察一步步地转为现役军人，成为一个真正的兵。“兵”的称谓成了我一生的身份，也给我带来了一生的荣耀。

新训的日子

老式的绿皮蒸汽火车把我们从牙克石拉到靠近苏联边境的额尔古纳右旗莫尔道嘎镇，我们的新兵训练生活也就开始了。

我们是穿着自家的便衣背着自家的花被子来的，到了新训队也没有换上警服和军被，大家每天都在盼啊，盼啊，这成了我们52个新兵一件共同的闹心事。几乎是每个人都接到过同学和亲友索要穿警服照片的来信，这可是难为死我们了。有的人提出能不能借班长的警服去照个相，可是又没人敢带头张那个嘴，况且，借来的衣服穿上也不一定合身，而且还是旧警服。嗐，当我们列队走在街上听到老百姓们咋咋呼呼、大呼小叫地把我们喊成民兵时，心里就更郁闷了。有一次，带队的班长训斥我们队列走得不整齐，队列里有人发牢骚，哼，连个警服都没有，走那么整齐干什么。哼，看那个班长穿身警服给他牛气的，等咱们发下来新警服非得气气他。

虽然是各色的花被子，可训练队还是要求叠内务，就是要求人们把被子叠出方块来，叠出棱角来。老百姓家的被子都是厚厚的，有的临行前家里特意把被子加了新棉花，更是厚得折不过弯来，要叠出棱角谈何容易，人们每天早晨都围着自己的被子“啪啪啪”地拍来拍去，有时恨不能一拳把这窝窝囊囊的被子捶扁了，有时苦着脸对着这一床厚被子无可奈何地发愁。看着班长又薄又整齐的豆腐块型的被子，我们真是羡慕得眼珠子发蓝！

能挑起我们精神来的是练刺杀。一人一支半自动步枪，练刺杀时，把明晃晃的刺刀挑出来，牢牢地把枪握在手里，枪托紧紧地靠在右胯上，假想敌是美帝国主义和苏修帝国主义。教员喊，突——刺——刺！我们就随着左腿弓右腿绷的动作，大喊一声“杀！”唰地把枪刺出去。教员喊，左——突——刺！我们就“杀”地把枪用力向左刺去，而后“啪”地把枪托打回来靠在胯骨上。教员喊，右——后——刺！我们随着右腿后撤一步，把枪托也用力击向后方，而后右后转身，“啪”地把刺刀劈过去。明晃晃的刺刀在阳光里闪耀着，整齐而有力的喊“杀”声，“啪啪”的跺脚声和枪托拍胯声在山坳之中的训练场上清脆地回响。每当这时，我们顾及不到胯骨的疼痛，感到的只是一种力量的焕发，精神的焕发，青春的焕发。

我们练刺杀，没用过训练木枪，直接就是真枪真刀，过瘾吧？但遗憾的是没有两人枪对枪地拼过，只是做一些队列动作或单人刺杀动作，哪怕是用木枪拼拼也好啊，可是，为了安全，一次也没试过，太遗憾了。

自打训练科目表发下来，“实弹射击”这一项就勾引起了这帮新兵肠子里的馋虫。一些过去打过枪的人翻来覆去描述着打枪如何如何的过瘾，看那骄人的架势，就好像他们参加过什么著名战役似的。没打过枪的人就更是馋涎欲滴，恨不能马上就能和打过枪的人一比高低。射击预习的日子终于被人们盼来了，殊不知最难熬的日子也就跟着来了。你想想，数九的天气，在东北大兴安岭北坡，气温不是零下三十多度就是零下四十多度，我们就趴在厚厚的冰雪上端着枪练瞄准练击发。前胸以下冻得拔凉拔凉的，手脚一会儿就冻得像猫咬似的，最可怜的是练击发的右手食指孤零零的冻一会儿就不听使唤了。眼睛要瞄准儿，可是嘴和鼻子呼出的热气，使眼睫毛很快就长了长长的霜，视线哪里好得了。特别是在这山坳里，不下雪也冒白烟儿，立着靶子的山根处总是雾蒙蒙的，让我这个眼神儿本来就不好的人练射击，真是哑巴吃黄连。可是，人和人之间的感受总是有差异的，我看到多数人都练得那么认真，那么一丝不苟。

终于盼来了实弹射击这一天，靶场上、山坳间响起了一声接一声清脆的枪声，像晨曦中的鸟鸣，不，比鸟鸣还好听。在队列里等待时，我甚至不大关心谁打了多少环，我竖着耳朵听枪声有点入了迷，从此以后我的耳朵就喜欢上了枪声，是那种来自高天远地的旷野里的枪声，有听到天籁之音的感觉。打靶时，队长、指导员、教员、班长以及炊事员们都上阵了，实弹射击整整持续了一个上午，结束后，我们列队唱着《打靶歌》雄赳赳地往营区走，戴红花的人步子迈得坚实有力，唱歌的嘴巴张得很大，我把歌唱得也很响，但是我的胸前光秃秃的没有红花。

实弹射击科目一结束，就意味着整个训练也要结束了。我竟然对这四十天的紧张生活有些留恋。我留恋的不仅仅是训练场上的那些事，我可能更留恋组织我们训练的那几个老森警。

新训队长严成才是个中等个子的四川人，内敛而沉稳。四十天里，似乎没有听他讲过什么长篇的话，短话也很少。和另外两个领导比起来，他和我们接触最少，但新兵们对他似乎最敬畏。他有时到操场上转一圈儿，大家看到他来了，就都有些紧张，甚至本来做得很好的动作，因为看到了他，动作一下子就慌乱了。他偶尔上来给我们做一两个示范动作，或是踢正步，或是做刺杀，一招一式干净利索，让我们这帮新兵敬佩得不得了。

指导员吴福全和大家却都很熟。他是达斡尔族——有人说达斡尔族人是中国人里的“犹太人”——聪明、智慧。确实，我认识的一些达斡尔人个顶个都挺优秀的。据说，吴指导员也是志愿军转业的，在部队里打过仗，当过文化教员、宣传干部，熟悉他的人都叫他吴马列，说他讲起理论来呱呱的。我印象中他确实能讲，比我在知青点里的干部能讲多了，听了他在开训动员会上嘎嘣溜脆的讲话，我就开始佩服他了，听了他的政治课我甚至对他有了仰视的感觉。当然对他的好感，也和他点名叫我代表新兵发言有关。我们到队后的第二天，先是分班，而后是每个人都写决心书，写完了贴到墙上的“学习园地”里。下午的时候，吴指导员来了，他认认真真地站在墙边看每一个人的决心书。看完了，他转过头来说，谁叫王嘉龙啊？我应声说，是我。班长在边上说，领导喊你，要答到。我赶紧说，到，到！吴指导员说，你过来，这份决心书是你写的吗？我有点紧张地说，是啊。他用那双不大的有些细长的眼睛端详了一下我，问我，你是啥文化？高中，我一边回答一边想，糟糕，肯定是我写得不好，要挨批了。嗯，你小子的字写得不赖，这决心表得也不赖，遣词造句挺顺溜的。听了他的话，我的心“咚”地一声放下了。他略想了想又说，这样吧，你抓紧准备个稿子，明天上午开训大会你代表新兵发言。我立正站着说，是！是！

在写发言稿时，我突然想到了一个问题，就是我们应该叫新警士呢还是应该叫新兵呢？我请教周围的战友，有人说应该叫新警，有人说应该叫新兵。争来争去的谁也说服不了谁，我觉得还是得请示指导员。指导员说，咱们是警察，你们叫警士是符合身份的，可叫新兵也不错，因为咱们是武装力量，执行的是解放军的条令条例，实行的是严格的军事化管理，叫你们新兵不是更好吗？我说，是啊，还是“新兵”的称呼更响亮，我愿意被称作“兵”。那个时候，我无论如何都没有想到，这个“兵”字从此竟然成了我生命的重要符号，我会由一名林业企业管理的警察一步步地转为现役军人，成为一个真正的兵。“兵”的称谓成了我一生的身份，也给我带来了一生的荣耀。

在接下来训练的日子里，无论是操场上、课堂上还是宿舍里经常能见到吴指导员的身影，随着他匆匆的脚步，略带点少数民族声调的有膛音的话语飘过来又飘过去。新兵们都愿意见到他，威严而不失亲切，干练而不失温柔。他和新兵们有距离又好像没距离，大家好像都惧怕他又好像更敬重他。军人的气质、政工干部的风范、父兄般的慈爱在他的身上都淋漓尽致地表现着。不自觉间，我暗暗地把他做了榜样。

一天深夜里，突然搞全副武装紧急集合。全副武装，就是要系武装带，枪和绿挎包要左斜右挎，还要背上背包。事先没有一点风声，训练累了一天，午夜时分大家都进入了深睡眠。突然哨音尖利地响起来，随着就是教员的大声吼叫，全副武装，紧急集合！紧急集合是要求人们在三五分钟内，必须穿戴整齐、武装整齐地集合起来。我们这帮“便衣警察”那天夜里可是洋相百出。听到队长下达“发现苏修特务，要去抓捕”的指令，有人信以为真地问，有枪没子弹怎么办？有的说，抓特务还背行李干什么？队长说，都给我闭嘴！向右一转，跑步走！队伍就在深夜里黑咕隆咚地跑出去了。没多一会儿，好几个人的背包带开了，被子散了，有的就抱着被子跑，有两个人干脆把被子扔在路边不要了。有人鞋带开了，被另一只脚踩上去，一下子就摔了跟头。跑着跑着，突然由前往后一人接一人地传来口令，“往后传，叫指导员到前面来！”口令刚传下去，就见指导员“蹭蹭”地由最后面跑到前面去了。紧急拉练结束后，回到营区讲评时，队长说，看着你们的狼狈相，真是又气又恨又好笑，我下口令是往后传让队伍跟上，怎么就传成叫指导员到前面来了？听了这话，有人在队列里扑哧地笑出了声。第二天，我们见到指导员还憋不住笑，指导员摸摸这个脑袋，拍拍那个肩，也笑着说，你们这帮新兵蛋子啊，是搞我老头子的恶作剧吧？

此后，我们又搞过三次紧急拉练，一次比一次有进步。

盼星星盼月亮，我们的警服终于发下来了，这已是训练科目全都进行完，第二天就是要开结训大会的时候了。我们把崭新的上绿下蓝的警服捧在手里，就像戴了红花捧了奖状般的喜悦。营房里两排大通铺上，二十来个毛头大小伙子对坐在那里，人人手里都拿着针线在一丝不苟地往警服上缝缀着红领章。不时就有人尖叫着把扎出了血的手指头放到嘴里去嘬。嘬一口，脸上竟洋溢着喜滋滋的笑。

如今，那喜滋滋的尖叫声还常常回响在我的耳畔，然而，弹指间，却已是近四十年前的画面了。

2014年元旦晨记于天津

同是新兵的李庆和比我大两岁就成熟得多。他说，你以为是去俱乐部唱歌啊，那可是美的你，听说是最远最苦的外站了。

孙队长就像个送子出征的慈父，在一边指点着，监督着，一件行头也不能少。他说，别嫌穿得多，车开起来，你们就知道冷了。

不到下午四点，天就全黑下来了。屋子里点着了四盏带罩子的油灯，再加上那一炉旺旺的火，看着出去进来的一个个山里人打扮的老兵们，我心里想，这环境很“林海雪原”啊。

到“俱乐部”去当兵

话说1976年12月下旬，我和另外三名新兵在新兵训练结束后被分配到了紧邻莫尔道嘎的得耳布尔森警中队。在中队部干了几天拉烧柴清垃圾的活儿，中队领导通知我们准备去俱乐部。

去俱乐部？我奇怪得很。

上世纪70年代俱乐部的概念和如今这个时代俱乐部的概念有天壤之别。当今都市里有所谓“企业家俱乐部”、“足球俱乐部”、“跑车俱乐部”甚至“富婆俱乐部”等等，都是富豪或成功人士、专业人士在一起开展活动的组织，英文是“总会”之意。而过去那个年代中国城镇里的俱乐部，就是普通群众文体娱乐的场所。牙克石就有“森工俱乐部”，主要是放电影和文艺宣传队演出节目。新训时，我知道了在解放军的团队里也有俱乐部的设置，是基层官兵开展业余文体活动的场所。让我们几个新兵去俱乐部干什么呢？我虽然有些纳闷，可是也没问个究竟。不到20岁还是懵懵懂懂的我立马就给家里写信，告知我们被分到俱乐部了。父母接到信，也很是不解，哎？这小子不会唱不会跳不会拉（器乐）的，怎么去俱乐部了？是不是看他会写黑板报（当知青和在新训队时我都写黑板报），让他写字去了？父母得出的结论是，不管咋说，去俱乐部要比去老林子享福。

29日晚饭后，司机杨师傅抱着一大堆皮大哈（宽大的羊皮毛的蒙古袍）给我们送来，说，你们几个把毡嘎瘩毡袜（羊毛毡子做的靴子和袜套）放在火墙子跟前烤一烤，准备好明天吃完早饭就去俱乐部。哎？俱乐部在哪儿啊，怎么还穿皮大哈去？我憋不住地问。杨师傅说，俱乐部是咱中队最偏远的外站，路不好走，你们几个得做好明天挨冻的准备。同是新兵的李庆和比我大两岁就成熟得多。他说，你以为是去俱乐部唱歌啊，那可是美的你，咱们明天要去的外站名字叫俱乐部，听说是最远最苦的地方了。噢，原来如此，我拍拍自己的榆木脑袋。

第二天早晨，确切地说也就是1976年12月30日的早饭后（我之所以要把这个日子准确的写出来，是因为这一天是我一生中很重要的日子之一！），我们准备出发了，我们四个新兵在老兵的指点下，先在内衣外穿上春秋季的绒衣绒裤，而后再穿上棉衣棉裤，再穿上警服，警服外面穿上军用皮毛大衣，最后再穿上大号的皮大哈，哈哈，简直是一个臃肿的麻包。穿戴还没有完，我们在袜子外面套上毡袜，而后再穿上毡嘎瘩。毡嘎瘩的靴子底不是平底，有些圆凸型，我们走起路来就像个木偶，晃晃悠悠的。我们把头上的军用皮帽子系了帽带，把皮帽子上的护鼻子套在帽子两边系好扣，外面再套上蒙古牧马人常在冬天里戴的风雪帽，最后（老天爷，终于到了最后了！），我们戴上皮毛手套，终于可以上车了，我们自己哪里爬得上那个高厢的敞篷汽车，都是被老兵连拉带拽弄上去的。这通穿戴足足折腾了有半个多小时，孙队长就像个送子出征的慈父，在一边指点着，监督着，一件行头也不能少。他说，别嫌穿得多，车开起来，你们就知道冷了。

敞篷的南京嘎斯汽车载着我们四个新兵和山上需要的物资上路了，在穿越得耳布尔林业局唯一的街道时，我看到有人正在机关单位的大门上张贴“庆祝元旦”的字幅。我的心不禁怦然一动。实话说，我也算是一个比较感性的人。打初一开始记日记起，一到每年的元旦，我都会上洋洋洒洒写下很多对上一年的感慨，写下对新一年雄心大志的描画。颇有些“为赋新词强说愁”的味道。噢，这又是一年要过去了，新的一年要开始了。而这一次的辞旧迎新与以往却大不相同。此时的我已不再是父母膝下那个懵懂的少年和知青点里那个散漫的知青学生（很多人这么称呼我们），此时的我已是一个穿着警服抱着长枪奔赴密林深处边境之地的森林警察。

汽车驶出街镇后不远就几乎看不到路了，在有车驶过的路辙上走，拐过几个山弯，有车辙的路影也没有了，四野的白雪。车速很慢，司机是凭着经验与感觉在茫茫的雪野上驾驶着汽车。好几次，汽车被雪窝子给卡住了，我们几个新兵只得脱了皮大哈，下来铲雪推车。说实话，我们甚至愿意下来铲雪愿意推车，坐在车上实在是太冷了，腿脚是僵麻的，皮手套不管用，我们得把手揣进袖子里，时不时地还要用冰凉的皮手套捂捂冻得针扎似的脸。那一天没有太阳，天阴沉沉的，车转了几个山弯，我就辨不清东南西北了，只看到林子越来越密，树越来越高越来越粗。胡忠说，弟兄们，咱们进了原始森林了。我说，是啊，弟兄们，看看咱们几个的样儿，像不像《林海雪原》里那个哆哆嗦嗦的小炉匠啊？

总共一百多公里的距离，我们走了五个多小时，才在一个半山坡看到了几幢破旧的木刻楞房子。到了，这里就是我们目的地“俱乐部”了！汽车呼哧呼哧地停下了，我们几个像翻麻袋包一样从车上滚下来。从地上爬起来，定定神儿，我看见有四五个老兵，笑嘻嘻地站在我们面前，他们都一律穿着毡嘎瘩，穿着没有警服的绿棉袄，腰间还扎着麻绳，头发都蓬散着，好久没有剪发和梳理了，有的脸上还长了乱糟糟的胡须。我心里头咯噔了一下，老兵们怎么会是这样？两条黄狗围着我们串来串去地吼叫着，不过那叫声不像是恶狗咬人的狂吠，倒有些是见到了久违的家人的一种喜悦似的撒娇。但我还是很害怕，一边搬着东西，一边躲着那两个狗畜生。一个老兵对我说，别怕，它们看见穿警服的都不咬，是看见有人上来兴奋了。另一个老兵说，是啊，老长时间都没上来过人了。

搬完了车上那些东西进得屋来，我看见这个木刻楞的房子里是东西两个大通铺，地当央卧着一个大油桶改造的铁炉子，炉子里的火烧得旺旺的，木柈子在烈火中嘎嘎地响，炉子的铁皮都烧红了，冻了一天的我们，虽然五脏六腑里还流动着寒气，可是手脸的皮肤却一下子就感到了火烤的炙热。

不到下午四点，天就全黑下来了。屋子里点着了四盏带罩子的油灯，再加上那一炉旺旺的火，看着出去进来的一个个山里人打扮的老兵们，我心里想，这环境很"林海雪原"啊。

终于要吃饭了，我们几个新兵肚子早已饿得咕咕叫了。没有专门的餐厅，靠近门口支起了一张圆桌。两个老兵从厨房里端进来一盆热气腾腾的带骨肉和一盆高粱米饭，一大碗散白酒也倒满了。小队长刘山祥说，来来来，快坐下来吃吧。一个老兵问，新兵喝酒吗？我们几个都摇头。他说，那好，你们多吃肉，这是山祥今天为了迎接你们特意打的野味。山祥说，想去打狍子了，结果看见一条被套住的狼，狼肉和狗肉一样，香着呢，吃吧。另一个老兵说，哎，狼肉吃多了可是手脚爆皮啊。已经是饥不择食的我们，哪里还顾得了什么爆皮不爆皮，早都狼吞虎咽起来了。

睡梦中我感到手脚发干，一下子就醒了。借着炉火的光亮，我细细地看看手看看脚，嗯，这阵儿倒是没有爆皮，不知早晨会怎么样。第二天早晨，我一爬起来就扳着手扳着脚看。一个老兵见了问我，你看什么呢？我说，吃狼肉不是手脚爆皮吗，我真觉得这肉皮发干呢。几个老兵听了，哈哈地笑起来，你这个新兵蛋子还当真了，那是吓唬你们玩儿呢！

几天就熟络了，我们和老兵们也就有话聊了。我问一个叫田晓君的老兵，咱们外站也可以叫哨所吧？晓君说，不能那么比，森警的外站和解放军的哨所不是一码事。听了晓君的话，我心里竟划过一丝的小失落——我在写给同学的信里，已经告诉他们我是在边境哨所里站岗巡逻了。我又问，咱们外站也没有唱歌的也没有放电影的，怎么叫了个"俱乐部"的名字呢？——我终于把憋在心中的疑问说出来。晓君听了哈哈地笑了。他喝了一口浓浓的砖茶水说，嗨，应该叫"吉落部"，就是吉祥的吉，太阳落山的落，部队的部——吉落部，听明白了吧？是大家伙把音给叫白了，叫成“俱乐部”了，不知道的人还以为咱们是文艺兵呢，哪天你看看防火地图，那上边标的就是“吉落部”。

原来如此！我心里就像解开了一道数学方程式一样的豁然。我又问，那这“吉落部”的意思是什么呢？晓君说，不知道是俄语还是蒙古语还是鄂温克语还是鄂伦春语，不知道是啥意思。

天哪，晓君这一套这语那语的，把我刚醒过来的脑袋又绕糊涂了。我想了想说，班长，我告诉你“吉落部”是啥意思，就是吉祥鸟飞落到了我们的部队里。

晚饭的时候，晓君把我对“吉落部”的解释发布给大家，老兵们高兴地拿着筷子叮叮当当地敲起了碗，像是“俱乐部”里的器乐合奏。

2014年元月5日于天津

我们刚到山上的那几天，他们只要干完了外面的活儿，进得屋来就一遍遍地翻看我们给他们带上来的家信，每看一遍的时候都是那么认真那么津津有味，像是第一次读到的样子。

在外站，谁的马就叫谁的名，大家伙都把自己的马当成宝贝一样，自己都舍不得用缰绳打一下，外人就更不能伸手了，谁要是伸手，那可就要翻脸了。

吉落部外站的老兵们每个人都有一堆的臭事，说起每一件事来都能让人忍俊不禁。

外站的老兵们

我们几个新兵的到来，着实地让老兵们兴奋了一大阵子。这里面有好几个让他们兴奋的原因。一是外站已经好久没有上来人了，上篇不是说了吗，看到有人上山来，连狗都兴奋，别说人了。二是因为我们的到来，老兵们能抽出身来回家过年了——更重要的是可以和年轻的老婆团圆或者借机相对象了。三是他们自从1971年入伍当森警后，森警就没再招收过人，这些七一年兵在比他们更老的兵们面前，四五年来一直被当作新兵喊，多年的压抑感因为我们的到来，一下子变成了优越感。这几条因素合到一块你说能不让他们兴奋吗?

兴奋呐，老兵们对我们一口一个新兵蛋子地呼来唤去。

新兵蛋子，走，跟我出去骑马遛一圈儿!

新兵蛋子，走，拿上枪跟我出去找个嚼头（猎物）!

没两天，我发现老兵们的兴奋点还体现在爱在我们面前显摆他们的能耐，像是给马勒嚼子配鞍子啦，系拴马扣啦，骑在马上开枪打鸟啦。老兵们在我们面前有时兴奋的就像是小孩子在给大人做表演。

我们刚到山上的那几天，他们只要干完了外面的活儿，进得屋来就一遍遍地翻看我们给他们带上来的家信，每看一遍的时候都是那么认真那么津津有味，像是第一次读到的样子。

胡振林，中等个白净脸梳分头戴副黑框眼镜，一说一笑，是外站里说话比较文静的一个。田大汉和王吉山没到外站来之前，他是外站里唯一结了婚的。闲着没事特别是吹了油灯大家伙躺在被窝里摸着黑说那些“黄事”时，胡振林几乎不怎么说话。有时，有人逼着他求证某个情节，胡振林总是嘻嘻笑着说，到时候你们就知道了。胡振林是个细心人，我们几个新兵刚到外站时，帮着我们铺褥子、支蚊帐。那时虽然是数九寒冬的季节，我们的外站却人人都在自己的铺位上支着一顶蚊帐。胡振林说，知道为啥要支蚊帐吗？是为了挡臭虫。他说，把蚊帐底边掖到褥子底下，臭虫就不容易爬进来了。实践证明还真是管用，但我们每天早起也还是能在蚊帐的边边角角上捉住几只吸饱了我们鲜血的大臭虫。

胡振林虽然跟我们新兵说话总是轻声细语的，可是和他们老兵们说话却总是在拔犟眼子，涨红了脸脖子上鼓着青筋，嗓门高不服输，典型的山东人脾气。

魏天昌也是山东人，头型有点三扁四不圆的，特别是后脑勺子高，有人说这是典型的山东脑袋。他的脸也很白净，嘴巴有些大，说话时一咧一咧的，眼睛还跟着扯，话音里带着山东味。魏天昌虽然也和其他老兵一样穿棉袄扎麻绳，可是我发现他爱干净，洗脸时呼噜呼噜地要洗好半天。他的眉毛有些稀少，他就显得很纠结。炊事员马福田给他出主意说，魏天昌，你没看用刮胡刀刮的胡子，长出来就发粗发黑吗？把眼眉刮了，再长出来肯定就长了黑了。魏天昌犹豫了两天，还是听了这个意见，悄悄地把稀稀拉拉的眉毛给刮了。原来的眉毛虽然稀少可毕竟还是有的，还是自然天象，可是，这眉毛一刮，却光秃秃的让人看着不顺眼了。大家伙就拿他开玩笑说，你刮一遍不行，刮的次数越多，长出来的眼眉才越好看。不知道魏天昌到底刮了多少次，但他的眼眶上方的眉毛却始终不见多少踪影。魏天昌有时要去山下的筑路队办事，他就在棉袄外套上板板整整的警服，换上黑皮鞋，用鞋油擦得锃亮，一会儿套马一会儿配鞍，大皮鞋在屋里的地板上在室外的雪地里走来走去，咔咔地响。他很注意皮鞋的亮度，偶尔觉得鞋面脏了，他会不自觉地把这只鞋在另一条腿的裤腿上蹭一下，皮鞋是亮了，可是后面的裤腿却黑了，魏天昌浑然不觉，还是咔咔地走来走去。有一阵鞋油没有了，魏天昌就对着他的皮鞋犯愁。小个子艾振林说，你用点豆油擦，好好蹭一蹭就亮了。魏天昌就用豆油擦了皮鞋然后凉在那里，说要让油往皮子里沁一沁。这时有人在屋子里捅炉子，魏天昌一看他的皮鞋上落的全是炉灰，怎么擦也擦不净，逗得大家伙哈哈地笑。

有一天晚上，魏天昌神秘兮兮地凑到我跟前小声地说，老弟，你能帮我写封信吗？我说，给谁写信呀?他说，你到我蚊帐里来，我跟你说。原来是魏天昌让我给她的对象写情书。我说，我没写过这样的信呐。他说，你就写我是怎么怎么想她，将来怎么怎么对她好，写得越亲越好。我一边思忖着一边趴在他的蚊帐里头写，累得腰疼。写完了，魏天昌看了一遍，满意得不得了，竟忘了瞒着别人，高兴地大声说，哎，哎，你这个新兵写情书还有两下子。他这一喊不要紧，全外站的人立马都知道了，我很快就成了老兵们器重的香饽饽。实际上，我也没写什么“亲啊爱啊”的话，只是比他们自已写的语句上顺溜情感上表达的妥帖一些而已。

艾振林是个比我们大不了两岁的瘦小个子。他每当忙完了外面的活儿，就愿意坐在铺沿上，把右腿盘在左腿下，和这个逗几句，和那个逗几句，有事没事地找话说。他最愿意和别人讲汽车电路的问题，只要有人接他的话，他就会抓住你不放，一副薄嘴唇嘟噜嘟噜地说起来没完，他把自已当成了汽车电路方面的权威。我常常纳闷，这个问题怎么会从早到晚地占据着他的脑子，几乎每天都要说几遍？有点城府的田晓军揶揄他说，他父亲是汽修厂的，从小就受这个教育，电路的事在他脑子里已经扎根了，他不说这个别的也不会说呀。有一次，中队的汽车下山时，怎么也发动不着了，急得司机师傅一头汗，有人就说，快点叫艾振林来修，他懂电路。

艾振林爬到车上鼓捣了半天，也没弄明白，最后还是司机师傅自己弄好了。这个事让艾振林栽了大面儿，大家伙就总拿这事涮他。艾振林起初也有点不好意思，可很快他就找出了个谁也没想到的理由，他说实际是他修好的，但把面子给司机了，他说，人家杨师傅那么大岁数了，哪能不给人家面子呢。

长得壮壮实实的刘贵海是个闲不住的人，忙完了他应该干的活计，进到屋里不是擦枪就是收拾他的马鞍子，鼓鼓捣捣地总是不闲着。有一天，他给马收拾蹄子，不知他的黄毛马怎么不高兴了，前蹄子尥起来就把他的脑门刨了一下，弄得他满脸是血。大家伙说，你赶紧进屋吧，别得了破伤风。张太平说，贵海，你好好躺着，我替你好好收拾收拾你的马。张太平的话音还没落地儿，刘贵海一骨碌从铺上跳到地下说，二茬子（张太平的绰号），你别手欠，我的马用不着你收拾！

在外站，谁的马就叫谁的名，大家伙都把自己的马当成宝贝一样，自己都舍不得用缰绳打一下，外人就更不能伸手了，谁要是伸手，那可就要翻脸了。

有一天晚上吹灯了，张太平裹着个大衣出去撒尿，进屋来哆哆嗦嗦地说，这三九天嘎嘎地冷。刘贵海接过话说，这天还算冷？张太平说，你说不冷，你脱光了上外头跑一圈儿试试。刘贵海说，我凭啥脱光了跑一圈儿？张太平说，你要是脱光了跑到山根儿那再跑回来，我白给你一桶酒。刘贵海说，大家伙见证，谁不兑现谁是王八蛋。张太平说，你要跑不下来你得给我一壶酒，谁不兑现谁是王八蛋。

安徽人王吉山是个爱烧火的人。他说，行了，谁也别当王八蛋，刘贵海你脱光了，大家伙把衣裳穿好了，赶紧跟着去加油。

三九的天，零下三十多度，刘贵海一丝不挂地就跑出去了，全屋的人都裹着大衣跟着跑。跑到山根再跑回来差不多有四里多地，刘贵海真是个汉子，赤条条地顶风冒雪跑了个来回。呼哧呼哧跑到屋门口，小队长刘立建和刘山祥挡住说，贵海先不能进屋，大伙赶紧给他身上搓雪。在大兴安岭，要是被严寒冻着了，千万不能热敷，必须用雪搓，这样才能避免冻伤，这是常识。

这场赌，刘贵海赢了，张太平输了。可是没有下山的机会，张太平的酒也就一直兑现不了。这就成了刘贵海骂张太平的一个口实，三天两头地就数落一番。张太平好脾气，嘻嘻地笑。冬天过去了，春天过去了，慢慢地大家把这件事淡忘了。在一个挺热的天气，张太平从中队回到外站来，拎了两塑料桶酒，摆到刘贵海面前说，贵海，这回你可别再骂我王八蛋了啊！

蒙古族老兵哈斯是个最有意思的人。他的嘴巴挺大，嘴角边有时还好流哈喇子。他的特点是脾气好，不论谁损他，他都笑呵呵的，从不还嘴，但该咋干还咋干。他还总干一些让人意想不到的小把戏。有一天，有人洗了褥单晾在铁丝上，他站在褥单前，背着手伸着头聚精会神地盯着褥单看。

马福田说，哈斯，那褥单上有你对象的信呐，你不错眼珠地在那看？

哈斯说，你快过来看，这不是一张地图吗？

大家伙都觉得哈斯是发神经，褥单就是褥单，怎么成了地图了？

哈斯指着褥单上边说，这是谁跑马（遗精的别称）了，画的又是山又是河的，用凉水一洗不就成地图了吗，这一嘎达还挺像咱外站的地形呢。大家都凑到褥单前去看，一帮子人真像在地图前研究作战似的。

哈斯在晚上无论大小解，都要把门开着，在离门口两三步远的地方方便，而且每次都是脸朝外屁股对着门，尿骚味、屎臭味随着西北风往屋子里灌。我很纳闷他为什么这样干。立建说，这小蒙古才贼呢，他是怕野兽吃了它。

大家伙给哈斯送了个绰号叫“哈拉皮带板筋”——咬不动嚼不烂。

吉落部外站的老兵们每个人都有一堆的臭事，说起每一件事来都能让人忍俊不禁。

表面上看，拔犟眼子相互挤兑是他们当中的常态，可实际上相互之间都好着呢，都敞着自己的心扉，互不设防。执勤的时候相互帮着，干活的时候相互抢着，谁在外回来晚了，大家伙都要出去接一接找一找。

别看他们对我们几个新兵呼来唤去的，可心里头都把我们当自己的亲兄弟一样看待。教我们骑马，带我们巡护，领着我们干活，甚至有的老兵还悄悄地帮我们洗衣服。我们几个新兵很快就融入了他们当中，不用喊他们“班长”，而是可以无所顾忌的直呼其名了。

唉，这些个多少年后还让人想让人笑让人咂摸的外站老兵们啊。

2014年元月11日晨于北京

从到外站起，我们就和兽邻们或近或远地发生着或者剑拔弩张或者相安无事的关系，这些兽邻们也常常给我们孤寂的外站生活带来些惊险的刺激和城镇里所寻找不到的快乐。

每到夜晚总能听到孤狼的哀嚎，凄婉而瘆人。是饥饿还是寒冷？是孤寂还是伤痛？山风呼啸的黑夜里我常常难以入眠。

与野兽为邻

不好啦，栅栏门口有脚印！

到外站的第二天早起，外出解手的胡忠提着裤子慌慌张张地跑进屋子里说。

小队长刘立建急忙问，是人的脚印吗？

胡忠说，不是人的，是野兽的，就贴着咱栅栏门口呢！

小个子老兵艾振林说，这新兵蛋子就是爱咋呼，咱外站一出门到处都是野兽的蹄子印。

刘立建说，是啊，只要不是人的脚印就没事。

我在一边听着觉得奇怪，怎么野兽的脚印没事人的脚印反倒有事了？

艾振林吧唧往地上吐了一口口水说，咱这儿大山里头可是人家野兽的家，山猫野兽多了去了，人家想上哪就上哪，有啥奇怪的？

哦，原来如此。我们几个新兵不吭气了。

艾振林的话一点不错。从到外站起，我们就和兽邻们或近或远地发生着或者剑拔弩张或者相安无事的关系，这些兽邻们也常常给我们孤寂的外站生活带来些惊险的刺激和城镇里所寻找不到的快乐。

刚到外站时，夜半更深躺在透风的木刻楞屋子里，听着外面野兽们高一声低一声的短嘶长嚎，我就紧张得身上起鸡皮疙瘩。起初的一段时间，天一擦黑就不敢出屋子了，甚至晚饭后不敢多喝水，唯恐半夜里憋尿。过了几天，我发觉只要没有那两条狗的狂吠，一般是没有野兽到访的。我为自己的这个发现感到兴奋，甚至赶紧把这一发现告诉给了几个新战友。庆和比我长两岁，比我老练。他说，这还用你发现，本来就是这么回事么。听了他的话，我有点扫兴，看来我是笨人一伙的了，我这么想。但我还是为自己的这个发现感到踏实，天黑以后，只要没有狗叫，我就可以大着胆子去外面尿尿，喂马，到隔壁的伙房里转悠。

没几天，我又有了一个新发现。有天晚上，大家伙都准备睡觉了，老兵哈斯却棉袄棉裤毡嘎达地穿好了拿着枪要出门。这天黑黑的了，还能打猎？我盯着这老兄纳闷地想。可是，哈斯出了门，并没有把门带上，而是让门大敞四开着，他没走出去几步就把裤子褪下脸朝外屁股朝门地蹲下了，紧接着一股臭味顺着西北风呼呼地刮进屋里来。

哎，他咋这么干呢？我不解地问身边的小队长刘立建。

立建说，这个缺德小子是怕野兽吃了他，你没看他不敢关门吗，真要是野兽来了，他立马就能蹿回屋子里来。

我问，有野兽进到咱们院子里来过吗？

报务员孟广清说，何止来过呀，还进过屋呢！

野兽还进过屋？我们几个新兵的睡意全都吓跑了。

炊事员马福田说，你们不信呐？去年夏天的一个半夜，一个熊瞎子就来了，是奔着咱们的马料房来的。那两条狗叫得嗓子都哑了，可熊瞎子根本不在乎。那个熊瞎子在马料房里折腾了小半宿，把豆饼垛全捣腾了个遍，都给拍碎了或者给坐碎了，可能是吃饱了，晃晃悠悠地走了。

它走的时候搬着豆饼了吗？我想起熊瞎子掰苞米的故事。

门外边有一些半拉磕叽（不完整）的豆饼，证明它是往外搬了，可往远了就看不着了，说明它是空着手走的，它四肢走路的时候夹不住豆饼，马福田说。

那你们咋不开枪把它歼灭了呀？新兵兴龙很有兴致地问。

熊瞎子是保护动物，谁敢开枪啊，孟广清说，我们几个子弹都上膛了，它要是往我们住的这个屋子来，我们就得开枪了，那叫自卫。

上世纪七八十年代还没有《野生动物保护法》，只是林业部门有个比较宽泛的规定，像驼鹿、熊、鹿等属于禁猎动物，而狼、狍子、野猪等都不在其列。即或是禁猎的驼鹿、熊等，也管理得不是很严格，鄂温克、鄂伦春等以狩猎为生的少数民族每年每户都有几个可以狩猎的指标。因为有这样一个口子，禁猎是很难禁住的。尽管如此，盗猎人员进入森警的防区还是要倍加小心的。这样一来，森警的防区就成了动物们自由的天地幸福的乐园。山坡上林子里河岸边冰道上到处都能见到野兽们的踪影，特别是在冬季里皑皑的雪野之上，那些或大或小、或宽或窄、或圆或长、或密或疏、或深或浅的野兽的足迹，像一幅幅素描或者抽象画，常常引起我对这些兽类们不尽的遐思。久而久之，以足迹分辨是什么野兽自不在话下，面对它们一串串的足迹，我还常常猜测着它们是奔跑着还是徜徉着，是饱食而归还是饥饿而去。

我喜欢看到顶着茸角的梅花鹿的身影。特别是在它远远地向你昂首张望的那一刻，那轻盈的身姿与张扬的茸角真是飒爽极了，美丽极了。

和鹿有些相像的狍子常常成为我们的盘中餐。每当它听到有不测之音的当口，它都会停下来回头望一眼，可就是这“回眸一望”的瞬间，致命的子弹就会射向它的头颅或者心间。唉，可怜的“傻狍子”啊！

虽然，我到外站后第一餐吃的就是狼肉，可是我对狼却一直很是恐惧。每到夜晚总能听到孤狼的哀嚎，凄婉而瘆人。是饥饿还是寒冷？是孤寂还是伤痛？山风呼啸的黑夜里我常常难以入眠。

在山野中，甚至在我们木屋的周围，我常常看到一些灰白色的狼粪，每堆粪便上都有几根儿兽毛像插在上面似的随风摇曳。是狼们有什么用意有什么暗示吗？老兵们说，哪有那么复杂，就是吃啥拉啥。很久很久以后，我偶然间接触到了“茹毛饮血”这个词，我一下子想起了那个老兵说的“吃啥拉啥”四个字，哈哈，多工整的对仗句啊。

无论是开枪打狼还是下套套狼，我都没有畏惧过，就像对付一只狗。但这种不畏惧不是说我胆子大，根本原因还是因为每一次行动都是有老兵带着我，假如让我一个人去猎狼，吓死我也不敢。然而，在这深山老林里，狼是太多了，说不准什么时候就能碰到。

那是初夏的一个傍晚，我去河边挑水往回走的时候，我突然看到距离我有二十多米的林子边上有一只孤狼，它站在那里两眼直勾勾地盯着我，我的头发、汗毛一下子乍起来。怎么办？是扔下肩上的挑子赶紧跑，还是抡起扁担和它拼？我在万分的惶恐中突然想到老兵们说过，狼虽然凶暴残忍，但它疑心特重，当人手里有枪棍一类的东西，它是不敢贸然进攻的。想起这话，我憋着一身的冷汗，装作没看见它似的继续朝前走。眼睛的余光中，我看到快要走到狼的近前了，我紧张的心已经跳过嗓子眼了。我想，我得把水桶放下，拿着扁担走，万一它冲过来，我拿扁担也能拼它一下。我不敢使劲地甩掉水桶，我怕动作大了会引来狼的进攻。谁知在我蹲身放下水桶的那一瞬，狼竟然扭头向林子里去了。说狼疑心大，真是不假啊。我没有再去挑那两只水桶，而是像端枪似地端着扁担一身冷汗地往前走。我不敢跑，但也不敢回头，我感觉那双狼眼还在盯视着我。我强作镇定地走着，直到走进我们的院门，我才把扁担撇了呼呼地往屋子里跑，一边跑一边喊，狼来了！狼来了！

战友们听到我的喊声都跑出来，狼在哪儿？狼在哪儿？

我两腿软软的一屁股栽歪到门边的椅子上，全身的衣服都湿透了。

老兵们听了我的述说，夸奖我说，你这样做就对了，你当时要是撒腿就跑，没准你现在已经在狼肚子里了。

我听了，头皮又是一乍一乍的。这以后的好几个晚上我都睡不踏实，闭上眼睛就是那条狼的影子。

从那以后必须得单独外出时，我都要挎上半自动，而且是把子弹上了膛，尽管我的枪法很一般。

在外站的四野里，我们见得最多的是野猪，有时能看见一群一群的。有一天午后，我看见在我们的猪圈外有一头猪在往猪圈里拱。我以为是我们的猪跑出来了，刚想过去把它往圈门口赶，可我突然觉得不对劲儿，这头猪怎么比别的猪大呀，再细看，猪鬃是扎撒着的，猪嘴也有些尖，噢，是一头野猪！我赶紧跑到屋里去叫人，结果，我们的晚餐是一顿美美的野猪宴。

在大家吃着喝着的时候，山祥突然说，哼，这头野猪没准是咱们过去养的猪跑到山上去又回来找家的呢——外站过去丢失过好多次猪。

有的说有可能是，有的说看那鬃毛不像是家猪，有的说，管它是不是呢，反正进咱们肚子了。

令人讨厌的老鼠肯定不能算野兽了，因为它们总是和我们生活在一起，或者在地下或者在房上，享用着牛马吃的饲料人吃的米粮。结果，一只只老鼠都肥硕得很，像丰仪的猫。我说，咱们外站老鼠的定位应该是编外家畜，大家伙听了，都表示赞成。

一个夏天的午饭后，大家正在午休。突然一只大老鼠从我们糊着报纸的顶棚上掉了下来，正掉在刘贵海和张太平两人的铺位中间，吓得他们"嗷"的一声坐起来。这个老鼠也懵了，就在大通铺上蹿起来。张太平掀起一床被子上去就给捂住了。我们几个人找来细铁丝把老鼠的后腿紧紧地拴住，它瞪着一双小眼睛无可奈何了。怎么处置它呢？肯定是死刑了。要是广东人，可能会欣喜地做一顿丰美的鼠肉宴，而我们东北人哪里会有那样的口福——别说吃了，说一说都恶心！

刘贵海总是个有办法的人。他找来一根长铁丝，把老鼠拴在马槽子的桩子上，泼上汽油就把老鼠点着了，老鼠疼得"吱吱"地叫，两条大黄狗兴奋的前蹿后跳，老鼠被活活地火化了。

可是，这只年长的肥硕的大老鼠怎甘这样的死去？它就是死了也要惹一点动静出来的。

就在这一天的晚上，深夜了，我们都已进入甜甜的梦乡。突然，两条黄狗死命地狂吠起来。我知道这一夜应该是兴龙值班，我抬头却看见他死猪一样地睡着，狗也没叫醒他。我正要起床到外面看个究竟，屋门"吱嘎"一声响了。我唰啦一下把枪抄在手里，紧张地喊道，谁？！

还谁呢，肯定是有情况了，快点，都抄家伙（枪）！是小队长刘山祥的声音。他晚上睡在电台室，听到狗叫后起来了。

没有点灯，我们几个人都拿了枪凑到窗前往外看，皎洁的月光把院子和院子外的林子照得清亮亮的。我们看到一头硕大的熊瞎子已经撞开了木栅门，一扭一扭地朝着马槽子走来，它对两条狂吠的都疯了一样的狗根本没当一回事。熊瞎子到了马槽子跟前低着头在地上嗅来嗅去，又把两个前腿搭在马槽子上嗅。就这样左嗅嗅右嗅嗅，嗅了好一阵，可能是不高兴了，就掉过头来用屁股撞马槽子的桩子，撞了几下没撞动，它就发威似的用熊掌拍击马槽子，几下子就把马槽子梆给拍断了。就这样折腾了好一会儿，熊瞎子才扭扭地走出了院子走进了林子。我们在屋子里大眼瞪小眼地像是观看一场月光下的马戏团演出——不，是熊戏团演出，人人都看傻了似的，拎着枪，瞪着眼，大气儿都不敢出。

王吉山爱开玩笑，他说，贵海，知道熊瞎子为啥来吗？是替烧死的耗子找你报仇来了。

刘贵海把枪膛里的子弹退出来，说，熊瞎子和耗子又不是亲戚，它找我报啥仇啊，准是烧耗子的肉香味把它勾引来了。

大家伙都认同贵海的这个说法。于是有人提议，咱们申请几个打熊瞎子的指标吧，再用这火烧耗子的办法把它们勾引来，掏几个熊胆用，剁几只熊掌吃。

2014年1月20日于天津

信号弹缓缓地落下去了，夜空恢复了宁静。可我却觉得这夜空已不是原来的夜空，夜空中充满了诡异，山林也不是原来的山林，山林里充满了恐惧。

神秘的信号弹

你见过空中发射的信号弹吗？不是电影里，不是演兵场上，而是在黑黢黢森森然边境线上夜幕下的山林里，我见过，亲眼，而且是多次。

我刚分到外站没几天的一个夜里，大约是九点多钟，我出门去泼水，正当我泼了水直起身来的时候，一颗绿色的信号弹腾地从北山方向升上天空，没等我回过神来，接着“腾腾”又接连升起两颗。我惊呆了似的望着，信号弹缓缓地落下去了，夜空恢复了宁静。可我却觉得这夜空已不是原来的夜空，夜空中充满了诡异，山林也不是原来的山林，山林里充满了恐惧。我“嗖”地蹿进屋里，用劲儿拉了拉门。

立建可能看出了我的慌张，他说，咋地？碰着狼了？

我说，有人在北山那发信号弹，三颗绿色信号弹，贼溜溜的！

那几个老兵照旧在打扑克，没人注意我的咋呼。庆和等几个新兵倒是满脸惊愕地围了过来。

立建说，咱这儿离国境线近，发信号弹是经常事。

我说，我看着这距离是咱们这边发的，是不是解放军搞演习呀？

立建说，不是，据说可能是内潜外逃分子干的。我们也到发信号弹的那一带踏查过，也没找着啥蛛丝马迹。

哎，那可就是怪事了。我心里头对立建的说法有些想不明白，既然有人放，就应该有痕迹呀。

第二天吃了早饭，我就串联着庆和骑马去北山那看个究竟。

庆和说，你不怕碰上内潜外逃分子啊?

我说，那不正好是立功的机会嘛。

话是这么说，心里还是有些紧张，我们就串联着老兵刘贵海带我们去。贵海说，我去过几回，啥也没看着，你们要想去，我带你们去也行。

出发前，我把子弹上了镗。我想还是有个准备的好。

打着马搂起沟来，个把小时的功夫就到了北山根了。除了皑皑白雪和野兽的足迹，啥也没有。

贵海说，从远处看，定位不一定准，咱们再扩大一点范围找。我们就骑着马前后左右地趟起来。差不多趟了有三四平方公里，一无所获。

回到外站，老兵们听说我们去找信号弹痕迹，就七嘴八舌地说起来。张太平说，这白天晚上的下大雪，啥痕迹都给你盖住了。艾振林说，这是老毛子空投的定时信号弹，你根本就找不到啥痕迹。听了这话，我倒觉得有几分道理。

在后来的日子里，我们还真就经常的看到信号弹腾空而起的情况，次数多了也就习以为常见怪不怪了。但是，我的心里却埋下了它神秘诡谲的阴影。

“文革”末期，中苏关系仍然很紧张，擦枪走火的事、内潜外逃的事还时有发生。所谓内潜外逃，一方面是苏联方面为刺探军情时常派一些小特务潜入中国境内，再一方面更多的是中国这面一些个挨批斗的，如被打成反革命的、内人党的、苏修特务的等各种对社会不满的人伺机外逃叛国投敌。他们当中有的刚逃过去，就被苏方简单培训一下再给派回来搜集情报。当时边境线上很复杂，阶级斗争的味道、军事斗争的味道，明里暗里都是浓烈得很。我们森警担负着维护林区社会治安的任务，也有配合边防部队随时准备阻击外敌入侵的任务。

莫尔道嘎森警中队的邓吉祥等几个人正在山里巡护，发现有人的足迹，他们就一路跟踪，最后在一个山洞里抓住了一个苏方派进来的敌特分子，还起获了一部电台。满归伊克沙玛森警外站的潘双清在激流河边钓鱼，他发现有个鬼鬼祟祟的人影在河岸的树丛里闪了几闪就不见了。潘双清拎起枪猫着腰就钻进林子里去找，没一会儿的功夫，还真发现了那个人，对方也发现了他，看见他穿着警服还端着枪，那个人当时就把两只手举起来了。送到公安局一审问，原来是个对社会不满想要外逃的人。

1977年春防刚开始的时候，我们突然接到中队的电报，说是老毛子那边过来两个敌特分子已经进入了我们的防区，要我们进行拉网式搜捕。

电报员孟广清说，我说这几天怎么总有信号弹呢，原来还是有敌特活动啊。

按照中队要求，我们迅即行动，全副武装进行搜山。第二天下午，中队来了电报，说是那两个敌特分子已经在耳布尔林场落网了。后来听说这俩人在山里饿得不行了，到林场一个职工的家里要吃的，林场的职工家属早已接到了抓捕敌特的通知，看见两个陌生人心里就有了数，一边应付着一边说是出去拿样子，就把信儿传出去了，没一会儿，这俩笨蛋就被铐上了。

我到过国界边上，看到过对方的碉堡暗哨，从望远镜里瞭望他们碉堡的观察孔，我就想起了那腾空而起的贼溜溜的绿色信号弹。

至今我也没搞明白那些神秘的信号弹到底是怎么发射的，为什么找不到发射信号弹的弹壳，搞不明白信号弹和内潜外逃分子是什么关系，一想到这些，我就觉得遗憾，更遗憾的是没亲手抓住一个内潜外逃分子，没有得到立功的机会。

那个内忧外患的年代！

2014年3月11日于天津

像人和人的感情需要交流需要积淀一样，人和马的关系也需要有不断交流不断认知不断增进感情的过程。感情到了，情义就有了。

马的眼睛是很美丽的，甚至比人的眼睛要美丽得很多，很双很双的眼皮，大大的眼睛，看着你时常常是带着那种羞涩的温柔，在它眨眼的瞬间似乎是要把羞涩藏起来，却愈显美丽。

青杆子用它那羞涩而温柔的眼睛看着我，还歪过头来蹭蹭我的臂膀，它是知道我要离它而去了吗？它是对我表达着不舍吗？

我的青杆子

谁说只有人才懂得情义？

我们森警的战马也是个个都懂得情义的。要不怎么把它们称作“无言战友”？

像人和人的感情需要交流需要积淀一样，人和马的关系也需要有不断交流不断认知不断增进感情的过程。感情到了，情义就有了。

我和青杆子（杆：gan，读一声）就有这样一个过程。

那是我分配到吉落部外站的第二天，吃了早饭，老兵们就张罗着给我们四个新兵分马。

在上世纪六七十年代，森警部队特别是像外站一样的基层，枪和马是每个人必备的，后来的人们把那个时代称作“一人一匹马一人一杆枪的年代”。现在“一人一匹马一人一杆枪的年代”已成为“老森警”的代名词，成为早期森警艰苦奋斗的象征。那个年代，我们外站的人只要出行就离不开马，远的如长巡，近的如拉水，紧急的如奔赴火场、抓捕敌特，悠闲的如狩猎采摘野果，行必有马。我们常常自称是骑兵，每当这样说时，眼角眉梢都透着炫耀与自豪。其实，到了上世纪七十年代的后半叶，解放军的骑兵部队已经寥寥，仅存的一两支队伍更多的也是象征性意义，而真正每天骑马挎枪执行任务的还真就属森警了——尽管那时的森警并非现役，而只是隶属于林业部的武装森林警察而已。但这就更值得我们为自己的职业而骄傲了。很有一些个外站的森警不顾长途奔波，警服严整骑马挎枪地下到林业局镇里，威风八面地在街市中“得得得”地遛来遛去。

我分到的马是一匹白里泛青的马。当我把缰绳牵到手的时候，心里多少有些失望。我想得到一匹枣红马，在我的意识中，枣红马是马中的正宗，无论是电影里还是画作中只要有马的形象，多数都是枣红马。在新训队时，我就多次幻想过骑着枣红马无论是在皑皑的雪野中还是在绿绿的森林里，那个色彩搭配都会是非常的美丽。纯白马也行，《西游记》里伴着唐僧西天取经的不就是白龙马吗？庆和、兴龙分到的是枣红马，而胡忠还不如我，他分到的是一匹叫“花里豹子”的马，也就是浑身黑白花的——现在有的宠物狗就有这种毛色——我更不喜欢。

老兵贵海可能看出了我的不悦，他说，你这匹马叫青杆子，杆子马是套马的马，跑得又快又听话。

我心想，跑得又快又听话的马你们老兵咋不用呢？不悦归不悦，作为一个刚分到外站的新兵怎敢说个一二三呢。

那三位新兵都在收拾着刚分到手的马匹，老兵们也都在帮着忙乎。看来这是今天上午的任务了，我也给马备上了鞍子。听话的马一定是老实马，骑上去遛一圈儿吧。这样想着，我就搬着鞍子，像骑自行车一样地脸朝前腚朝后，左脚蹬右腿蹁地往马背上跨。谁知，我的右腿还没稳当地跨上马背，青杆子一个掉腚，就把我甩下来了。坐在地上屁股倒没觉得怎么疼，可看着那几个新兵都在马上遛着，我的脸上却有些挂不住。

老兵胡振林过来把我拽起来，他说，不要紧，一个是马不认识你，看着你认生，再就是你上马的动作不对，上马不能像上自行车，要这样骑。胡振林一边说一边给我做示范。

我按着胡振林的样子，左手揽着缰绳并抓住鞍桥，头背对着马头，左脚轫镫的同时翻身上马（原来“翻身上马”是这个意思），这次是坐稳了，可马却不听话，它向后坐着屁股，原地转起了磨磨。

胡振林说，你松开点缰绳。

我松开一点缰绳，但两只脚却不自觉地磕了下马镫。这一磕不要紧，我屁股下的马腾地跳起来奔着马厩门蹿去。

两步、三步，眼看着就到了马厩门口了！要么，我被疯狂的马带进马厩后掉下来遭到群马的践踏，要么，我被马厩的门框磕得头破血流！大家喊什么我全没听见（他们说是喊了），说时迟那时快，我也不知我怎会有那样的果断与机灵，就在青杆子跳跃马厩门栏杆的瞬间，我两手一把抓住了门框上的横木，两只脚脱了镫，马一跃而入，而我则像吊单杠一样吊在那里！

哎呀呀，真悬呐！几个老兵大呼小叫着跑过来，把我接了下来。

这是叫下马威还是叫上马威？反正经过这一摔一吊，我的士气是全没了。

本来就胆子小的我，又添了一个恐马症。

但是，刚才说了在外站凡事是离不开马的。怕也好，怵也好，我就是咬着牙也必须得和马打交道。

按照老兵们的指点，我每天和我的青杆子套近乎，喂马料、饮马、刷马、遛马，几天下来，青杆子就和我熟悉了。我在没人的地方试着骑它，慢步走、快步走、颠儿起来。慢慢地，青杆子不仅接受了我，我们之间还开始有了些默契。

我觉得它看我时的眼神有了变化，是变得温柔亲切的那种。没有接触过马的人可能不大知道，马的眼睛是很美丽的，甚至比人的眼睛要美丽得很多，很双很双的眼皮，大大的眼睛，看着你时常常是带着那种羞涩的温柔，在它眨眼的瞬间似乎是要把羞涩藏起来，却愈显美丽。它高兴了，还会和你表示些许的亲昵，就是把它的头伸过来歪一歪，蹭在你的手上或身上，是那种轻轻的动作，我却感到了它对我的认可与接纳，感到了它在情感上与我的交流。

有老兵提醒我说，青杆子好是好，但有卡前失的毛病。所谓卡前失，就是它在跑起来的时候，常常被什么绊了脚似的，前腿发软地在瞬间半跪一下，这个毛病会把马上的人突然就摔下马来。因为是刚刚学骑马，在马上处在高度紧张的状态，所以在起初的那段时间，倒还安稳，没有被摔下来过。时间长了，骑术有了一些进步了，我也就放松了自己，结果就在和战友们打着马飞也似的搂沟的时候，青杆子一个前失就把我摔下马来，是那种前滚翻式的摔到地上，因为是穿着毡嘎达，轫镫又浅，好在没有拖镫，可是背上的枪却狠狠地硌了我的腰。待我缓过神来，我看见青杆子老老实实地站在我的身旁，而且还低头看着我。我本来一肚子的气，可是看到它的样子，看到它温柔的眼神，我却生出了几分感动。它是在和它的伙伴们竞赛着，比着快慢比着高低，它的情绪正激昂着，它的心情正愉悦着。可是，在我摔下的那一刻，它却决然的把一切都置之度外了，停下了飞奔的脚步，此刻，它想到的唯有它的骑手。后来，又发生过两次这样的情况，我不再怪怨青杆子，我只怪怨我自己的骑术。

一次，我们骑马翻越鸡冠山。鸡冠山山高坡陡，越往上攀登越艰难，骑在马上是不行了，我下来牵着马走，可是也不行。大兴安岭的山阳坡都不长树，光秃秃的，松动的岩石很多，踩一脚，石头就哗啦啦地往下滚，脚蹬不着个坚实的硬地儿，人也站不稳当。小队长刘山祥说，把马放开，让马在前面走，咱们跟在后面走。人上不去，马就能上得去？我将信将疑地按山祥说的办了。嘿，马不愧是四蹄动物，它的前蹄子刨一刨，后蹄子蹬一蹬，还真就比人强，我踩着它的蹄坑攀登起来就稳当多了。这样爬了一会儿，青杆子还居然找到了一条窄窄的鹿道，它毫不犹疑地沿着鹿道往上攀。

哈哈，鹿走山道，马走鹿道，人走马道，挺有意思，这自然界、动物界真是浑然一体呀。虽然是气喘吁吁，虽然是亦步亦趋，可我跟在马屁股后面还是忍不住地心里发笑。

我骑在马上常常喜欢欣赏马的那一双小耳朵，毛茸茸的支棱着，稍有一点异样的动静它们就会警惕地抖动，马耳和狗耳一样，都具高度的敏感性。我们经常在山里转悠，每当遇到有野兽出没，马和狗都是我们最好的侦察员。

有一次，我独自骑马在山里走，也没有带狗。拐过山弯快要看到外站的时候，青杆子突然放慢了正在奔跑着的脚步，一双耳朵支棱棱地抖动着，鼻子里还打了响。我警惕地把枪从背上拿到手里，四下张望，果然发现在我前方的林子里有一只狼。那狼也发现了我，正在用一双狼眼盯视着。我心里告诫自己不用紧张，枪膛里就装有子弹，我随时都可以射杀它，可是转念一想，会不会是群狼呢，我心里有些打鼓。三十六计还是走为上计，我一边注意着那只狼，一边磕着马镫往前跑。到了外站，大冬天里竟出了一身的汗。

我相信马是通人性的。

有一次，我们外站里的几个人都得了感冒，发烧的咳嗽的，眼看着外站的那点常用药都被吃光了也不见好转。我是感冒较轻的一个，我说我去到下面的林场买点药吧。小队长和其他几个战友都有些犹豫，他们是不放心我这个新兵单独外出。我说，放心吧，我去过林场好几次了，来回一百多里的道，天黑前肯定就回来了。吃了午饭，我背上枪骑上马就匆匆地出发了。六七十公里的山道，骑马连跑带颠儿地走了不到两小时就到林场了。本来买上药就可以往回走，可不巧的是，林场卫生所的人因事外出了。等吧，我在卫生所旁边的一个房间里坐下来。虽然心里很着急，可是路上跑的汗却消了，紧接着就觉得身上和心里一阵阵的发紧、发冷。一直等到差不多快吃晚饭的时候了，卫生所的人才回来。拿上药，我自己先吃了一片退烧的，就骑上马匆匆往回赶。这时，天色已经黑下来了。可能是发烧的原因，更可能是药的作用，走出不远，我就觉得脑子里晕晕乎乎的，我强打精神磕着马镫往前走。走着走着，强打精神也不管用了，我昏昏沉沉的伏在鞍桥上。此时，我知道我不能把缰绳抓得太紧了，我已经处在不能驾驭马的状态，只好信马由缰了。没有了驾驭，马也就处在了自由行走的状态，但它似乎知道它是背负着它的骑手的，它虽然是自由行走但并未像散放着啃草时那样无拘无束式的散漫，它的步伐还是紧凑的有速度的，也或许是黑夜的缘故，它一边“得得得”地走着，还一边警惕地打着响鼻。我伏在马背上，迷迷糊糊地想到了“老马识途”这个成语，心里竟觉得托了底。战友们很焦急地等待着我，他们非常后悔让我去买药，甚至互相埋怨起来。子夜时分，我终于回到了外站，战友们激动地拥抱我，夸奖我。我说，别夸奖我，还是夸奖青杆子吧。

我们吉落部外站，有自己名字的马是少数，像我的马叫“青杆子”，胡忠的马叫“花里豹子”。多数的马都被叫作主人的名字。像刘立建的马就被叫作“刘立建”，张太平的马就被叫作“张太平”。刚到外站的时候，我很奇怪这种叫法，渐渐的我明白了，每一个人都把自己的马看得非常重要，喂马、刷马、钉马掌、戴嚼子、配鞍子，就像对待自己一样对待自己的马，耐心细心精心。你若是招惹了他的马，比如打了他的马一鞭子，踢了他的马一脚，他甚至会跟你翻脸，跟你动手。马，是我们的无言战友，这是老兵们挂在嘴上的话。

由于天天和马都在密切接触，我由一个恐马人变成了一个爱马人。我喜欢上了骑马，喜欢上了骑在马上纵情于森林深处天地之间的快乐。

我的骑术虽然和老兵们比还有差距，但骑马的三种步伐我却都喜欢，我曾细细地品味过骑在马上的那种快乐那种享受，愉悦、恣肆、纵情。

骑在马上慢慢散步是让心地放松的一种最佳方式，马不用顾及人之所思，人不用顾及马之所想，信马由缰，或在阳光疏漏的密林里，或在银装素裹的雪野上，或在绿意绵绵的草丛间，率性，随意，自如，优雅。这时马会伸长它那绵长的脖颈随意地去啃吃一片草丛，而此时我的思想也会像天空中的鸟儿一样自由地飞翔。骑马走颠步，就是骑在马上左前右后略略侧身，略勒缰绳，使马昂首挺胸，加以不停地磕蹬，马就颠起碎步来，四只蹄子像鼓槌敲鼓一样，快速地起起落落起起落落，看似在走实则在跑，四蹄踏在冰道一样的硬地儿上发出“得得得”的响声，毛泽东形容叫“马蹄声碎”，而踏在雪野上则发出“滋嚓滋嚓”的声音，也是悦耳得很。当马颠起来时，骑手的屁股是不能死坐在马鞍子上的，如那样的话，人和马都会很累。而正确的姿势应是似坐非坐看似坐着实则夹蹬而立，随着马蹄的起起落落，骑手的腰身亦是同步的起起落落，只有这样马颠起来才更有节奏感，此时人在马上不仅仅是威武，还有浪漫，微醺似的浪漫。然而我们骑在马上常常不满足于散步式的徜徉，也不满足于颠起来的潇洒，我们是一群初生牛犊似的青年，一跨上马背就有一种抑制不住的兴奋，就要伏下腰身扬鞭跃马，让马搂起沟来。马搂沟时两条前腿腾空跃起，两条后腿蹬得直直的为身躯为前腿加劲助力，你想理解什么叫"驰骋"吗？那你就骑马搂沟吧，风从你的耳畔呼呼地刮过，周边的景色从你的视角飞速地溜过，你骑在马上如驭着小舟在波滚浪涌的大海中一样起起伏伏，那是一种身体张力全部全部的放纵，是一种思想底处全部全部的释放，是一种在旷野中彻彻底底的疯狂……

我从外站调到了中队部，离开外站头天的傍晚，我牵着青杆子遛了一圈又一圈，我细心地给它从头到尾刷了一次毛，给它砸了豆饼搅拌了草料。青杆子时时用它那羞涩而温柔的眼睛看着我，还歪过头来蹭蹭我的臂膀，它是知道我要离它而去了吗？它是对我表达着不舍吗？看着它那模样，我心里酸酸的涩涩的，眼睛也有些热……

多少年过去了，世事沧桑，但我还是经常想起我森警之初的那个无言战友，想起那匹曾伴我走过了一段孤寂艰苦生活的骏马。

2014年2月27日于天津

喝酒的人没有作假的，都恐怕自己喝少了，轮到了就是深深的一口，所以，有时一圈儿没转完酒碗就见底了。因为是一个碗轮着喝，碗边子上里里外外都是大伙嚼菜的嘴弄得沫沫汲汲的，可是没人讲究这事儿。

记得青草刚刚绿遍山野的时候，在风和日丽的日子里，我曾多次一个人骑马带着狗到酸水泉子，人喝个够马喝个够狗也喝个够，而后就撒开马去啃草，任由狗去撒欢，而我则仰靠在泉水边的山坡上，晒着太阳，看蓝天看草地看清澈的泉水，或者捧一本书，或者闭目小憩。

说我们是这片大森林的主人，倒不如说各类野兽们是主人更准确。它们世世代代居住在此，繁衍生息。而人类却是闯入者，破坏了它们的和谐与宁静。

外站的吃喝拉撒睡

（一）

深冬的一天，我和庆和去拉冰。铁钎子凿深了，一块冰凿下来竟露出了清澈的河水。这时谁也没想到奇迹发生了：一条接一条的细鳞鱼闪着银光从冰窟窿里弧线型地飞跃到冰面上。正当我们惊讶不已之际，冰窟窿里又噼哩噗噜地跳上来十多只林蛙，哇，天上掉馅饼了！

炊事员马福田是个很会鼓捣吃喝的人。他看到桶里的鱼和蛙，高兴地哼起了小曲儿。我喜欢吃鱼，但没吃过蛙，想到要把一只只如癞蛤蟆一样的活物吃到肚子里，心里不免打怵。

马福田说，这是林蛙不是癞蛤蟆，好吃着呢。

老兵们都有些兴奋，一反平常地都来帮厨。我知道，这是上好的下酒菜勾引的结果。

林蛙被放在盆子里，倒进半盆水然后再撒上盐。不一会儿，林蛙就开始往外吐肚子里的东西。实际上，它们在河里呆了半个冬天肚子里已经没什么脏东西了。盐水里泡了个把小时后，再换水清洗了两遍。这边把林蛙的水淋干了，那边锅里的油也烧开了。

马福田说，你们倒酒去吧，我这儿开炸了。说着，他就把林蛙一只一只地放到滚开的油锅里，只见那林蛙一进了油锅，"咕"的一声，肚子就鼓胀起来了，像是一个待产的孕妇。

马福田看我还站在边上看，就说你别把眼珠子掉进锅里了。

炖好的细鳞鱼上桌了，炸好的林蛙也上桌了。打怵归打怵，嘴巴是归馋虫领导的。我把鼓胀鼓胀的林蛙塞进嘴里，咬上一口，嗨，那叫个香脆！胡忠是个胆小鬼，他不敢吃。我们三下五除二，一会儿就把一小盆儿炸林蛙干掉了，人人都咂着嘴巴说好吃，我看胡忠很有些失落。

在外站里我愿意过秋天和冬天，因为过了八月十五以后山里头野兽的肉就好吃了。我们骑马挎枪到山里转悠半天就能打个狼啊狍子啊野鸡啊什么的回来，饭桌上就有肉香味了。还有缸里的酸菜，地窖里的土豆白菜，秋冬两季的伙食还是很能说得过去的。

可是到了开春以后，日子就不好过了，野兽肉又瘦又腥的不好吃，所以也就不能打了。地窖里的白菜没吃完的也都烂掉了，剩下的土豆也都软巴塌塌的长满了芽子。高粱米玉米碴大饼子窝窝头，酸菜炒粉条海带和咸菜成了不变的主题。

按说夏天里的饭桌上应该是丰盛的，可实际情况却不是。那个年代还没有塑料大棚种植技术，在大兴安岭北坡的高寒地带，什么黄瓜、西红柿、茄子、芹菜之类的细菜是绝对长不出来的。我们吉落部外站又建在半山坡上，没挖半锹土下面就全是石头子儿，沟溏子里都是长满塔头的湿地，土豆白菜也没处种。林业局镇子里卖的青菜都是从岭南的扎兰屯那边倒完马车倒火车、倒完火车倒汽车，辗转好几圈儿才运过来的，而从镇子里再运到我们外站还要用车运用马驮。水灵灵的青菜到我们这儿早都是蔫蔫巴巴甚至已经磕破了腐烂了。我在外站的两个夏天，印象里只吃过两三次茄子和黄瓜，都烂的一个坑一个眼儿的还当宝贝似的舍不得用刀削。

多半年的时间吃不到青菜水果，几乎人人都有口腔溃烂的事，有的得了夜盲症眼干症，有的得了皮炎，奇痒难耐。我是常年的嘴唇干裂，很深的大口子，渗血，牙也总是出血。据说这都是因为维生素缺乏。

差不多到六月底情况就好起来了，大兴安岭的北坡终于长出了绿色，树绿了草绿了，红黄蓝紫白的各色的花儿星罗棋布地开了。我惊喜地发现，我们外站周围的草地上长了一片片的黄花菜，有的含苞待放有的吐出了花蕊。从此后的一整个夏天，我每天都要采两脸盆黄花菜，一盆晒干菜留着来年春天吃，一盆就吃新鲜的。我把它洗得干干净净的放在伙房里，马福田就把它用开水焯了，或者炒着吃或者蘸酱吃。我们还挖一些婆婆丁蘸酱吃，苦是苦了点，毕竟是最最新鲜的青菜，而且败火，补充维生素，大家都一把一把地往嘴里塞。等到雨水多了一点，林间里的蘑菇就长出来了，饭桌上就有了炖蘑菇、炒蘑菇。还有山葱、蕨菜、苏子叶之类的野菜。不管怎么说，夏天的饭桌上怎么也能给我们补充一些维生素。

到了秋天，是串山采野果子的日子。我们拿着筐拎着桶满山地转。在野果子树聚堆的地方，都柿（学名叫蓝莓）、稠李子、山丁子、红豆、刺梅菓一片一片的。我们这片林区距离城镇远，老百姓不容易进来。野果子滴里嘟噜的稠得很。我们进山都是结伴而行。那些野果子不仅是人爱吃，熊瞎子也爱吃，它们也是满山地串。秋天里是熊瞎子拍人最多的季节。或许是“身在此山中”的缘故，也或许是“物多自贱”的缘故，大家并没有把这些野果子当成什么上好的东西。采上一回，带带拉拉能吃上很长时间，等到连吃带烂的没有了，山里的果子也都落了。那时，谁也没想到当年的都柿叫了蓝莓以后，会有今天这么大的名气，其养生功效是我们当年做梦都想象不到的。

有一天，我们在山里巡护，一溜马比赛着跑。胡忠的“花里豹子”马刚停下急急的脚步就低头喝河沟里的水。胡忠没经验，还把缰绳放开了，可着马管够地喝。结果水呛进了肺管子，“花里豹子”痛苦地躺在地上打着滚儿。张太平说，嗐，你真是犯浑呐，跑的那么急哪能让它喝水呢，一准儿就是个死。没多大工夫“花里豹子”就死了。胡忠又心疼又内疚，哭了起来。

有人说“花里豹子”不是病死的，埋了可惜了，还是卸巴卸巴吃肉吧。一个夏天也是没怎么有肉吃，那就吃吧。先是炖了一锅，剩下的肉就被撒上大粒盐腌到缸里了。在其后的日子里，马福田隔三岔五地就从缸里捞一块马肉给我们做了吃，毕竟是荤腥，大家觉得还挺香的。缸里的肉吃了一多半的时候，马福田突然从缸里捞出一只大老鼠来，皮毛上全是白白的盐渍。这一下把大家整恶心了，剩下的马肉赶紧扔。这回轮到胡忠高兴了，因为是他的马，他一口马肉也没吃。他说，我说不应该吃吧，这是报应啊。胡忠人长得漂亮，但肠子直，说话不拐弯。

（二）

我们住的屋子和伙房里有三个由粮店豆油桶改成的大水缸，供人吃马喂和洗洗涮涮。每天拉冰拉水是外站里一项重要的任务，贵海和庆和负责这件事。庆和每次干完活回来都撅着嘴不高兴。我问他原因，他说那不是人干的活儿。我跟着他去了两趟，才知道这活儿的不易。赶了装着铁皮水箱的马车到结了冰的河道上，拿着铁锤钎子一块一块地凿冰，然后再把冰一块一块地装进水箱里，装满了拉回来，再把它们倒腾进水缸里，费时费力，确实腻歪得很。开化以后，拉水也不轻松，每次都弄得身上水啦吧唧泥头拐杖的。庆和是个干净人，让他干这活儿，确实委屈他了。

铁皮炉子和铁皮水缸紧挨着，冬天化冰快夏天水不凉。铁皮炉子上坐了一把被烟火熏得黑黑的长嘴铁皮水壶，炉子里的火旺，壶里的水开得快。因为饭桌上常常是咸菜大酱大酱咸菜，口渴的人们吸吸溜溜地就是个喝水，再加上洗洗涮涮，一大缸水有时没到一天就淘光了。实际上那水并不干净，火炉子总是冒烟咕咚的，虽然水缸上有个盖，可水面上还是漂着一层的灰。就那个条件，没法讲究。

不仅是喝水不讲究，我们在外站里喝酒也不讲究。每次喝酒，不管有几个人，都是倒满一大碗酒——当然是散白酒，一元二角六一斤——转着圈儿轮着喝。喝酒的人没有作假的，都恐怕自己喝少了，轮到了就是深深的一口，所以，有时一圈儿没转完酒碗就见底了。因为是一个碗轮着喝，碗边子上里里外外都是大伙嚼菜的嘴弄得沫沫汲汲的，可是没人讲究这事儿，但是谁要是把酒碗放到自己的手边不赶快喝，而是在吃菜或者说话，就会遭到后面人催促与指责。

老兵们在距离外站三十多里的地方发现了一处酸水泉子。这可是一项重大发现，意义非凡。一，它是泉水，泉眼那咕咚咕咚往外冒水，就是隆冬时节也不封冻，远处看还升腾着热气，给我们有些死寂的防区带来了活气儿、灵气儿。二，那清澈的泉水喝起来居然有些酸，和那种格瓦斯汽水一个味，喝了几口也有一股气从肚子里往上顶，打饱嗝儿，这不是免费饮料吗？还是纯天然的。三，因为这有不封冻的泉子，就招引来了很多野兽来饮水，泉子周围踩满了各类动物的足迹。我们就可以在这里“守株待兔”，而且一定会满载而归。发现了这处酸水泉子后，外站的人三天两头儿就往那跑，山下来了人，我们也一定要把他们领到那看一看。那儿成了一块逍遥之地，一处美丽的风景。记得青草刚刚绿遍山野的时候，在风和日丽的日子里，我曾多次一个人骑马带着狗到酸水泉子，人喝个够马喝个够狗也喝个够，而后就撒开马去啃草，任由狗去撒欢，而我则仰靠在泉水边的山坡上，晒着太阳，看蓝天看草地看清澈的泉水，或者捧一本书，或者闭目小憩。那时，就感觉天也辽阔地也辽阔天也静默地也静默，而我独处其间，神清气闲优哉游哉，我不是个喜好励志的人，彼时彼刻，我没有想到应当有什么远大抱负，没有想到遥远的未来，只是感受到当下里大自然的美好与我身心的惬意。

就在有一次我从酸水泉子回来的下午，我看见几个人在洗刷宿舍里的大水缸。

我说，今天刮的什么风啊，咋想起洗水缸了？

吉山说，刮什么风？刮的是黄大仙的妖风。

我没听懂。

胡忠说，嗐，别提了，刚才吉山从水桶里舀出来个黄皮子（即黄鼠狼），都泡发了。

贵海冲着我说，我说你这些日子怎么总是神神道道地往外跑呢，原来是喝出仙气了。

大家伙分析，一准是黄皮子从房梁上掉到水缸里给淹死了。看着泡发的那个腐烂程度，可是有些日子了。

打那好几天大家伙都不想吃不想喝的，这不是和腌马肉缸里捞出个耗子来一码事吗？真是无独有偶。

（三）

有内地人戏谑地问我，听说你们大兴安岭冬天拉屎撒尿得用个棍子拨拉？

我说，为什么？

听说是高寒，不用棍子拨拉，那屎尿没落地就冻成冰棍了。

我说，岂止是用棍子啊，我们还用枪呢。

对方戏谑的神情变成了一本正经的困惑，啊，用枪？

我说的是真话，并没有和他开玩笑。我们外站百里无人烟，是野兽们的天地。说我们是这片大森林的主人，倒不如说各类野兽们是主人更准确。它们世世代代居住在此，繁衍生息。而人类却是闯入者，破坏了它们的和谐与宁静。它们把所有人都看成敌对势力的一分子，并不知道我们森警是来保护它们的，它们对我们森警没有应有的好感，它们盯视我们的眼神是对异类的仇恨、饥不择食的贪婪，当然也有慌不择路的抵死相拼。我们这些森警既要保护它们又要时刻防备它们对我们的侵袭。林区里的大人孩子因为在外大小便被熊瞎子和狼吃掉或叼走的事不乏其例。所以，只要出门我们基本都拎着枪，特别是黑天以后需要解大手的时候，那是抱着枪在那里蹲坑使劲儿。

冬天解大手冻屁股是真的，但比起夏天里解大手要幸福多了。大兴安岭林区六、七、八三个月是一年中难得的暖和天，可这三个月也是蚊虫最猖狂最肆虐的季节。瞎虻、蚊子、小咬三班倒，不论是人还是畜，叮上就不放。要是脱了裤子解大手，两只手就得在脸上、脖子上、屁股上紧划拉，最后还是被叮得到处是包。我们只得学老兵的办法，出门前穿上雨衣雨靴，蹲在地上先用雨衣的下摆把屁股围好，然后才可以方便，两只手只管相互拍打和划拉脸就行了。但是起身的时候，得记住先把屁股后的雨衣拎起来，不小心的话，雨衣就沾上脏东西了。你说，在外站里这拉屎撒尿的问题麻烦不麻烦？每天为这事都烦死人了！

（四）

我们几个新兵是在元旦的头一天来到外站的，进到屋里的第一眼我就看到有的铺位上挂着蚊帐，我心想，怪了，这大冬天的挂什么蚊帐啊？是为了肃静？“躲进小楼成一统”？一张纱布之隔能挡住什么呀？因为是新兵又是新来乍到，我的疑问就憋在了心里。

吃了晚饭，时间已经很晚了，车上颠簸了一大天，浑身散了架似的，躺下我就睡着了。可是半夜里睡意正酣，却被什么虫子咬醒了，打着手电找又找不到，躺下没一会儿，还是有东西咬，浑身痒。就这么翻来覆去地折腾了大半宿，终于挨到天亮了。起床吧，咱是新兵勤快点，给老兵们留个好印象。没睡好觉的事，我憋在心里没和别人说。但是，我知道了那是臭虫在捣乱，因为我看到了墙壁上有别人抿的臭虫血。

第二天还是被臭虫搅得没怎么睡，但我不再老老实实地挨在那里，一晚上我抱着被子换了好几个地儿，但是我逃不出臭虫的四面埋伏，天亮后我已经是困乏不已疲惫不堪痛苦至极。

我和小队长刘山祥说，这臭虫咬得我两个晚上没睡觉了。

山祥说，那你是招臭虫的人，你没看有的人就不招，睡得像死狗似的。

我说，是啊，看着别人睡得那么香，真是嫉妒死我了。

胡振林说，你招臭虫咋不早说，支蚊帐吧。

哦，原来冬天里支蚊帐是管臭虫用的。

胡振林帮我把蚊帐支上，把蚊帐四圈的底边压在褥子底下。他说，这回基本就能把臭虫隔到外头了，就是钻进来几个，它们也是顺着蚊帐往上爬，你可以睡安稳觉了。

到外站后第三个夜晚是我第一次睡得香甜的夜晚，一觉醒来，大家都已经起床了。我查看一下蚊帐的四边，果然在顶角上发现了两个趴着的臭虫，我狠狠地把它们抿死了，崭新的蚊帐上留下了鲜红的血。我愣愣地想，这是臭虫的血还是我的血？

后来，我知道在我们睡觉时闹事的不只是臭虫，还有到处乱窜的老鼠。白天有人在，老鼠就溜到别处去了，到了夜深人静时，老鼠们像夜袭队一样出现了，有的在地上跑，有的在报纸糊的顶棚上闹，更有甚者竟跳到大通铺上往人的被窝里钻，往人的脚趾头上咬。半夜里我多次听到过老鼠打架的叫声，听到顶棚上老鼠们的蹦跳声，我庆幸老鼠没光顾过我的铺位，我得感谢我的蚊帐。

实际上我们是养着猫的，可能是老鼠太多了寡不敌众吧。但那个猫长得还是很肥的，白天里，我看它总是卧在阳光照耀的窗台上闭着眼睛打盹，晚上就不知道它去哪里战斗了。

2014年3月19日于天津

夜幕降临后，冰灯里的蜡烛点着了，嘿，效果好极了。像沉沉的黑夜里晶晶莹莹的星光，寂静的山林突然有了鲜活的生命。

我举起了枪，对着夜空，我默默祈祷……

清脆的枪声在这深山老林里在这黑沉沉的子夜在这万家团圆辞旧迎新的时刻，一声接一声地回响起来……

在外站过年

1977年的春节来得很晚，过了元旦还很遥远，直到2月17号，除夕才姗姗来到。

可是，它来得早与来得晚和我有什么关系呢？我自打从元旦的头一天被分配到吉落部外站，就彻底断了回家过年的念头。

按说，刚当了森警——这个军事化的武装力量的一分子，就不应该有头一年就回家过年的想法。可是，从新训队分到得耳布尔中队，在中队部干活打杂的那几天，偶然听到胖胖的张排长跟孙队长建议说，让这几个新兵回家过年算了，过了年到山上外站踏踏实实地干。

居然会有这等好事，我们四个新兵简直是乐出了屁，回家过年的欲望一下子被点燃了——毕竟我们活到十八九岁还没有远离父母单独在外过过年。

张排长的好主意在第二天就遭到了瘦瘦高高的彭排长的批判。他当着孙队长、张排长和我们几个新兵的面，厉声地说，哪有刚当了兵就要回家过年的，这是武装警察，是军事单位，不是小工队！嗯？是不是你们新兵的主意？

彭排长一脸严肃地扫视着我们，而后竟然把眼神落在了我的脸上不动了。

在厉声斥责面前，我们谁还敢说话，只有低头无语的份儿。

孙队长磕磕烟斗说，你们几个新兵准备去俱乐部吧（实际是吉落部，我们都听的是“俱乐部”，东北人在发音上把它们搞混了），也好把那几个老的换下来过年。

回家过年的欲火刚刚点燃就被一大盆冷水浇灭了，特别是彭排长盯视着我的那双眼神，让我感到一种被栽赃的恐惧，心里头拔凉拔凉的。从那天起，就不在想过什么年不年的事。

到了外站，一切都很新鲜。白天骑马巡护狩猎拉冰化水打拌子，晚上看一颗颗莫名其妙的信号弹听野兽们的短嘶长嚎老兵们你一句我一句的掐架。外站之初的日子寂寞而忙碌。不知不觉中春节就来到了。

知道春节就要来到了，不是因为“年味”越来越浓，而是外站的人越来越少，小木屋里越来越冷清了。

当回家过年的老兵们一个个骑着马下山，外站只剩下了两个老兵和我们四个新兵的时候，王吉山说，咱们也准备过年吧。

过年？咱们这要吃没吃要喝没喝的咋过年？

自打我们上山后，因为大雪封山，汽车就再没上来过，外站很久没有供给了。伙房里仅有的是高粱米和半缸腌酸菜，地窖里仅有的是长满芽子的土豆，连大白菜都已经被吃光和烂掉了。因为不是防火期，报务员下山休假了，电台停了。因为电池没电了，唯一能给我们带来外界信息带来娱乐的红灯牌半导体收音机和电台一样成了聋子的耳朵。

因为有这么多的因为，所以我脑子里已经没有了过年的意识。

过不过年，不都是要长一岁吗，我这样想。

王吉山、刘贵海两个老兵却不这样想。他们带着我们新兵行动起来。

没有蔬菜算什么，咱们有肉呀，漫山遍野的活物，多新鲜呀。刘贵海胡子邋遢的满脸笑意地说。他带着庆和、兴龙早出晚归地忙活了两天，库房里就摞起了一堆狼、狍子、野猪、雪兔、野鸡、飞龙鸟的尸体，伙房里就飘出了诱人的肉香。

王吉山带着胡忠负责庖厨的事。王吉山说，这儿比山下过年强，山下过年顶多就是杀头猪，咱山上可是要啥有啥，全是野味啊。

王吉山不会想家，因为他是从山下上来临时来带着我们过年的，过了年他就回去了。

我本应该和他们一块忙活厨房里的事，可是我干啥都笨手笨脚的，他们觉得有我在不如我不在。

我倒成了吃闲饭的人，不好意思。可我能干点啥呢？

打扫卫生吧。我撸胳膊挽袖子，把我们宿舍里落满尘土的桌子、炉筒子、油灯罩子以及收音机、茶缸子等都擦得看到了本色儿。

实话说，我干的是面子活儿。黑天后他们回到宿舍，我把两个油灯点着，屋子里竟然比往常亮堂了许多，大家伙都夸我这活干得好。我心想，这算什么，明天我再弄个新花样出来。

第二天，我在院子门口，用一尘不染的白雪堆了两个大大的雪人，眉毛用松树的针叶，眼睛用圆圆的小土豆，我用钢笔水给他们来个画龙点睛，找来没人戴的帽子给他们戴上，锯了两个小杆立在他们身旁，俨然一副哨兵的形象。

哈哈，乐的两条狗围着雪人前前后后撒欢地叫。

人总是愿意听表扬的话。人表扬了，狗表扬了，我得再接再厉。

我把六七个喂得罗（俄语，上大下小的圆水桶，东北人也叫“巴梢子”）盛满了水，然后把原木小杆半插在水桶的中间。正是滴水成冰的季节，不出几个时辰，喂得罗里的水就冻实成了。我把冰坨倒出来，把冰坨中间的小杆拔出来，在这圆筒筒的底部用水沾上一块钉子朝上的小木板，把蜡烛插在钉子上，哎，水晶一样的冰灯就做好了。

夜幕降临后，冰灯里的蜡烛点着了，嘿，效果好极了。像沉沉的黑夜里晶晶莹莹的星光，寂静的山林突然有了鲜活的生命。

撕下2月16号的日历，除夕就到了，我迎来了第一个远离父母家人的春节。

早晨是高粱米饭，中午是高粱米饭，晚上还得是高粱米饭。

刘贵海说，高粱米饭别再往上端了，咱今晚上来吃百兽宴。

我说，叫百兽宴太夸张，总共也没到十个菜。

王吉山说，别咬文嚼字了，外头点冰灯，屋里点油灯，年夜饭开餐！

胡忠喊，山里点灯山外点明子（样板戏《智取威虎山》里的台词），过年啰！

一下子点着了四盏煤油灯，屋子里登时就亮堂起来。

手把狼肉、野猪肉烩酸菜、狍子肉四喜丸子、雪兔炖土豆、野鸡炒咸菜、飞龙汤，热气腾腾地摆满了一桌子。

要是在城里，特别是在内地，这一桌子野味值了老鼻子钱了。

围着桌子坐下来，刘贵海却抹抹嘴巴揉揉手的，就是不动筷子。

王吉山说，贵海，我早知道你琢磨啥事呢，是缺个八加一吧？

庆和说，谁让他嘴馋把酒都喝完了呢，今天就得以水代酒了。

刘贵海说，兄弟，不能怪我一个人嘴馋呐，在这深山老林里不喝点酒干啥去呀？

是啊，在林区，少了啥也不能少了酒。无论是采伐小工队的工棚子还是我们森警外站的小木屋，酒是不可或缺的必需品，它祛累祛湿祛寒祛愁祛寂寞提精神壮胆量助兴致添欢乐，实在是好处多多。过年过节来人去客（东北人读qie），刮风下雨数九寒天，酒就像魂一样的在林区人的饭桌上游荡着。林区人有句粗话，叫“有酒没菜不算慢待，有菜没酒不如唆罗指头”。

这次大雪封山太久了，好几塑料卡子的酒都被喝光了，可是这大年关却到了。

中午饭没有酒，刘贵海就寂寞了好一阵子。

王吉山数落刘贵海说，说你嘴馋你还不承认，你就是比别人喝的多嘛。

刘贵海不高兴地说，行了，行了，没有酒咱就喝汤吧，说着就把一碗雪白色的飞龙汤喝光了。

王吉山说，大过年的别不高兴啊，都闭上眼睛，看我给你们变个戏法。

谁也没想到，说着话的功夫王吉山像变戏法似的从他铺地下掏出一小塑料卡子散白酒来。

哇！不光是刘贵海高兴得跳起来，就连我们几个也欢呼起来。这才像个过年的样啊！

王吉山，这个精明的安徽人，一边拿抹布擦着酒桶尘土一边说，我估摸着年前是上不来车了，就把我带上来的这桶酒藏起来了，要不藏起来早都给喝光了。

贵海说，还是你英明，中午咋不拿出来，今儿可就是过年了。

王吉山说，中午拿出来，晚上年夜饭还有的喝吗？

胡忠勤快，早把酒倒到碗里了。在林区，喝酒经常用大碗，一碗酒转圈儿轮着喝，酒碗边上沫沫汲汲的，谁也不嫌谁脏，轮到谁喝了，谁也不装假，狠狠地喝一口。

不是因为这满桌子的野味，而是因为有了酒的飘香，这年夜饭吃得一下子有了滋味，这年过得一下子有了情趣儿。

但是，酒毕竟是撩人情思惹人乡愁的尤物。我们几个新兵平时不大喝酒，几圈儿酒喝下来，就有些把持不住了。大家伙你一言我一语地说起来。

这会儿家里人也在吃年饭吧？

我妈做的菜就是好吃，就是土豆炖白菜也好吃。

这会儿家里人肯定是想咱们呢，嗨，从打上山就没接到过家里的一封信。

刘贵海滋溜一口酒说，庆和一准是想对象了，这两天就蔫头耷脑的。

话还没落音儿，大个子李庆和就趴到铺上哭了。庆和有个漂亮的对象，他没事时就翻开装照片的小本夹子看。我们四个新兵中就他有对象，他在我们面前好像很有资历似的，经常显摆显摆。

哭也能传染，漂亮小伙胡忠接着哭了，一向大大咧咧的王兴龙竟然也趴到铺上抹起了眼泪。

王吉山说，嘿，都哭天抹泪的这年还怎么过呀。

刘贵海说，他们几个都哭，嘉龙你怎么不哭啊？

我说，他们不是想家是想对象，我也没对象我哭啥呀。

贵海说，不是说胡忠和兴龙没对象吗？

我说，没准儿有呢，平常没说，这阵儿不就露馅了嘛。

那仨小子任我怎么说也不接话，就是窝在铺上在那吭哧着。

王吉山说，酒不喝了，一会儿到12点时，嘉龙你上外边打几枪，就当放鞭炮了。

掐着时间，在即将告别龙年迎来蛇年的时候，我拎着上了子弹的半自动出门了。

凛冽的寒风扑面而来，我醉意朦胧的脑袋一下子清醒了许多。我望望夜空，没有月亮没有星光，四周是黑魆魆的山林，山风呼啸着，不远处有野狼的哀嚎。

我面向着家的方向默立着。我想爸爸妈妈和家人们都已经入睡了吧？我们家没有过年守夜的习惯，吃完除夕的晚饭，也就早早睡了，初一早晨河北的老乡们还要相互拜年呢，谁家也不敢起得晚了。也许，爸爸妈妈还没有睡着，他们是在思念小儿子吧？他们能不想吗？我毕竟是孤身在外远离了他们啊。刚才，我虽然没有和庆和他们一样地哭，但我的心里也是空落落的，鼻子也是酸酸的。自打上了外站就和家里音信隔绝了，我觉得自己像个孤零零的孩子在这深山老林里游荡着，踯躅着，找不到回家的路。

再想想，其实想家归想家，到这深山老林里来当森警，不是自觉自愿的吗？为了有一个固定的职业，为了一份儿稳定的工作，眼下吃一点苦遭一点罪又算个什么呢？我没有想到未来会怎么样，那时，我对个人的前途没有过精心的思考，或者说没有什么远大的理想与抱负。我是一个工人家庭的孩子，处在社会的最底层，对国家对社会的变革与动荡知之不多，经历了“文化大革命”，上大学的梦就没敢做过。现在当了穿着警服骑马挎枪的森林警察，还不知足吗?和那些还在当着知青的同学们比，我知足了。

黑沉沉的夜空，我看不到外边的世界，外边的世界也不知怎么样了？在这辞旧迎新的时候，几家欢乐几家愁呢？即将就要来到的蛇年又将是怎样的一个年份呢？没有报纸没有广播没有书信，在这与世隔绝的深山老林里，我只有对着这茫茫黑夜暗自感慨。

我举起了枪，对着夜空，我默默祈祷……这时，庆和也拎着枪出来了，他说，你举着枪在这儿思量啥呢？说着他的枪就响了，我也扣动了扳机。清脆的枪声在这深山老林里在这黑沉沉的子夜在这万家团圆辞旧迎新的时刻，一声接一声地回响起来……

放完了枪回到屋里，发现兴龙和胡忠两个哭巴精已经睡着了，庆和把枪扔那又栽歪到了铺上。

王吉山说，咱们别睡，打扑克接初一。

三个人怎么玩呢？玩“憋七”的。两个老兵和我，你憋我我憋你，憋得脸红脖子粗，一直憋到了早上六点，实在熬不住了。王吉山说，拜年了，拜年了。睡觉吧，睡觉吧。

炉火烧得旺旺的，屋子里暖融融的，在蛇年的第一个早晨到来之际，我们很快就进入了沉沉的梦乡。

睡意正浓的时候，两条狗撒欢似的叫起来。噢，山外来人啦？我们都骨碌爬起来。还没等出门看究竟，我们的老孙队长就带着司机杨师傅进来了。

过年好啊，给你们拜年来了！

看着披着一身清雪的孙队长，我们都愣住了，这不是神兵天降吗？

杨师傅说，孙队长为了给你们拜年，昨天就出来了，昨晚上在东方红外站过的三十，今早不到四点就骑马往你们这儿赶。

孙队长说，车上不来，年货供不上，你们吃苦了。这不，我给你们带来党中央华主席对你们的慰问了。孙队长的话把我们说得都是丈二和尚摸不着头脑了。

孙队长从包里掏出一个半瓶的竹叶青酒和一盒牡丹牌香烟，说这可是中央确定要求发到基层的，那半瓶我给东方红外站的喝了，给你们留半瓶，好酒啊！

是啊，那年月哪见过这么好的酒和烟呢，又是党中央华主席慰问的，我们简直要把这烟酒奉作神灵了。

孙队长还给我们带来了面和肉，年三十没吃上饺子，初一吃也行了。

还有一件让我们异常惊喜的事，孙队长给我们带上了那么多的信件！有父母写来的，有兄弟姐妹写来的，有同学朋友写来的，李庆和更多的是对象写来的。哇，幸福死了！我们几个新兵哪里还有心思包饺子？把信看了一封又一封，看了一遍又一遍，这是新年最好最好的礼物了。

党中央、华主席的心意我们领了！竹叶青酒给老兵喝吧，牡丹烟给老兵抽吧，我们啥也不要了，我们有信呢！

2014年元月30日（农历除夕）晨7时

林子很密，我们拨拉着枝桠穿行，树叶子上的露水像下急雨似的哗啦啦地往身上落，脚底下的腐植层像吸过水的海绵，踩上去扑哧扑哧的。受了惊吓的鸟，从我们身边的树上扑棱棱飞起来，冷不丁的，倒还下了我一跳。

瞎蠓凶猛，蚊子缠绵。有时蚊子成群结队的包围一个人，嗡嗡叫成一片，像低空中的飞机群，挥去又回来。蚊帽可以挡住瞎蠓和蚊子，却挡不住那比小米粒还小的小咬。小咬似乎没有声道，无声无息，却也是无所顾忌地成群成片地挡在你的面前，无论你怎么挥赶，它都对你不离不弃。它专门往有眼儿有孔的地方钻，耳朵眼、鼻子孔甚至眼睛里嘴巴里，无孔不入。

有多少人知道这个世上还有打马草这个行当呢？有多少人知道这个近乎原始的粗野的力气活儿竟会在各个环节里都渗透着打草人的技术与机巧呢？又有多少人知道打草人与蚊虫抗争时的痛痒无奈与不屈呢？

打马草

进了二伏，外站就开始张罗着打马草的事。把大钐刀从库房里找出来，维修加固钐刀把，刀把和刀把上的拐子（固定在靠近刀把中间部位的一个小圆木杆制作的三角架，便于右手来把握）一点也不能松动，稍有松动活儿就没法干了。再就是把一把一把的刀刃垫在砧子上用刨锛样的铁锤子砸，使其锋薄锐利。老兵们还从大铺底下翻腾出来一堆防蚊帽，由细心的胡振林戴上不常戴的近视眼镜，一针一线地缝补那些破损的地方。以上这三样活可都是技术活，心粗手笨的人靠不上边儿。

那钐刀就是放大了若干倍的镰刀，差不多有一米多长，刀端处略有一点弧度，有人把它叫做苏联大钐刀，也有人把它叫做蒙古大钐刀。钐刀很长，刀把子更长，立在地上，比我高出一大截。领到打草用具那天，我戴上防蚊帽穿上高腰水靴扛着大钐刀在院子里雄赳赳气昂昂地走了几圈儿，我问艾振林，我这样像不像日本鬼子进村？艾振林说，等打几天草你就鬼子趟地雷——神气不起来了。

果真，艾振林的小薄嘴儿说的不是假话。

吉落部外站的防区除了丘陵山地就是塔头甸子，没有一处适合打马草的平坦开阔的草场。我们只好选择了周边山上的缓坡打草。往年，老兵们也是这么干的。

立秋之前只能做准备的工作但不能打草，老兵们说立秋前打草，草垛起来容易烂，而一过了立秋就没问题了，大自然的事就这么怪，说不清道不明的，但你只能顺着它而绝对不能逆着它。

像要打一场重要战役似的，八月七号，立秋这一天，老兵们竟然聚到伙房里包起了饺子，马福田还掂对了四个菜。要知道，我们在外站是很少吃饺子的，不是嫌麻烦，是那时候白面太少，舍不得那么吃。围坐在桌子旁，看着立建和山祥两个外站的头儿端着酒碗的样儿，就像另一种形式的战前动员。我吃着久违了的野菜馅儿饺子，心里想笑，不就是打个草嘛，还至于搞得这么郑重吗？

然而，第一天打草就实实在在地教训了我。

凌晨两点多，我睡处正香，屋子里的人就擢拢起来了。山祥掀开我的被窝说，快起来，不是说好要起大早的吗？

确实，好几天前就定下了每天凌晨三点赶早去打草的事儿。说是赶早打草有两点好处，一是太阳没出来，趁着凉快好干活儿。再就是半夜里露水大，蚊子起不来。我踢里蹚跶地穿上衣裳，外头套上雨衣登上水靴子，扛着大钐刀就跟着队伍出发了。天刚蒙蒙亮，淡黑色的云翳还没有打开，林子中的虫鸟还在睡梦中打着鼾声长一声短一声地嗡鸣着。我们往打草的山坡上走，要穿过一片树林子和一片塔头甸子，这时候，雨衣和水靴子可就发挥作用了。林子很密，我们拨拉着枝桠穿行，树叶子上的露水像下急雨似的哗啦啦地往身上落，脚底下的腐植层像吸过水的海绵，踩上去扑哧扑哧的。受了惊吓的鸟，从我们身边的树上扑棱棱飞起来，冷不丁的，倒还下了我一跳。塔头甸子最难走，一个个圆滚滚的塔头上面蓬着草，我像跳梅花桩一样左一脚右一脚地跳着。一脚没踩实就踏进了塔头下的水坑里，水靴子里一下子灌了包，费半天劲儿，脚拔出来了，可水靴子却陷在塔头坑里。这回可糟了罪了，因为靴子里头湿，脚在里头拧来拧去的很快就打起了泡。我心里想，这赶上红军长征了。

穿过塔头甸子，终于来到了准备打草的山脚下，擦擦汗，咕咚咚喝几口水，就扛着钐刀往山上爬。因为是在山坡上打草，只能从上往下打。还没干一点活儿，爬到两百多米高的山顶，已经是筋疲力尽气喘吁吁了。

我们这个山坡是五个人一组，一字排开，立建在左我在右，中间是刘贵海、魏天昌和李庆和，也就是说我是打狼的（末尾）。立建先开刀，而后由左向右成阶梯形依次而动。不愧是老兵，就见他们亦步亦趋，腰带肩肩带腰，左臂带右臂右臂带左臂，大钐刀由右向左由左向右，一片片的青草就在钐刀的“唰唰”声中轻轻地倒下了，草的清香扑鼻而来。我是第一次打草，效仿着老兵们的姿势动作也挥起了手中的钐刀，却没有老兵们利落，不是刀尖扎进了地里，就是刀扫了个草尖，我的腰也不像他们，僵直得很。贵海回头看见了我的窘状，他招呼大家歇一会儿，就过来手把手地教我。我自我解嘲地说，我是笨人王老大呀。贵海说，这活儿说是力气活儿其实也是技术活，掌握要领了，打得快还不那么累。

他们四个很快就打到山根了，而我还在半山腰上晃悠呢。立建扛着钐刀爬上来说，来，我接接你的趟子。“接趟子”是打草的行话，就是替别人打没有打完的草趟子。

立建这一开头不要紧，打草的四十天里，我没有一次不被老兵们接趟子。我的力气和技术确实比别人差了一大截。

我不仅仅是打草的技术不行，砸刀的技术更差。头一次打草回到外站的院子里，大家干的第一件事不是洗漱吃饭，也不是躺到铺上歇一会儿，而是先砸刀。乍听起来，一帮人砸刀的声音叮叮咣咣杂乱无章，而细听一个人砸刀的声音确是有节奏有韵律的。及至后来有一次在河南郑州博物馆欣赏“编钟古乐”，我突然想起了打马草时砸刀的场面，倘若那时有一个懂音乐的人来指挥，那众人砸刀的声音说不定会如这打击编钟般爽心悦耳。那时的我却没有欣赏“编钟古乐”时的快乐，我费劲巴力砸出的刀，被老兵们一看就嗤之以鼻了。

贵海说，你这哪是砸锋刃呐？你这是给刀砸豁口呢，这样的刀咋打得了草啊？

贵海一边数落着我一边蹲在地上给我砸起了刀。

像接趟子一样，从此后打草的四十天里，每天早晚两次砸刀的活儿，老兵们再没让我伸过一次手。他们说，与其我们给你砸二遍刀还不如我们直接给你砸了省事。四十天砸八十次的刀，而且是刚刚接了我的趟子，而且都是疲惫不堪，而且都是饥肠辘辘。

到如今，几十年过去了，我经常想起那打草的那四十天。在后来的军旅之中，不时听到有老兵打骂新兵的事，我就百思不得其解，是好人都让我遇上了呢，还是时移人异很多都改变了呢？

我们吉落部外站就是这样一个你帮我我帮你（我能帮老兵们给父母写家信给对象写情书，钻到他们的蚊帐里写，他们的家事情事对我不保密）的小集体，抬杠归抬杠数落归数落，但彼此之间没有丝毫的设防，没有丝毫的虚伪，没有丝毫的明争暗斗。真挚、真诚、真情是我们吉落部外站又一个名字。

我们人和人是和谐的，人和马是和谐的，人和狗是和谐的，狗和马也是和谐的，而我们和瞎蠓、蚊子、小咬却只有仇恨没有和谐，特别是打马草的时候。

进入五月中下旬，蚊子就起来了，到了六月底，天气有了夏天的意思的时候，瞎蠓就满林子满草塘子里飞了。我们叫的瞎蠓其实就是牛虻。好像东北人不大会说文雅一点的话，什么话一到了东北人嘴里就被生硬的舌头给捋直了，形象化了，没有音律的不拐弯儿地就蹦出来了。瞎蠓状似马蜂，但个头却有马蜂两只那么大，我曾把它们塞进过空火柴盒里，两只稍有空隙，塞进三只就嫌拥挤了，这么说你就能想象出它有多大了。瞎蠓最最喜欢叮血肉之躯，马啊牛啊都被叮得浑身战栗着，尾巴不停地甩打，儿马子公牛甚至把它们的阳具伸的长长的，“啪啪”地抽打自己的肚皮。狗被叮咬得汪汪叫着团团转。可能人的皮薄肉嫩血甜，它更喜欢把嘴上的一根针样的须子刺进人的皮肉里吸血，皮肉上很快就起一个大包，有的甚至出现毒性反应，整片的皮肤苍肿起来。瞎蠓凶猛，蚊子缠绵。有时蚊子成群结队的包围一个人，嗡嗡叫成一片，像低空中的飞机群，挥去又回来。蚊帽可以挡住瞎蠓和蚊子，却挡不住那比小米粒还小的小咬。小咬似乎没有声道，无声无息，却也是无所顾忌地成群成片地挡在你的面前，无论你怎么挥赶，它都对你不离不弃。它专门往有眼儿有孔的地方钻，耳朵眼、鼻子孔甚至眼睛里嘴巴里，无孔不入。

早晨五点多，太阳升起来的时候，蚊子也起床了。到了九、十点钟，气温升高，瞎蠓开始出来忙活，到了傍晚的时候又是小咬的天下。所以林区人都知道“瞎蠓蚊子和小咬，一天里头三班倒”的说法。我们能潇洒地挥舞起长长的钐刀，我们能一刀下去豪迈地割下大片大片的青草，我们却无力阻止和还击那一群群一团团一片片的瞎蠓蚊子和小咬。开始时我还戴着蚊帽，可是当小咬钻进蚊帽里扑在脸上钻进耳朵眼和鼻孔里，我挥动着钐刀，对它们一点办法也没有。我只好把蚊帽的纱布面罩卷起来，用一条毛巾掖在蚊帽沿里，挡住后脑勺和后脖颈，毛巾的两端遮挡着左右脸颊，打起草来，随着脑袋的晃动，毛巾的两端也能扇起来，多少能起到一些驱赶蚊虫的作用。嘿，那情景和电影里的日本鬼子偷偷进村真没啥两样。我试着像老兵那样以吸烟来驱赶蚊虫，但不用手夹着烟，光用嘴叼着我不会吸，一会儿烟就灭了，所以不管用。

毛主席说，与天斗其乐无穷，与地斗其乐无穷，与人斗其乐无穷。想象他老人家在长征时也一定与瞎蠓、蚊子和小咬斗过，不过那时他那两只有力的大手是可以腾出来拍打蚊虫的，但是可能没有什么乐趣，所以他没写与蚊虫斗其乐无穷。

实际上，我们打草要比别人付出双倍的艰辛。人家有草场的地方，可以趟着平地来回地打，而我们则先要登上山顶，而后再往下打，时间和力气比人家付出的多，效率却比人家少一半。有一天，躺在铺上，我哀叹着这件事。立建说，得换个角度看，咱们是又打了马草又练了登山，练到登山如履平地，那可是咱森警的看家本事啊。

立建是个干部子弟，却没有丝毫的纨绔气。朴实能干，还有一些文化，看问题说事情总能比别人深一些。但是，立建好酒。平常里喝酒时我没注意到，因为大家都在轮着那个大酒碗。而自从开始打草，我才发现了他这个特点。大家都是背着一个军用水壶，而他却背着两个水壶，起初我还以为他能喝水呢，几天后我才注意到他一个壶里是水一个壶里是酒。

我说，这么热的天，喝酒不是更热吗？

立建说，你没看见每次爬山和打草我都比你们快吗？那是因为我比你们还多了一股酒劲儿。

噫，小鸡不尿尿总是有自己的道儿。

打草和砸刀是技术活儿，敛草垛也是技术活儿。老兵们把四股叉子从草趟子一端叉下去再叉起来，叉子所到之处的地上干干净净几乎没有什么剩草屑。打在地上的草大约要晾晒一天一宿才一堆一堆的攒到一起。堆起来的草是按“普特”和“嘎莫那”（都是俄罗斯的量词）来计算的。等到打草结束以后，计算成绩时，说多少垛草和说多少斤草是同一个量的概念。

在大兴安岭北坡，农历的八月十五前后就要飘雪了。我们在秋凉的时候，用马驮用车拉，一点一点地把草运到外站院里来。看着高高的草垛，就像农民看着丰收的粮食，我们这些以“骑兵”自居的森警，是满心的踏实满心的欢喜。

后来在草原公路上或在森林边上，我曾多次见过牧人们打草的场景，每每见到，我都有一种情不自禁的激动，都会想起1977年的那个夏秋之交，想起那把大钐刀，想起那些兄长般的老兵们，甚至想起那些瞎蠓、蚊子和小咬。

有一次，我实在抑制不住自己，叫停了汽车，趟着没膝的蒿草走到一个打草人的身边，我说，兄弟，我来比划比划怎样？打草人也没有惊讶和不悦，就像是让熟人接趟子一样，笑眯眯地把钐刀交给了我。我挥舞着钐刀打了有二十多米，汗已然出来了。打草人是个蒙古族牧民，他直着舌头说，你架势还行，技术一般。我听了哈哈大笑，我想起了我当年的笨拙。

在我常常忆起打马草的场景时，我也常常想，有多少人知道这个世上还有打马草这个行当呢？有多少人知道这个近乎原始的粗野的力气活儿竟会在各个环节里都渗透着打草人的技术与机巧呢？又有多少人知道打草人与蚊虫抗争时的痛痒无奈与不屈呢？

然而，在当年我挥舞着钐刀的时候，我却一点也没有被外人所知的欲望。

2014年4月10于天津

长巡虽然又累又苦，但人们在外站里憋闷得久了，还是很愿意到外面转一转，或许能见一见外面的生人，或许能到联防单位小住个一宿半天的，受到热情的接待，像过节似的热闹一下。

在那个年代，我们森警的自我要求就是要练出铁脚板、千里眼、活地图。事实上，老森警们真就个个都是山里通。

细想想，人处在这远离现代环境的原始森林之中，回归原始人的野性是很容易的。其实，除却一些人类的精英而外，当失去了现代的工具与手段的时候，我们大多数的普通人比原始人能强多少呢？

第一次长巡

东北大兴安岭的春天真懒，过了三月中旬了，北坡林区依旧是白雪皑皑，依旧是天寒地冻，一点也看不出春的模样，可是3月15号就进入春季森林防火期了。

刘山祥说，你别看外表上还是冰还是雪的，实际过了立春，地底下就开始慢慢有暖气在往上拱了。你没觉得这风比冬天里发干，阳坡的蒿草和榛柴棵子也发燥了吗？

我说，没觉得呀，你是森警当长了有职业敏感吧？

说这话没几天，刘山祥说，准备准备，魏天昌你们两个跟我去长巡。

那个年代，巡护是森警的主要任务。通过漫山遍野的巡查，发现和清除没有进山许可证的入山人员，发现和纠正一些违规用火行为，以确保防区火源安全。

长巡虽然又累又苦，但人们在外站里憋闷得久了，还是很愿意到外面转一转，或许能见一见外面的生人，或许能到联防单位小住个一宿半天的，受到热情的接待，像过节似的热闹一下。

山祥能带上我去长巡，让我激动了一晚上，觉都没睡踏实，半夜里我还起来给马加了一次料。

第二天吃了早饭，穿上皮大衣大头鞋，马褡子里装好准备打小宿儿用的袍子皮和路上吃的干粮咸菜，背上半自动枪和水壶，就出发了。

骑上马和庆和他们挥手告别的那一刻，我竟有一种奔赴战场的感觉。这是我到外站后第一次参加这么重大的行动，执行这么重大的任务。

山祥打头，天昌断后，我夹在中间，新兵嘛，总要受到老兵们的照顾。

马出了外站不久就“得得得”地碎步颠起来，一边颠一边“扑哧扑哧”地放着屁，它们也兴奋得很。

颠了一会儿，我们下马紧马肚带。这是骑马的讲究。出发前刚备鞍子的时候，马肚子是鼓胀鼓胀的，等它颠起步来跑了一会儿，肚子里的屎呀屁呀的就颠出去了，这时就要往紧里勒勒马肚带，跑起来就不至于滚鞍子蹭马背了。

紧了肚带，我们俯身磕着马镫，三匹马就搂着沟，一溜烟儿地蹿出了长长的沟塘子。

我们纵马疯狂了一阵儿，山祥就打着马往鸡冠山上爬。

放着平坦坦的沟塘子不走，干吗要爬山？我回头问天昌。

天昌说，你这就是新兵说外行话了，总在沟塘子里能看到啥，登高才能望远呀。

听了天昌的话，我的脸一定是红了。我磕磕马镫，就到了山根了。

大兴安岭的山阴坡长树，阳坡基本是光秃秃的裸露的岩石。鸡冠山是我们防区里最高的一座山峰，虽然称不上险峻，但还是很陡峭的。有的岩石不是很牢固，人马登上去，就稀里哗啦的往下掉石头。我们三人不能梯队形顺直着往上爬，那样很危险，我们只能分散开牵着马艰难地往上攀登。

山祥告诉我，你牵着马走鹿道。

鹿道虽然很窄，但有道总比没道强，况且因为鹿走得多了，那窄窄的鹿道还很坚实，这是山里人爬山一条很好的经验。马也是有智慧的，在陡峭之处，我们让马走在前面，马小心翼翼地选择踏脚之地，而我们则尾随在后面，省力了很多。

我们呼哧带喘地终于登上了几百米高的山顶。天蓝蓝的，飘荡着薄纱似的白云。风爽爽的，凉凉的吹拂着我们汗津津的脸颊。嗨，真是一览众山小啊。

山祥掏出望远镜往四下里瞭望着，观察视野之内有没有烟的痕迹，有没有人的踪迹。

在那个年代，我们森警的自我要求就是要练出铁脚板、千里眼、活地图。事实上，老森警们真就个个都是山里通。

顶着山风，就着咸菜，每个人啃了俩窝头，我们就从阴坡下山了。阴坡虽然不那么陡峭，可是林子却是很密的，树枝子总是挡着我们的路，要么绕行着走，要么就扒拉着树枝子走，并不比上山时轻松多少。

阴坡的雪还没怎么化，雪野上有很多野兽们的足迹。我说，咋这半天一个活物也没看见呢?

山祥说，咱们在这林子里这么折腾，啥活物不都跑了。

是这么个理儿，但我还是想，要是能看到个奔跑着的或者站立着观察着我们的野兽，该多有情趣。

真是想啥来啥。在我们快下到山根儿坐着休息的时候，果然发现山脚下有一只狍子在回头瞭望我们。山祥“嘘”地一声就把枪出来了，说时迟那时快，随着“吧勾”一声脆响，狍子应声倒下了。

哎，真是个傻狍子啊，你不赶紧跑，回头看什么呀。我虽然刚才还在期颐着见个活物，可这会儿心底里满是为这只傻狍子惋惜。

惋惜归惋惜，我和山祥天昌很快就在河边上把这只狍子肢解了。没有锅碗瓢盆，但我们用几块大一些的石头摞起来，把狍子肉架在上面，下面点了火，时间不长肉香就钻进了我们的鼻子。天昌从马褡子里找出了大粒盐放到一块平板石头上，然后用另一块石头把盐砸碎，我们就用刀削下一块一块烤熟的肉蘸着盐吃起来。这是原始森林深处的一顿野餐，这是原始人一样的一顿野餐，哈，好吃，或许是因为饿了，或许是因为别有情趣。细想想，人处在这远离现代环境的原始森林之中，回归原始人的野性是很容易的。其实，除却一些人类的精英而外，当失去了现代的工具与手段的时候，我们大多数的普通人比原始人能强多少呢？

吃完野餐，天也要黑了。山祥说，咱们得找一个离这儿远一点的地方过夜。

我说，有说道吗？

天昌说，这肉香味说不定能招来多少野兽呢，咱们要睡在这儿，可就危险了。

我点点头，又是一个山里的常识。

我们打马跑出了好几十里地，选择了一处缺草少树的石砬子边停下了。

山祥说，这块大石砬子挡风，咱们今晚就在这儿打小宿儿了。“打小宿儿”是山里人对在野外宿营的一句行话。我们先用小砍刀把周边的树棵子矮草丛清理了一下，算是开辟防火隔离带了，然后把刚才清理的树棵子和杂草在石砬子边拢成堆，又找来些干倒木堆在一起，就燃起了一堆旺旺的篝火。我们把狍子皮铺展开，席地而卧，再盖上皮大衣，嘿，还真有暖呼呼的感觉。

老森警们说，狍子皮是隔潮的，我们几个新兵到外站不久就每人弄了一张晾起来。对山里的生活经验，我们就是这样一点一点地积累起来的。

骑马跑了一天，又上山下山的，确实很累，可是我躺在那里并没有睡意。望着清澈的夜空中那漫天的星斗，听着呼呼的山风和野兽们的短嘶长嚎，看着篝火中明明暗暗的火苗，我竟心生几分感慨。森警这个职业苦是苦了些，但是也有很多常人体会不到的生活经历。比如在这原始森林深处在这荒山野岭里“打小宿儿”，世上有多少人能有此体验呢？而我今天就亲身体验了，这不就是人生的偏得吗？今天这一天，学到了好几个常识性的东西，让我逐步地向“山里人”靠近。就说这一堆篝火，它既能让我们取暖，又能烘烤我们的食物和湿了的衣服鞋子，更重要的是有这一堆篝火，饥饿与凶残的野兽们就望而却步了，我们就安全了。想想这些，我心底里竟生出了几分快乐与浪漫。以苦为乐，是我们的生存之道，是我们的生活哲学。

天刚刚放亮，山祥就把我叫醒了，天昌已经把窝头和狍子肉烤好了，军用背壶里的水也烧开了。我们吃了早餐，喂了马，把篝火熄灭又压了些土，就骑上马出发了。

歇了一宿又吃了料饮了水的马，跑起来劲头足足的，爬山越岭过沟塘子，三匹马似乎知道要去做客，兴奋得一会颠着一会搂沟，当红红的旭日从东山边升上来的时候，我们已经进入联防区了。

联防区域是我们与上护林森警接壤的一个犬牙交错的地带，属于共管区。但是，因为这一带距离我们各自的中心活动区相对较远，也容易出现盲点。

山祥说，咱们把这一带巡查得细一点，不怕费功夫。

我们就一个山岭一个山岭地走，一个沟塘子一个沟塘子地转，果然发现几处违规用火的作业点，我们一个一个地指出来，一个一个地给他们划出必须要打出的防火隔离带。等到我们到达上护林林场已是晚上七八点钟了。

可是我们想到兄弟单位美美地吃顿晚餐舒舒服服地睡一觉的愿望却落空了。

当我们拐过山弯儿，看到了上护林林场的时候，也看到了林场的北山上正燃烧着熊熊的大火。

山祥说，这火离着林场太近了，咱们赶紧直接奔火场吧。

自当了森警，我还是第一次见到这么大的山火呢，我不免有些紧张。我说，这么大的火该咋打呀？

天昌说，看来得先想办法把火隔住，要保证火别蹿到林场里来。

我们到了火场边，果然看到林场的人和森警的人是在拓宽原有的防火隔离带。山祥问上护林森警的姜小队长，这边隔住了，山里的火怎么办？

姜队长说，山北有河道挡着，问题不大，东西两线已经上去人围着打了。

我们三个人把马安顿好，找了树条子就加入了西线火场扑火的行列。

大兴安岭三月的夜里，气温还在零下十几度，山火在低温之下就缺少了暴烈之势，漫延的速度也很慢。扑火队伍发动了两个波次的攻势，到了凌晨三四点钟的时候，明火基本就被扑灭了。组织清理的时候，我们作为客人被安排到森警小队休息。虽然是满身满脸的灰尘，可我也实在是没有力气认真洗涮自己了，草草抹了几把脸，就狼吞虎咽地吃了两大碗高粱米粥。填饱了肚子，我便倒头而睡，实话说，那时困倒不是很困，但累得全身就如散架了一般，你想想，骑了两天的马，又打了多半个晚上的火，能不累吗？

等到一觉醒来，已时近晌午了。上护林森警的战友们早已做好了丰盛的午餐，在等着款待我们。其实，他们打火也都累得够呛，可是毕竟是有客人进家门了，他们都没顾上休息，下了火场就忙乎着为我们准备酒菜。

虽然我这个新兵和友邻单位的战友们不熟悉，但我们毕竟有一个共同的名字叫森警，所以彼此并没有陌生感。我用他们烧好的热水，认真地稀里哗啦洗了两遍，就和山祥天昌一道被请到了饭桌上。

姜小队长对我问道，你是新兵吧？是不是第一次长巡？

我说，是啊，第一次。

姜小队长说，你这次长巡好啊。

我懵懂地看着他。

他说，出门遇火，红红火火嘛。

2014年2月13日23时于北京

然而闲散生寂寞，寂寞有时是会令人六神无主的。

那是一段闲散的日子，也是一段倍感孤寂的时光。无聊包裹着寂寞，寂寞消磨着意志。因为与外界的隔绝，因为家书的不畅，因为外站里每天就是这几张不变的脸，因为无书可读，落寞感时常抓挠着我的心，觉得精神无所依托，看不到自己的前途和未来，不知道应该立什么样的志向，也没有人可以与之探讨青春探讨事业探讨人生，我的心灵整天价像一只无处栖身的小鸟，落魄了似的漫无目的的飘荡。

寂寞时光

深冬季节大兴安岭森林防火是可以喘口气的时候，这个季节在外站基本是守点，主要是人吃马喂，是一年里比较闲散的时光。然而闲散生寂寞，寂寞有时是会令人六神无主的。

吉落部外站地处偏远，距离辖区得耳布尔镇一百多公里，而距离中苏国界却是一百多华里。人烟稀少，出了得耳布尔镇向西行不远有个东方红林场，再往西行，就是深山老林子了，因为没有开发，没有什么施工作业的单位，即或有狩猎盗伐采摘人员进山也属我们清理之列，所以，在我们的防区基本见不到除外站人员以外的人影。交通不便，出了东方红林场往西，就没有道路了。中队的汽车是愣挑着硬地儿走，在山边子上趟出了个路影来。冬天大雪封山，十一月中旬以后一直到三月中旬之前这段时间，汽车是很难上来的，即或是费尽九牛二虎之力吭哧到外站下的山根处，往山上的三里多坡路也是断然爬不上去的。夏天雨季来了，路面泥泞甚至有一处处软软的沼泽，陷阱一样静静地等候着你。实际上一年当中有小半年的时间，我们的外站基本与世隔绝，车上不来，供给上不来，报纸上不来，家信也上不来。

外站里有一台红灯牌半导体收音机，这可是我们的一个大宝贝，听人间的声音全靠它了。中央台早晨的《新闻报纸摘要》和晚上的《新闻联播》我们雷打不动地听，再就是大家喜欢听刚刚复出的郭兰英、王昆的歌声，像《绣金匾》《咱们的领袖毛泽东》，真是百听不厌。但是我们每天不敢总是开着收音机，只是在早中晚听上那么一会儿，尽管它能给我们带来很多的信息很多的快乐，我们是怕电池耗没了，怕晶体管烧坏了，怕有一天再也听不到外界的声音了。小心归小心，收音机还是出了毛病，不拍不响，响起来就是嘎啦嘎啦的噪音，刺耳得很。

胡振林有一把二胡，这老兄时不常地就端起架势拉一会儿，我笑他说，你拉二胡的姿势比拉出的调子好。虽然他拉得不好，可别人还不如他，外站里好像没有谁有文艺细胞。

几副扑克牌已经被玩得卷了边儿起了毛，打升级、打娘娘、憋七(也叫憋王八)，要不就是一个人摆牌算卦，就这几种玩法，腻得大家一点玩兴也没有。

宿舍的桌子上有一摞《将无产阶级专政下的继续革命进行到底》《论资产阶级法权》一类的黄皮红字、白皮红字的单行本，落满了灰尘，似乎没有谁翻阅过。外站的老兵们文化都不算高，有的是“文革”中的初中毕业，有的是小学毕业，有的好像小学也没念完。他们当中多数是从农村投奔亲戚到林区当的森林警察，勤劳有余，看书写字的事实在沾不上边儿。那本《农村医疗工作手册》倒是提起了他们争相传看的兴趣，因为那里面不仅有治疗头疼脑热腰酸胃寒的一些常识性办法，更因为那里面有妇科的那一部分，还有大半页的插图，令这些个常年见不着个长头发的年轻小伙子们为之心惊肉跳为之浮想联翩。那本书被翻看得像卷了边儿的扑克牌一样的破旧。我带到山上两本“文革”中最畅销的书《艳阳天》和《金光大道》，毕竟有故事情节，刘立建、胡振林、艾振林这几个有点文化的人有空就捧着看，他们还对书中的人物和故事进行评点，说着说着就抜起犟眼子来，吵得脸红脖子粗。

拔犟眼子也叫抬杠，就是打嘴架，是外站人随时随地每天必做的功课，张三说个东，李四说个西，王五说个北，吵着吵着，人们就进入了境界，有的瞪起了眼睛有的梗起了脖子有的跳起了脚，甚至拍桌子摔缸子，打架一般。过一会儿又凑到一起划拳掰腕子讲段子。

贵海和田大汉是抽烟的人，有时供给上不来，烟断顿了，就看着他们可怜了。他们拿着炉钩子一块一块地从地板缝里抠以前扔掉的烟头，只要是抠到了，他们兴奋得如获至宝。抠不到，就气呼呼地把炉钩子狠狠地甩得老远，一会儿两只手支着脑袋靠在铺头上望房顶，一会儿踢开门出去了一会儿啪地关上门进来了，都是烟瘾闹的，无所事事时烟瘾最能作妖，折磨得人心像是空了似的坐卧不宁。

我不会抽烟，看犯了烟瘾的人那种热锅蚂蚁状，只是我直观的感受，并无切身体会。但大家思亲想家的感受却是一样的，有的想父母有的想老婆有的想对象，那种感受像是一颗没处搁置的心，慌慌的。庆和那么大的个子想念他的对象小倪的时候，小小照片居然能把他那双刚毅的男子汉的眼睛弄得迷迷离离的。我当知青的两年里曾几次离开过父母，但都没有过这么长的时间，不通家信未有归期的乡愁是真正的愁。

忙完人吃马喂之余，我躺在铺头上一遍一遍地看糊在顶棚上报纸横七竖八的标题字，看得多了，我能把房顶棚上的文章题目背下来，我站在大铺上也仰着脖子看过正文，字太小，脖子酸得受不了。我有时坐到火炉前看那炉子里跳跃的火苗迸裂的火花和原木柈子被烈火一点一点吞噬的过程。我学着老兵的样子，用几根皮条编马鞭，像姑娘们编辫子一样的精心细致。更多的时候是拆装我的那棵半自动步枪，拆开装上装上拆开，练到了蒙着眼睛都很熟练的地步，后来有领导知道了，表扬我刻苦练习军事技术，殊不知我那是在打发无聊的时光。

我最喜欢和老兵们骑着马到山野里狂奔，搂起沟来是最好的精神释放。有时勒马于山巅之上，我对着群山放开嗓子呐喊，而后再欣赏自己的回声，有时干脆朝着天空勾起枪击，听一听那回荡在山谷间天籁般的声音。我也曾多次独自骑马挎枪到距离外站不远的后山里，碰一碰自己狩猎的运气，或者到皑皑的雪野上观察那些野兽们的足迹，判定它们是什么动物，猜测它们是饱食而归呢还是饥饿而去。我当然猜测不出来，只是闲得无聊而已。

那是一段闲散的日子，也是一段备感孤寂的时光。无聊包裹着寂寞，寂寞消磨着意志。因为与外界的隔绝，因为家书的不畅，因为外站里每天就是这几张不变的脸，因为无书可读，落寞感时常抓挠着我的心，觉得精神无所依托，看不到自己的前途和未来，不知道应该立什么样的志向，也没有人可以与之探讨青春探讨事业探讨人生，我的心灵整天价像一只无处栖身的小鸟，落魄了似的漫无目的地飘荡。

2014年4月1日于郑州

我已然就是一个外站人了，蓬乍着头发，和老兵们一样穿着不罩警服的棉衣，腰间扎着麻绳，两脚蹬着毡嘎瘩。

望着奔腾跳跃的炉火，我的思绪也乱乱地在跑。用炉钩子拨拉着炉子里的火苗，我心底里突然有一种空落落的感觉。

我骑在马上勒住缰绳，回过身来一遍遍地挥手，向着这几个亲如兄弟的战友，向着那几匹默默无言的战马，向着欢乐过也孤寂过的吉落部……

别了，吉落部

打完马草，已是深秋时节了。大兴安岭北坡无霜期很是短暂，进了六月山川才绿，到了九月黄叶开始飘零，中秋节前后就有雪花纷飞，地上结了冰霜。可是大地还没有封冻，一片片的沼泽还阻挡着汽车和马爬犁的通行，副食贮备都已经吃光了，冬储的东西还上不来，这是外站生活又一个艰难的阶段。

不过，我已经习惯了这种生活环境，无所谓艰难不艰难。到外站很快就一年了，历经了春秋冬夏，历经了忙碌与闲散，我已然就是一个外站人了，蓬乍着头发，和老兵们一样穿着不罩警服的棉衣（要等到下山时才舍得穿上那套上绿下蓝的板板正正的警服在人群里显摆），腰间扎着麻绳，两脚蹬着毡嘎瘩。

1977年11月5号这天下午四点多钟，我就是这一身的打扮坐在电台室里，一边机械地摇着马达一边望着窗外西天边那渐渐逝去的晚霞，望着一只乌鸦俯冲着飞落在一棵大树的树梢上伸着脖颈张望着它的巢穴。每天这个时候是外站和中队电台联络的时间，报务员敲着键子，电台里传来电波，我听不懂，一律都是“滴滴答，答滴滴”。但我知道多数的电文都是：“无事，再见。”而这一次却不一样，报务员孟广清一边听着电波一边手里捏着笔记录着。电波不长，孟广清很快就关掉了电台，开始翻译密码，偶然间我看他写了几个字，就把身子向我这边挡了挡。我是个业余帮着摇马达的，知道自己是不能随便看人家电文的，实际上我也没那个兴趣。我把马达靠边挪好就离开了电台室。我刚回到宿舍，孟广清就跟进来走到小队长刘山祥的身边说，有个事跟你说，山祥就跟他出去了。

魏天昌问我，是不是今个儿电台里有内容啊，你看这孟广清神神秘秘的。

我说，这大冬天的还不是人吃马喂那一套，能有啥内容啊。

晚饭时，一向嚼饭嚼菜好吧唧嘴的山祥突然停下了吧唧，用他的筷子敲敲我边上的桌子，问我，你说咱吉落部咋样？

我直了眼睛看着山祥，被他这个举动，被他这句话弄蒙了。我说，山祥你是啥意思啊，咋好好的想起问这个？

山祥说，咱吉落部又远又苦，留不住人呐。他说了这话，接着吧唧他嘴里的饭菜。

我说，咋留不住？这不是要过冬了吗，山上留那么多人干啥？

山祥说的是咱吉落部留不住你了，孟光清抢着话说。个子瘦小尖头尖脸的孟广清是个干活麻溜快言快语的人，按说他的性格不大适合当有机密性质的报务员，可他敲键子的手法利索，据说在全大队报务员中技术都是靠前的。

哎？山祥，咋留不住我了？咋回事？我放下饭碗，盯着山祥问。

山祥说，这不是下午中队来电报了吗，要调你下山呢。

我想了想说，是调我临时去干点啥吧？

孟广清说，肯定不是临时调，通知你带上全部物品近日内到中队报到呢。

山祥把手在衣服上蹭了蹭，从棉衣内兜里掏出一张电报纸来。就是下午我看见孟广清抄译的那一份。我伸出手却没拿到，让张太平给抢了去。

张太平念道：通知你外站王嘉龙同志带好全部个人物品于近日内到中队报到。

魏天昌在一边把电报抢过来说，张太平你连个字都不认识瞎个念啥。他低头看了看说，嗯，还真是这么写的。

马福田也把电报拿过去看了两眼，这才转到我手里。我捏着这一纸关于我的去向的电文，脑袋有些发蒙。

晚上的时候，山祥说，你抓紧收拾，收拾好了我们就送你下山。

我听着山祥的话有些凄凉味。魏天昌他们几个都说要帮着我收拾行装，我说不着急，我还想多呆几天呢。

钻进蚊帐躺在被窝里，脑袋瓜子还是蒙着的。此前，尽管我们四个新兵里胡忠到中队当了通信员，李庆和到中队当了上士管理员，可我并没有眼红过。我觉得在外站已经适应了，而到中队部去，整天在几个领导的眼皮子底下出来进去的未必比外站自由。

为什么要调我到中队去呢？让我去干什么呢？我在被窝里辗转反侧地猜测着。

好像其他人也没有睡着，屋子里除了炉子里的柈子在烈火中劈叭劈叭地响，鼾声还没有响起来。

这时，魏天昌悄悄地钻进了我的被窝。魏天昌是个热心肠的山东人，他好和老兵们横眉立目地抬杠，可对我们几个新兵还是挺和蔼挺热乎的。魏天昌悄声说，我约莫着有可能是让你当中队文书去，当文书可就是小队长一级的了。文书和中队领导离得最近，机密的事也得通过你，你今后有出息呀。

我说，不大可能吧，现在不是有文书吗？再说我们这批兵里还没有人当小队长呢。

魏天昌说，不管干啥，反正到中队部去干对你是好事，就是咱外站有点损失。

我说，我一个新兵蛋子走了外站有啥损失呀？

魏天昌说，谁还帮着这几个哥们写信呢？

其实，魏天昌文化比张太平田大汉他们几个高，信是能写的，就是给对象写信拽点词什么的他就吃力了。

终于有了鼾声，接着就此伏彼起了。我蹑手蹑脚地钻出蚊帐往炉子里塞了几块柈子，屋子很快又热起来。

望着奔腾跳跃的炉火，我的思绪也乱乱地在跑。看来，离开吉落部是一定的了，是情愿呢还是不情愿呢？我有点想不清。但有一点是清楚的，我内心里没有出现那种就要和这与世隔绝的环境艰苦的生活说告别的喜悦感。近一年的外站生活，我已经习惯了这里的一切，习惯了在山野间扬鞭跃马搂起沟来驰骋，习惯了在石砬子缝里打小宿儿遥望星空，习惯了轮圆膀子把一截截原木墩子咔嚓咔嚓劈成四瓣，习惯了一巴掌打死俩瞎蠓仨蚊子，习惯了高粱米饭拌大酱，习惯了大块吃肉大碗喝酒，习惯了深夜里听孤狼的哀嚎，习惯了老兵们脸红脖子粗地抬杠拔犟眼子，也习惯了老兵们一边关照着我们一边数落着我们时的那股子劲气……

用炉钩子拨拉着炉子里的火苗，我心底里突然有一种空落落的感觉。

第二天吃了早饭，山祥对魏天昌说，你们帮着他收拾东西，我和兴龙到筑路队去一趟。

筑路队距离我们外站有三十多里地，是距外站最近的一处人烟所在。

张太平说，山祥是舍不得你走啊，这是给你踅摸吃的去了。

我问张太平，你舍得我走吗？

张太平摸摸他那看不出来洗还是没洗的泛着青胡子茬的脸说，这个，这个按说，按说还是下山好，最起码山下能见到个人呐。张太平支支吾吾地说着，就背着枪出去了。

下午三四点钟的时候，山祥他们回来了，拎回来了两瓶子豆油，几盒罐头，两棵白菜，还有一塑料桶酒。兴龙说，筑路队的人也都下山猫冬去了，只有几个看点的人，吃的喝的也不多，可人家挺讲究，听说咱这有事，啥儿都没打，就给咱装满了一兜子。

我知道，这是山里人的性格，豪爽、大气、敞亮，没有隔肚皮的事。

张太平也回来了，拎了两只山鸡，说，对不起，今天的山猫野兽听说你老弟要出山，它们不高兴都躲起来闹情绪呢，没打着大个的。

马福田和魏天昌在伙房里忙活着。天擦黑的时候，蘑菇炖山鸡、山鸡炖土豆、肉罐头炖白菜、炒晒干的黄花菜，一桌子油津津的菜摆上来了，大碗里的酒倒满了。

山祥对我说，今天是给你送行，你先喝第一口吧。

我说，那是乱了朝纲了，你们啥时候都是我的班长我的哥，咋能我先喝。

魏天昌说，今天为了送你，马福田差不多把借来的两瓶子油全倒上了。

马福田说，你这一走，咱吉落部人就更少了。

张太平说，能帮咱写信的也没有了。

山祥说，我听说你砸了一上午的豆饼，刚才还起了马圈。你走了，这些个马也会想你的。

兴龙说，嘉龙把他的“青杆子”托付给我了，没事，我肯定照料好。

山祥端起酒碗喝了一口而后递给我，说，行了，给你送行了，到了中队部好好干。

我两手捧着酒碗，看着他们几个一个个真挚的眼神，我有点眼热鼻子酸。

那一晚上，装了五斤酒的塑料桶控干了，我们几个人都醉倒了。张太平平常喝酒多了就好哭，那一晚上又是他把我连搂带抱着率先嚎起来。

半夜里口渴得醒过来，我端起茶缸子咕嘟咕嘟喝了一顿，酒劲也有些过去了。我坐在炉子前捅着将熄未熄的炭火，塞进样子，看着炉火再次呼呼的烧起来，外站里的一件件事像小电影似的在我的脑子里映现出来。

一年来，身处偏远之地，面对寂寞时光，有时有“挨”的苦闷，有时有“熬”的无奈，可今天说要别离了的时候，回首过往，却又突然觉得时光短暂如瞬，一件件当时觉得寡淡如水的事恍然间像被加了盐加了调料，变得有滋有味了。

第二天早饭后，我穿上平日里舍不得穿的警服，在山祥的护送下去筑路队，昨天山祥他们知道，筑路队在今天恰巧有车下山。我和魏天昌他们几个道别，他们一个个把我揽在怀里竟没有话。我骑在马上勒住缰绳，回过身来一遍遍地挥手，向着这几个亲如兄弟的战友，向着那几匹默默无言的战马，向着欢乐过也孤寂过的吉落部……

2011年夏天，我带着爱人回到阔别多年的得耳布尔，见到了仅有的两位老战友老大哥。在把酒言欢之际，我说我想念吉落部，我想去看一看。他们说，1979年吉落部外站就被撤销了，那几栋木刻楞还有没有都不知道了。他们看我执意想去，就答应陪着我去看看故地。第二天吃了早饭，我们开着两辆车兴高采烈地出发了。出发前，胡振林特意带上了几双水靴子和两把铁锹，他说路不一定好走，得有个准备。

果然被胡振林说中了。出了得耳布尔镇没多远，就没有路了，就连以前的路影也看不到了。林子比以前密了汽车进不去，只得在沼泽甸子里艰难地开进。费劲巴力吭哧了有俩小时才走到当年的东方红外站——那是一片蒿草之地，连废墟也没有。我们几个仔细查看，才找到两处小半截炉灶的样子。

胡振林说，没有道，吉落部肯定是上不去了，就在这儿照个相吧。

我说，那就站在炉灶这儿照吧，我那时候吃过这儿的饭，再望着吉落部的方向，人到不了，心向往之吧。

实话说，我此次来得耳布尔，一是看老战友再就是想回吉落部，吉落部去不成弄得我心里空落落的，充满了遗憾。

当年吉落部的战友们如今都已经进入了老年，都已四散八方，也有的已经离开了人世，当年的那群马也一定不会在世了，包括我的“青杆子”。那三栋木刻楞还在吗？会不会像东方红外站一样，连废墟也没有了呢？最最遗憾的是我问遍了所有能问到的人，大家都没有吉落部外站的照片，那个年代照相机是稀有物品，它怎么能到得了吉落部呢。

既然如此，那就让吉落部好好地坐落在我的心里吧。

2014年4月22日于天津

他每天起得很早，背着手在队部的院子里前院后院东院西院一圈圈地转，一会儿捡起个木头棍，一会儿捡起个土坷拉，一会儿扶着木杖子晃悠晃悠，几圈儿转下来他就把白天要干的活盘算在心里了。

每当我写完给上级报的材料，孙队长都是让我给他念，他会偶尔更正一两句涉及实质问题的话，从没有大段修改或推翻重写的事。每当我念完了，他都会握着中队的公章，蘸一下印泥，而后对着嘴边儿哈一口气，转着圈儿把公章上的五角星对正了重重地印上去。

孙队长两腿跨立，双臂抬起，做了几个深呼吸，慢慢地抬起又放下，放下又抬起，突然大吼一声，只听“嘎巴”一响，勒在肚子上的三道铁丝齐腰断了。

孙队长的故事

每个人有每个人的性格，每个人有每个人的故事。孙队长的性格和别人的不一样，他的故事也注定是别人所不能复制的。

孙队长，大名孙相武，一米七的个头，瘦削身材，长瓜脸，平头，花白的头发丝根根直立着，平常里看似有些懒散浑浊的一双眼睛一旦专注某个问题或事情时就显得熠熠有神，甚至有股子狠劲在里头。他的牙齿掉了好几颗，说话时嘴里能露出豁豁来。右耳听力有些背，专注着听人说话时，好把右手罩着耳朵侧着头听。我曾注意他背着手走路的身影，有点像个老农民，踏实纯朴厚道的那种。

我新训后分到得耳布尔森警中队，没几天就去了最偏远的吉落部外站，可以说和孙队长也只有一两面之识，我的印象里他是个不苟言笑的人，或者有点“不怒自威”的样子。比如，那天我们四个新兵从新训队分过来，坐火车到了得耳布尔站，几个干部和老兵又是敲锣又是打鼓又是燃放鞭炮，弄得像有什么大喜事似的，而孙队长却只是静悄悄地站在一边，完全像是一个旁观者。可等到老兵们簇拥着我们上车的时候，他却拦到车帮那说，张排长，得点个名再上车。

胖胖大大的张排长满脸笑容地说，孙队长，就这四个新兵还用点名吗？

噢，此时我才知道这个站在一边的老警察就是新训队领导多次和我提起过的孙队长，张排长等几个老森警看他的眼神好像有着很多的敬畏在里面。

孙队长淡淡的却是不容置疑地说，这是当兵的规矩。

那个时候的森警并不是现役而是林业企业管理的警察，虽然实行的是军事管理，但方方面面都要松散得多，地方味更浓一些。孙队长的这句话让我感受到了他的领导威力和行事的严格。

吉落部外站地处偏远，又是大雪封山之时，几个月里和中队的领导就没再见过面。因为车上不来，大年三十我们几个坚守在外站的吃的仍然是高粱米饭喝的仍然是玉米碴子粥。望着茫茫雪山，我们几个铁了心要过一个“忆苦思甜”的“革命化”春节了。

做梦都没想到，在大年初一的上午，在我们几个栽歪在大铺上望着房顶苦熬干休的时候，孙队长带着一个老兵骑着马上来了，他给我们送上来了白面、猪肉，送上来了“英明领袖”华主席慰问我们的“竹叶青”酒和“牡丹”烟（1977年春节，中央决定给基层人民群众发放一些烟酒，以示党中央、华主席对人民群众的巨大关怀）。孙队长他们得到上级分发的慰问品后，骑着马星夜兼程赶到东方红外站又从东方红外站赶到吉落部，帽子和大衣都结着雪壳，眉毛上鼻孔里结着冰霜。那时还不会喝酒的我品了一口“竹叶青”感到心里热热的，眼睛热热的。其实，不仅仅是因为那杯绵里泛黄的酒，不仅仅是因为那一支印着金字的烟（因为少，每人只能喝一小杯酒得到一支烟虽然我从不抽烟），更是因为我拿到了久久未见的日思夜盼的家信，还因为孙队长像久别的慈父一样摸着我的脑袋说，好小子，像个外站人了。

孙队长他们没有停歇，他们还要冒着大雪赶到下一个外站去慰问。他们走后，我跟王吉山说，你们老说孙队长厉害，我怎么觉得他挺和蔼慈祥的呢。

王吉山说，哪天把你调到他手底下干几天，你就知道他的脾气了。

我笑笑说，我愿意在你们小队长手底下干，不愿意在中队长手底下干，大官儿的眼皮子底下不自由啊。

天底下总有一些说不得的事，不说则已，一旦说了早晚要应验。没料到，在临近岁尾的时候，我果真被调到了中队部去当了文书，而且是和孙队长还有副队长刘金春一个办公室。十来平米的屋子品字形放了三张桌子，靠墙还立着三个柜子，窄巴得很。

我问通信员胡忠，我看见好几个屋子都空着呢，为啥都挤巴到一块儿?

胡忠说，孙队长怕多烧柈子。

我刚接手文书，想好好整理一下堆在柜子里的文件材料。可是我的屁股刚刚挨着椅子，就被吧嗒了几口烟斗的孙队长叫起来，文书，你喊上几个人跟我上山拉烧柴去。

第二天，我刚吃了早饭还没抹净嘴，孙队长就说，文书，你叫上几个人跟我把昨天拉回来的烧柴码整齐喽。

几天下来，我就知道了我这个文书只能是个业余的，八小时之内甚至十小时之内是属于跟着孙队长干杂活的。由此我也知道了这个森警中队的一队之长，是个坐不住办公室的人，是个闲不住的人，是个大活小活都亲自领着干的人。

孙队长的家就住在中队部的西侧，可能是年纪大了觉少的缘故，他每天起得很早，背着手在队部的院子里前院后院东院西院一圈圈地转，一会儿捡起个木头棍，一会儿捡起个土坷拉，一会儿扶着木杖子晃悠晃悠，几圈儿转下来他就把白天要干的活盘算在心里了。有时他还带着我们骑马到周围的山上转悠，起初我还以为他是逛风景或者狩猎，聪明的胡忠告诉我，这是队长勘察地形呢，一旦有了火情怎么布兵他就心里有数了。

在外站时就听有人说，孙队长就是文化低点，要不然，凭他的资历和能耐官儿肯定比现在大。我当了一段时间文书，发现孙队长文化确实不高，中队部订的那几张报纸几乎没见他看过。我到了中队就接手了一项每天早晨和晚上放喇叭（广播）的任务。每当中央人民广播电台早间的“新闻和报纸摘要”节目和晚间的“全国新闻联播”时间，孙队长都在院子里边转悠边收听，中央的政策和国家的一些大事，他就都掌握了。有时开会他讲几句时事政治还真就八九不离十。当然，上级来了文件，他是认认真真地看，戴上花镜有时手里还握个放大镜。遇到实在绕不过去的字顺不下来的话，他就把文件放到我面前用手指甲勒着印儿问我怎么念，那劲头就像老师面前的一个小学生。

给文化不高的领导当文书，不用费劲巴力地抠扯那些个遣词造句，孙队长更喜欢有一说一有二说二的实在话。每当我写完给上级报的材料，孙队长都是让我给他念，他会偶尔更正一两句涉及实质问题的话，从没有大段修改或推翻重写的事。每当我念完了，他都会握着中队的公章，蘸一下印泥，而后对着嘴边儿哈一口气，转着圈儿把公章上的五角星对正了重重地印上去。遇到他认为重要的上报材料，盖完公章，他还会在公章的下面端端正正地盖上他自己的名章。有一次，公章盖得有些往下了，他盖名章的时候，我说，队长，你的名章盖在公章边儿上就行了，他翻了我一眼说，个人咋能和公家并列呢。

孙队长就是这么个较真的人。

有一次上报的材料落款要署上单位领导的职务姓名。我把“得耳布尔森警中队中队长”一行字写上了，让他再签个名。他戴上花镜伏在桌子上认真看了看，要过我的笔，在“中队长”三个字的前面挑出个“√”来，而后一笔一画地写了个“代”字。

我吃了一惊，我们中队里人人敬重的老队长怎么会是“代中队长”呢？孙队长看出我的不解，说，小伙子你不知道吧？按道理你们应该叫我“孙代队长”，大家伙儿都图着叫着好听了。

这个事装在我心里像是怀里揣了小兔子扑扑楞楞得不踏实。我找机会悄声问了问一向和善的张排长。张排长说，孙队长在好几个中队都是一把手，是森警里的老资格了。搞不清为什么，得耳布尔森警组建的时候，调令上竟写的是“代中队长”，可他的工资表上可是十七级的正科级。孙队长也不在乎这事儿，不找也不问的。

孙队长平日里话少，只有他喝了酒的时候，我们才能看到他打开话匣子。有一天，外中队来了个领导，孙队长在中队食堂招待客人，可能是老熟人见面高兴了，孙队长的酒没少喝，话就多了一些。我在旁边伺候局儿，就听孙队长说：“文革”的时候，把我关进黑帮队，两个多月都没喝一滴酒，真是馋呐，我跟管打针的那个小护士糊弄了一瓶子酒精兑了些水喝了，没想到酒气还没下去呢，突然说要提审我，我怕连累人家小护士啊，就用棉花蘸上没喝完的酒精，把鼻子孔、耳朵眼都塞上，过堂的问我咋这么大的酒气，我说发烧了，鼻子耳朵都烧破了，还用酒精搓脑袋了，过堂的看我那样，说你先回去吧，等烧退了再跟你问话。孙队长说着这话，嘴角眉梢露出一丝狡黠的笑容。

后来我知道，孙队长在“文革”的时候被整得够呛，所谓的“黑帮”只是其中的一个罪名，最打他软肋的是“胡子”的罪名。孙队长小时家里人口多粮食少，有时就得跟着大人去要饭。他长到十三四岁，就去给地主家扛长活，从早到晚地干。也是在扛长活的时候，他跟着比他年纪大得很多的另一个长工学会了打猴拳，身材瘦小的他打起猴拳来灵动得很。后来他又跟着他的师父参加了打小日本的县大队。当时村子里的老百姓也没见过啥世面，对县大队和“胡子”分辨不清，混淆着看。“文革”刚开始时，孙队长被打成黑帮，接着造反派又搞内查外调，孙队长老家的人就有的说，老孙家那小子那时候好像是当了“胡子”，回村里来屁股上还别着匣子（驳壳枪一类的短枪）呢。这一下就把黑锅牢梆梆地扣到孙队长的头上了，任凭孙队长怎么申辩都不顶用，直到1975年，一位曾经和孙队长一起在县大队干过后来当了什么领导的人出面给孙队长作了证，他这才得以重见天日，也没说讨个平反书，孙队长就又回到了森警中队，接着当他的头。不过，自打他回来后，他最忌讳有人当他面说“胡子”两个字，谁要是说了，他会立刻就翻脸。有一次，林业局领导慰问从火场上凯旋的扑火队领导，一个林业局领导没注意到孙队长已经先到了餐厅，这个领导一脚门里一脚门外地说，我听说今天要慰问孙胡子，咱们多跟他整几碗，我看看这个胡子有多大的量。孙队长听了这话，脖子上的青筋都涨起来了，他伸手抓起一个白瓷杯，一咬牙，手里的杯子就碎了，“啪”地往地上一扔，说，老子要真是“胡子”就先把你像这杯子似的捏喽！那场面闹得好不尴尬。

不知道一个人刚出生的时候爹妈给起的名字会对他一生的性格命运有什么影响？也许研究姓名学的大仙们能说得清，反正我是搞不懂。但是在和孙队长接触中，我总觉得他秉性脾气的方方面面都和他“相武”的名字有关。

自打孙队长十几岁跟着师父练猴拳开始，几十年里他就没离开过刀枪棍棒，建国前打小日本、打国民党军，建国后参加剿匪、到林区当武装森林警察，他的革命生涯就和那个“武”字没分开过。那个证明孙队长当的是县大队而不是当胡子的领导还说，孙相武和鬼子拼刺刀那叫厉害，嗷嗷叫着往上冲，咬着牙咧着嘴喊里咔嚓地左刺右突，刺得鬼子哇哇叫。我曾多次陪着孙队长泡澡堂子，给他搓澡，我还特别留意看他身上有没有刺刀的伤疤，我只看到他的右肋骨叉子那儿有个小的圆疤痕，我问，队长这是鬼子刺刀刺的吗？他说，刺刀哪有这么小的眼儿，这是国民党军给留的枪眼儿。所以，我私底下总觉得那个关于孙队长拼刺刀多么多么厉害的说法有点传奇色彩。可是在一次中队和林业局的基干民兵连搞军事比武时，我原来的小想法又被修正了。那天上午是森警和民兵练刺杀对抗，三局两胜，森警赢了。林业局的武装部长是个老转业军人，民兵输了，他的脸上挂不住，就从领导席上下来了，他叫阵地说，我来比试比试，你们森警的谁敢和我拼一拼？大家被这突如其来的叫阵给愣住了，操场上一时没了动静。孙队长哪是能被镇住的人，只见他啪地一拍桌子吼道，咄，我老孙和你拼一拼！说话间，孙队长就一边甩了身上的皮大衣一边下了场子。

孙队长冲着武装部长问，是真枪真刀的干还是用这木头棍子（训练用的木枪）？

那武装部长也是条汉子，梗着脖子说，你要是不怕死咱就用真的。

林业局的书记见状赶紧站起来打圆场说，你们不怕，我还怕呢，逞什么能，就用那个木枪！

俩人戴上护头面具，就噼噼啪啪地左刺右突起来，你来我往你退我进你进我闪你吼我叫一口气就拼了十多个回合。我以前在电影里见过八路军和小鬼子拼刺刀的画面就觉得那场面乱得很，我参加新训只搞过队列刺杀练习和单兵刺杀练习，没搞过对抗式练习。这个时候，我被眼前的这个场面惊呆了，一场子的观众也都屏住了呼吸，真是一场高水平的表演呐。不过，人们渐渐地就看出来孙队长的脚步和身姿就有了变化，出腿发轻身子发飘，让人看了有几分的诡异。武装部长哪里见过这种招法，手脚就有些乱了，只见孙队长借机就左拨右刺，噌噌噌几下子就占了上风。

武装部长败下阵来，两手拄着枪不解地说，孙队长你这是什么打法，不按套路整啊。

孙队长嘿嘿着狡黠地说，按套路整能赢你吗？

张排长对我说，孙队长这是把打猴拳和拼刺刀结合到一块了，这才叫功夫。

说起功夫，在孙队长身上样样都是了得，前面拼刺刀的事已经让我开了眼界了，接下的事更让我佩服得五体投地。

那是正月里的一个星期天，孙队长正领着我们几个人整理库房物品。突然接到堵卡站的报告，说是有一辆盗运木材的汽车被截住了，盗伐分子不仅不让扣押，还要闹事。孙队长带着我们几个人急匆匆赶到堵卡检查站，那里已经哄哄嚷嚷地围了许多人，多数是盗伐分子纠集来的帮手。看他们的架势，是要吓唬住我们，把木材强行运走。那个时候还没有《森林法》，只有地方的森林管理条例，人们保护森林的意识并不强，法规意识也很淡。滥砍盗伐木材的事情屡见不鲜，很多地方领导也把采伐几根甚至几十、上百根活鲜木当作正常的事。可是在这片原始林区，盗伐分子还轻易不敢涉足，一来因为这里尚未开发，交通不便；二来也因为森林警察看护得严，特别是一提起孙队长，很多人都要掂量掂量。这时，孙队长翻身下马，稳稳地站在盗运木材的汽车前。我听人群里有人说，这就是森警的孙队长，这个人不好惹。孙队长耳朵背，可能没听见，大着嗓门说：木材扣下，人交到林业局处理，有想法去中队找我。

刚才还闹哄哄的人群，立马没声了。只见一个穿着吊面皮大衣的大个子说：今天认倒霉，卸！余下的事回去再说。

我怎么也没想到，刚才气氛那么紧张，孙队长一句话就解决了。返回的路上，我对孙队长说：孙队长，你真是马到成功，一句话就完事了。孙队长说：小伙子，你太简单了，戏还没开始呢。

果不其然，回到中队没多会儿，电话就来了，是镇上的一个副镇长，也是孙队长的熟人，说是要请孙队长喝酒。孙队长说：事办不了，酒就别喝了。副镇长说：酒也要喝，事也要办。孙队长说：要是鸿门宴我就不去了。副镇长说：原以为你孙队长是条好汉，闹半天是上不了台面的熊包啊。一向刚烈的孙队长哪能受得了这样的激将，敲打着桌子说：你也别激我，老子还真就去赴一次鸿门宴，看你能怎么样？

放下电话，孙队长喊胡忠说：通信员，去给我拿两个馒头来。我们知道这是孙队长准备今晚要大喝一场了。孙队长的酒量是有一些，可架不住人家人多势众啊，我们真替他捏着一把汗。这个林区小镇特别盛行喝酒，好多事情，像调换工作啊，安排子女啊，换个房子啊等等，都是酒桌上办的。有人说，在这个镇子上，酒场就是会场，酒风就是民风，再难办的事，只要到了酒场，就都能摆平。所以镇上大人小孩都会说这样几句顺口溜：酒碗一满，哥们儿不分早晚；酒碗一端，是事好办；酒碗一碰，感情没缝；酒碗一干，事情办完。那时在这个镇子上喝酒，不兴用小酒杯，一色儿用碗，颇有大块吃肉、大碗喝酒、大嗓说话的山里人豪气。我和胡忠怕孙队长有意外，坚持要跟着去赴宴。孙队长说：去也行，到那你们不要喝酒，听我的就行了。

小镇子根本没有像样的饭店，一个挂着“国营食堂”招牌的饭馆是镇上最好的吃喝去处了。因为那里有两个雅间，可供有头有脸的人来吃饭。光秃秃的圆桌面，三条腿的木板凳，不同的是用纤维板隔成了一个单间，房顶上吊了一盏莲花形的吊灯，门上挂了绣了花的半截布帘。我们到时，人们都已坐好了。挨着副镇长有个留给孙队长的位子，座位上有几个是白天在堵卡站见过的熟面孔，还有两个干部模样的人。看架式，个个都是能喝的主。说着话，服务员就把一盆炖鸡、一盆炖狍子腿、一盆鱼炖豆腐热气腾腾地端上来了，“大老散”也依次倒进了每个人的碗里。

孙队长熄灭了烟斗，又朝凳子帮上磕了磕说：今天这酒咋个喝法？副镇长说：孙队长，你把木材的事答应了再喝酒，文喝武喝都依你。

孙队长哈哈一笑：不是喝酒办事吗？不喝酒咋办事？

那好，副镇长说，你说怎么喝，咱们就怎么喝！

孙队长说：这样，你镇长大人请我是抬举我，我先干一碗，然后，再从我开始接着往下轮。倒满了，谁不喝谁就是熊包蛋！孙队长说着，一抬手就把那碗酒倒进了嘴里。我估计，那一碗怎么着也有二两多。紧接着，孙队长又干了一碗。很快，孙队长已是四碗酒下肚，那些人也个个喝了三大碗，有的人开始往桌子底下出溜了。而孙队长脑门上、鼻子上、脖子上都沁满了汗珠子，神情是纹丝没变。我暗暗赞叹孙队长的海量。

那位副镇长也有两下子，虽然从脸到脖根子都紫红紫红的，但也还挺得住。他端起酒碗和孙队长碰了一下说：怎么样？就这感情，那车木头就放了吧。

孙队长一扬手又干了一碗，冲着我喊：文书！文书！你把森林管理条例给他们念一遍！

副镇长端着酒碗说：得、得、得，不用念，干了这碗再说。

孙队长和副镇长又干了一碗。副镇长这时已是醉眼惺忪，口齿不清了。他斜睨着眼睛说：老、老孙，你让他念、念什么条例，不念、不念，我还不知道是咋、咋写的吗？你、你不知道我是分管啥的吗？你这是、这是让、让我犯、犯错误吧？明知故犯，罪加一等，那个事我不、不办了！错、错误我、我也不犯！

副镇长的小舅子本来是趴在桌子上的，听了副镇长的话一下子跳了起来：喝酒不办事，这叫、叫什么事？！

孙队长的酒也明显多了，扯着嗓子喊：还是镇、镇长有水平，咋、咋能让镇长犯错误啊，那车木头上、上交了，交到林政科去！文书！文书！你现在就去通知！

副镇长说：那、那你的酒也不能、不能白喝，早听说你会气功，你给我表、表演一个看看。

孙队长连忙说：行！行！去拿八号线来！

待饭馆的人拿来了像铅笔般粗细的铁丝，孙队长已经把上衣脱的只剩下个背心了。

来，往我肚子上缠，往紧了缠！孙队长有点咋呼了。

胡忠真就给孙队长肚子上缠了三圈铁丝。副镇长摇摇晃晃地过来检查一番。

好！孙队长两腿跨立，双臂抬起，做了几个深呼吸，慢慢地抬起又放下，放下又抬起，突然大吼一声，只听“嘎巴”一响，三道铁丝齐腰断了。副镇长和那几个还清醒点的人一齐鼓掌叫好。那天晚上，孙队长是被我们抬上炕的。

实际上，在“武”的方面，孙队长还有一绝，就是出枪快打得准。这一点森警的很多人都知道。轮到我开眼界的时候，孙队长都已是五十多岁的人了。

那是在冬天里头，我们跟着孙队长骑马进山巡查有无盗伐的情况。

冬日的大兴安岭，银装素裹。高大粗壮的树木漫山遍野，一棵棵笔直笔直地直插蓝天，每棵树的枝桠都吊满了白绒绒的雪挂，好一片冰雪的童话世界。马蹄踏在松软的雪地上，发出悦耳的“滋嚓滋嚓”的声响。孙队长那只心爱的大狼狗更是撒起欢来，前窜后跳地穿梭着。我和胡忠情不自禁地敞开嗓子“哟——嗨——哟——嗨”地大声喊起来，群山旷野里立刻有清脆的回音。孙队长仿佛也来了兴致，高声大嗓地对我们说：小伙子，还是当森林警察好吧，这林子里的一草一木都归咱们管呢，摸摸头上的国徽，咱们可是代表着国家在管护这片林子呐。

听孙队长这么一说，一种庄严感、责任感还真就弥漫上了我的心头。天空碧蓝碧蓝的，雪野愈发明亮耀眼，几只飞龙鸟从前面树冠上扑棱棱飞起来，一行行野兽的足迹清晰地印刻在林地间。

突然，大狼狗“汪汪”地叫起来，马的耳朵也警觉地耸起来。有情况！孙队长说着拔出腰间的二十响驳壳枪，没等我看仔细，“叭”地一声枪就响了。顺着大狼狗跑去的方向，我看见前边林子里５０多米远的大树下有一只狼已经中弹倒地。那个时候，狼不仅不是禁猎动物，政府还鼓励人们灭狼害，拿着狼皮可以领到奖金。我正惊讶着孙队长的枪法，突然想起人们传说的，倘若孙队长正在屋内拆卸手枪，而这时院子里有异常情况，他能一边将枪的零部件捧在手里，一边走一边组合，不出十步，枪就能打响。我相信了这个传说。这次虽然没拆卸手枪，可他的眼力之快、出枪之快、枪法之准，真是不由你不佩服。

孙队长比我大三十多岁，我到他身边的时候他已经五十多岁了。那个时候的人显老，他在我们的眼里俨然就是父辈老头。可是你别看他年纪大脾气急性格躁，但对自己的兵那还真是疼爱有加，甚至有些护犊子之嫌。我们当时二十郎当岁，正是好争好斗的年龄，和地方的小青年三天两头的有个小摩擦。谁要是在外边打赢了占上风了，孙队长听说了会抿着笑意盈盈的嘴角拍拍他的脑袋说，嘿，这个浑小子竟给我惹闲事，你可千万别把人家打坏了！谁要是在外面被人家欺负了，孙队长听说了会狠瞪着眼睛说，没那个卤水就别点那个豆腐，以后少给我丢脸！大家熟悉了孙队长这个脾气，在外面得了便宜的回到中队就耀武扬威的，在外面丢了面子的回到中队大气不敢出，躲得远远的。

一赶上过年过节的，孙队长就打发他的孩子来叫我们几个单身的新兵去他家吃饭。按说，在单位里他就可以直接通知我们，可是他不，好像他放不下那个架子，而每次都是拐个弯儿让他的孩子出面。他的大儿子年龄比我大，老二跟我差不多，老三比我小一点，我们到了他的家里，孙队长就让他的三个孩子管我们叫叔叔。我们是又摆手又摇头屁股都不知道往哪儿放，这可叫不得！这可叫不得！孙队长说，谁让你们跟我一起工作了，这是当兵的规矩！

因为是过年过节，孙队长家的饭菜总是很丰盛地款待我们，不是那种意思一下的随意应付。中午饭吃了也就算了，不行，临走时孙队长说，晚上五点半啊，你们几个准时过来。我在中队部里过的几个大节，都是这样在孙队长家里三个碟子两个碗地吃过来的，家的氛围浓，温暖得很。

说起来，孙队长对我个人的一些事管得还是很细的。我当文书不久，就赶上报名参加“文革”后的第一次高考，我兴致勃勃地报了名。孙队长听说了，却给我泼冷水说，考大学不也是为了有个工作吗？你现在的工作不是挺好的吗？我想呆在办公室里多复习复习功课，孙队长一点也不通融，一会儿喊文书你跟我去干这个，一会儿喊文书你去跟我干那个，反正就是不给我复习的时间，我要考大学的事终于泡了汤，这成了我一个终生的遗憾。但是，我并不怨恨孙队长，他就是那样的眼界，并无他意。相反，他对森警内部培训的事又看得很重，他认为这才是在森警部队里成长进步最靠谱的事。上级要培训报务员，孙队长说，文书，干报务不错，有很多领导都是干报务出身，你去参加吧。我不大喜欢整天价“滴滴嗒，嗒嗒滴”，没同意去。过些日子，上级来电报直接点名要我到解放军部队参加军事骨干培训，全大队只有八个指标，大家都说参加培训的肯定都能提干。那时，我正闹着挺厉害的胃肠毛病，我就提出能否不参加，孙队长很是意外，也很是不高兴，他生气地对我说：你这不干那不干的，想上北京啊？

没想到，孙队长一句恨铁不成钢的话在若干年后真的应验了，在事先丝毫不知情的情况下我真的被组织上调到了北京，当然这是后话了。

1978年的10月，森警部队开始做接收义务兵的准备，我再一次被点名抽调参加接兵和新训骨干培训。孙队长拿着电报问我，文书，你这回是啥态度啊？

有再一再二不能有再三再四，我哪里还敢再不识时务？

但是，年轻且眼光短浅的我无论如何都没想到，从此我就要与孙队长做长久的告别了，带着他对我倾心的培育和倾情的期望，我要像一只雏鹰一样到更广阔的天空去栉风沐雨去展翅飞翔。我的的确确没有想到这会是和孙队长永久的告别，否则，我会和他合个影，我会向他表个决心，我会向他敬一个郑重的军礼，然而，我以为这只是一次短暂的分别，像往常我到大队机关去报送实力表一样，我就匆匆地走了，像我最初匆匆地来。

转过年我回到得耳布尔办理调转手续，本以为能见到孙队长，可不巧的是他去了外地。再后来，得耳布尔森警中队被撤编了，孙队长被调到另外的中队，干了不长时间就退休了。我给他写过信，却没有得到过他的回复。后来，有人对我说，孙队长退休不久就去世了，死讯传得不远，丧事办得简单，一个一生里风风火火的人却静悄悄地走了。

人相别情相牵，几十年来我从不曾忘记过孙队长，我想，孙队长在世时也一定不会忘记我的，我坚信他不会忘的。

2014年5月1日于北京

实际上我倒是愿意看到金春队长发发脾气撂撂脸子，我觉得只有这时才能看出作为一个军人出身的老森警、一个中队领导的样子。

在林区的街镇里，一户连一户的蔚为大观的柈子垛是最最危险的火源地，最容易火烧连营，而多少年，当地的领导者和老百姓都没有认识到这个令人想一想就会冒冷汗的问题。

我们这些森警穿着上绿下蓝的警服，圆国徽红领章黑皮鞋，在人口不多的小镇上，那是招人眼神的一景，特别是年轻的姑娘们，遇见我们就会羞红了脸。

中队部里的人和事

我们得耳布尔中队是个小中队，五十多个人，多数分布在四个外站，中队部里都是干部和职能人员。干部里有队长、副队长、两个排长一个会计，整个中队就这五个干部。他们不驻外站，都集中在中队部，哪儿有事去哪儿。警士里面都各有各的岗位。司机和助手、卫生员、报务员、上士、通信员和文书。有一段时间配了个炊事员，后来又取消了。满打满算，中队部没超过十一二个人。

我从吉落部外站下来当了文书，每天和中队部里的这些人朝夕相处，时间久了，我就发现有些人和事挺有意思的。

中队的二把手——“金春涅夫”

在前面的文章里我已经详细描述了孙队长脾气秉性。你别看他其貌不扬话也很少，在中队里他可是个咳嗽一声别人也都当回事的人。相形之下，副队长刘金春就显得柔和一些，棱角不那么分明。他的嘴头上总好挂着拖着重尾音的河南腔“中——”。

处久了，我觉得这一句活像豫剧唱词的“中——”实际上是金春队长性格最集中的反映。对孙队长拍板定下来的意见，他的一句“中——”就表达了对孙队长的服从。对其他人的意见和想法，他的一句“中——”也表达了对他人的尊重。柔和而有韵味，让人听着舒服。这样讲，不是说金春队长没有主见。在中队里，除了孙队长，资历上还就数他老了，而且他是中队名副其实的二把手，工作中他也经常表达自己的意见看法，有时也有争论，可一旦有谁的意见说服了他，或他的意见说服了别人，他兜底的一句话一定是那句“中——”，结果是皆大欢喜。

在我后来也有了个领导职务后，我还常常想起金春队长那句“中——”，细细品味，我觉得这既是领导间合作共事的胸怀，也是与部属间沟通协调的工作方法，简洁而富内涵。

金春队长的相貌很有意思。他中等略有发福的身材，头发有些稀疏，圆头圆脸圆眼睛，说笑的时候一双肿眼泡下面的小眼睛还没有圆脸上的酒窝大。他的鼻子最有特色，和多数人向前凸着的鼻头不同，他的圆圆的鼻头是向鼻梁方向抹着的，让人看着不免有些滑稽可笑。有细心人说，你看刘金春长的活像老毛子的赫鲁晓夫。有外人的场合，中队里的人常常戏谑地跟人家提示说，你看我们金春队长像不像江（额尔古纳河）那边的？由此，金春队长就落了个绰号“金春涅夫”。

孙队长和金春队长是不开玩笑的。敢当面叫“金春涅夫”的是另外的三个干部和敖文、白玉明等几个七一年的兵，其他人都是在背地里叫一叫。为这个，敖文和白玉明常常在其他的七一年兵和我们几个新兵面前显摆，以显示他们在人群里的地位。

金春队长也有拉脸子的时候，我印象深的大约有两次。一次是我陪着他到林业局参加一个会，会议开始前大家坐在那你一言我一语地闲拉呱。这时，有一个林场的场长冲着金春队长说，老刘，咱这林业局也不着火，要你们森警有啥用啊？金春队长正在和别人说笑着，听了这话，那张笑意盈盈的圆脸一下子就僵住了，接着两个眼角和嘴角耷拉下来，而后肿眼泡往上抬了抬，眼神肃然的盯着那个场长说：恁说啥？森警旽用？恁有能耐就试试旽有森警着不着火？旽有森警这林子会不会有人砍？金春队长这三个问号说得对方直摆手，哎，哎，老刘老刘，我说的是玩笑话玩笑话。

还有一次，是在办公室里，金春队长正在和地方的一个人谈事。我看他们谈得不大愉快，正在这时，有个总和金春队长开玩笑的干部推门进来说：呦，金春涅夫这不是在呢吗？怎么他们说你不在？

本来就不大痛快的金春队长一下子就火了，说，出去，谁让你不敲门就进来的，知道大小王不？

实际上我倒是愿意看到金春队长发发脾气撂撂脸子，我觉得只有这时才能看出作为一个军人出身的老森警、一个中队领导的样子。

但中队的人都知道金春队长是好脾气，时间久了，人们确实是不大顾及他的面子问题。中队只有一台“南京”牌嘎斯汽车，这个车的驾驶室里只允许坐两个人。每次出车时，要是孙队长出行，助手白玉明就主动让出驾驶室的位置让孙队长坐，如果是金春队长出行，白玉明就不让，这样一两次下来，金春队长再不去坐那个驾驶室了，看到大家都上车了，他嘱咐一句司机注意安全的话，就蹬着车轱辘翻身进到敞篷车厢里，无论多远的路，无论刮风下雨，他都没说过什么，只要一下了车，他立马开始指挥别人干这干那。白玉明也是个透亮的人，他说，孙队长岁数大坐到里头是应该的，可别的干部岁数没比我大多少，我让了这个让那个，还怎么跟着师傅学开车呀？

金春队长和我们一样爱吃狗肉，有时我们就弄点狗肉聚在一起解解馋。有一次，我们弄了一条狗煮了，却忘记了叫他，我们正要摆开狗肉宴之际，他颠颠地推门进来了，说：恁们咋着了？俺就想到你们旽有大蒜，想对了吧？说着他就从兜里掏出两头大蒜来。然后就拽过一把凳子围着桌子坐下了，他没有一点尴尬的表情，大家也没有失礼的难堪。

实话说，大家对金春队长是尊重的服从的，工作上没有和他对着干的时候，但是因为他性格的柔和，大家都把他当成哥们儿处了。其实，在外人面前他也喜欢摆个小架子，包括我们几个新兵刚到队的时候，他还真有点架子轰轰的，可是没多久他的架子就被那几个干部和老兵们给戳穿了。

金春队长是河南人，家里好像经常擀面条。有两次他下班的时候，顺嘴招呼我们几个新兵去他家吃面条，这可难为了他的爱人。那个时候家家户户白面都不多，说是面条汤，其实锅里是汤多面少。我们几个大小伙子一去，都不好意思端碗。金春队长也有办法，他的架子放不下来，就让他的几个孩子给我们端酒。河南人端酒那真叫一绝，每个人给你端三杯，你喝他不喝，理由是过去河南穷，有好吃好喝的都要让给客人，慢慢就形成传统了。我们好几大杯“大老散”落肚，还吃什么面条啊，拿个烀土豆做酒肴，一会儿就晕头转向地撤退了。

若干年后我工作调转到了北京，已届七旬的金春队长从河南老家突然打来了电话。他问我：恁到北京是驻在呀？他所说的“驻在”，大约是以为我到了某个驻京办事处工作或为了某件事要在北京呆较长时间，大兴安岭林区人就把常年呆在林区采购发运木材的人叫“驻在”。我说，不是驻在，是调到北京了。他在电话那头诧异得很，调到北京？是调到北京驻在吧？金春队长似乎还在把我当作当年的那个新兵，那个他眼睛里的孩子。我觉得我和他在电话里解释不清这个事。我说，就算是驻在吧，你啥时候方便了到北京住几天，我陪陪你。他在那头说，恁在那驻在俺去就不方便了。

一胖一瘦的俩排长

我们几个新兵分到得耳布尔森警中队，在简单又简单的欢迎会上，我看到了被称为彭排长和张排长的两个人。本来有些紧张的我，一见到他们我突然觉得有一种滑稽感，憋不住地想笑。

彭排长和张排长两个人的个子都有一米八左右的样子，差不多一般高。可是彭排长是又高又瘦，瘦长脸上两个颧骨凸出着，两个大眼眶凹陷着，有些凶巴巴的眼珠子在里面骨碌碌地转着。脸蛋上的肉像是被风抽走了，脸皮紧贴着牙巴骨，薄嘴唇和鼓鼓的喉结不住地咳嗽也不住地说话。他的长胳膊长腿长身子同样是一点肉也没有，没有肉的屁股裤裆都显得空而无样，甩荡甩荡的。他走起路来一晃一晃的，让人想起风中摇曳的麻秆。我觉得不用怀疑，若是遇到了大风天他一准会被刮跑。后来我见到一些饥饿中的非洲黑人的图像，每次见到，我都会不自觉地联想到彭排长。不过，彭排长一点也不黑，皮肤是那种黄中的惨白，一点血色也没有。我想，他的肺子和气管一定有病，咳嗽不止，一口接一口地吐痰，喘气呼噜呼噜地响。但在我和他接触的那一两年里，没见他看过病。他的正式职务叫“管理排长”，相当于部队的司务长，专管中队的吃喝拉撒睡。他的职级在金春队长之下，和张排长是平级，但看他的做派和说话的架势绝对是在金春队长之上，对人不满意的时候多，批评人的时候多，就是说笑话也板着那个瘦面孔，偶尔见他笑一笑，我倒紧张得不知所措。别看他身体不好，但他喝酒不误干活不误。他总是把“小车不倒只管推，小命不倒只管喝”这句话挂在嘴边，逢酒必喝逢喝必干。中队的所有事好像都归他管，从早到晚的都看见他咳儿咳儿着在风霜雨雪中飘摇。孙队长是个急性子，对别人的工作常常有批评指点，而对彭排长的工作似乎总是很满意，他俩都是急性子，对了脾气了。

彭排长的官称只有我们几个新兵和外来的生人叫，金春队长以下的干部和老兵们都叫他“大彭”，而孙队长总是直呼他的大名“彭玉富”。

我当了干部以后是在安格林中队，就难得再见到彭排长了。有一次突然听说他去世了，我觉得有些伤感——虽然在一起的时候交情不是很深，但毕竟是一个曾经我很熟悉的上级与长者（他大约至少长我十六七岁）。过了一段时间，又有人说他没死，只是到内地看病去了。我听说了感到很释然，我想到他那个家还是完整与幸福的。

说来也是缘分，我调到支队机关（1980年牙克石森警大队就改称为支队了，下面的中队都改称为了大队）以后，有一天我骑着自行车，恰巧遇到了来牙克石办事的彭排长，他还是那样飘飘摇摇地晃动着身子脚底没根似的走路。我俩突然相遇，当然都有几分惊喜，可是他眼睛里的喜悦好像只是一瞬间，眨眼间我看到的还是我熟悉的板着面孔的那个老神态。寒暄了没两句，他就狠呆呆地说，你们不是都传我大彭死了吗？你看我又活回来了。我说，彭排长，晚上我请你吃饭吧。他说，你有这个话我就领情了，我搭你的车去趟支队机关吧。彭排长那长身子长腿就坐在了我的后车座上，我一路上骑着自行车费劲得很，我估计他也一定不舒服。

到了支队机关，我还想说晚上请他的事，可他没容我说话，就拍了我的肩膀一巴掌说，行了，我没白给你当一回排长，借你光了，我去办事了。说着他头也不回晃晃悠悠地就走了。从此后我就再也没有见过彭排长，后来有人说彭玉富真的死了，我说，千万别瞎传，传错了会伤人心。传话的人说，千真万确，有谁谁谁作证！我再一次伤感，他活到四十岁了吗？那个瘦瘦高高的咳嗽不止唠叨不止工作不止的人。

再来说张排长。让人感到滑稽的恰恰是他的粗壮与富态和彭排长形成了相声演员般的反差。不仅体态上反差大，相貌上反差也大。张排长略显黑红的大脸膛，肉瓷瓷实实的，宽鼻阔耳厚嘴唇，清淡的眉毛下一双细长的眼睛透着宽厚与慈祥。他的双手又大又厚，双脚走起路来有点外八字，蹁跶蹁跶的，让人想起俗话说的“鸭子步”。

张排长是内蒙古通辽开鲁人，张嘴就是开鲁腔，有点娘娘闷闷的，和牙克石林区东北话的冲劲相比，显得温柔厚实。他说话和他走路一样，有点慢慢腾腾的。干什么事好像也是慢性子，孙队长说他是“火上房都不着急”。有谁损他几句，他也看不出来生气，顶多是慢声慢语地解释几句。

在中队，他没有专门的职责分工，经常是队长们让他干啥他就干啥，比如到哪个外站去检查一下，比如带着中队部的人员干点什么活儿。随叫随到，指哪儿打哪儿。按说，他和彭排长他们岁数资历都差不多，他完全可以摆摆架子装装老。然而，我却从来没见他发牢骚说怪话或阳奉阴违地敷衍了事。他领着我们干活，虽然不是那种风风火火的，但却是认认真真的。

张排长性子慢是慢，柔和是柔和，但一些了解他的人都说，你们别看老张排长整天乐呵呵的不得罪人，他的骨子里犟着呢，他要坚持的事，可不管你是领导还是老婆。张排长具体怎么犟，我们在一起还是时间短，我没有缘分体会到。只是常听他的老婆把“犟眼子”当作张排长的昵称人前人后地那么叫。还有一次，偶然听到孙队长磕着烟斗说："哼，张宗福认准的事两头牛也拽不回来。"

听说张排长也早早地过世了，是死于心脏病。是身体过胖的原因吗？我打听过他家里人的情况，几个战友们都说张排长去世后，他的家人不久就迁离得耳布尔了，去了哪里？因为中队撤编在前，中队的人都四散了，好像都不大清楚。

孙队长彭排长张排长等那些森警的元老们，多数人活的年纪都不大，似乎很多人都没到六十岁的寿命，还有一些个连半百都没活到。为什么呢？是因为他们那茬人在森警的创业阶段工作生活条件太艰苦了，住地窨子，睡石砬子，就咸菜啃凉饼子，冬天渴了凿块冰或塞到嘴里一把雪，夏天渴了趴到塔头甸子那喝一口飘着浮虫的积水。一旦着起火来，二三十天在火场白天黑夜地轱辘，胃病、风湿、肾炎、气管炎、皮肤病、青光眼等等好多病都和他们结缘了。

张排长，看上去壮壮实实的不应该也早早地走了呀。

司机和他的助手

开汽车当驾驶员似乎在部队里一直都是令人向往的技术活。上世纪六七十年代的森警部队，汽车很少，我们中队只有一台"南京嘎斯"，配了一个司机和一个助手。我作为一个新兵蛋子是仰着头看他们的。

司机叫杨占友，我们都叫他杨师傅。杨师傅虽然不是干部，属于跟我们一样的警士，但是他在中队的地位可不比干部们差。他的穿戴不像其他一些司机那样脏兮兮的，而是干干净净利利索索的，人也长得精神。在办公室里遇见他，绝对会把他当作干部看。他不仅资历上跟彭、张俩排长差不多，性格上也是个喜欢掺和事的人。中队里的一些事怎么安排怎么处理，似乎他早早地就都知道了，而且有些事上还有他的意见在里面。我这样说，并没有贬低杨师傅的意思，那个时候的老司机们因为年龄、参加工作时间和有些干部都差不多，又整天和领导们在一起摸爬滚打的，领导们也就把他们权当干部看，甚至当干部使。

不过，别看他们当司机的好像风风光光的，其实这不是一个好干的活。

那个时候的得耳布尔林业局在镇子之外几乎连简易的林区公路都没有，汽车跑的多了，压出了一条条的路影，正如鲁迅先生说的“其实世上本没有路，走的多了便成了路”。但是这“路”并不好走，春天大地开化以后，山地上就出现了一段一段的沼泽地面，表面上看似很平整，可是汽车一压上去，就会深陷其中。其实，有的沼泽地都不用车上去压，就是人走上去，都像踩在浸了水的海绵上，绵绵软软，敷囊敷囊的。汽车一旦陷到里面，真是叫天天不应叫地地不灵。到了冬季，冰冻三尺该好走了吧？非也。冬天里的大兴安岭几乎天天都在飘雪，有的路影上的积雪厚达几尺深，汽车钻到厚厚的雪壳子里死活都拱不动。最令人胆战心惊的是遇上冰包。山体常常因为有泉眼或雁流水到了冬季就形成偌大的冰包横亘在路影之上，汽车在四五十度冰坡上开，就像表演高难度的杂技。不论是遇到沼泽还是遇到雪壳子还是遇到冰包，平日里风风光光的杨师傅，这时却变成了个大冤种，拉着脸撅着嘴嘟嘟囔囔的。一会儿钻到车底下刨冰扒雪抠泥，一会儿爬到舵楼（驾驶室）里，“塔拉塔拉”地发动车。坐车的人当然跟着倒霉，一会儿卸车一会儿推车一会儿装车，还要挨着杨师傅的训斥。当然，也有老兵不买账的，趁机火上浇油说着风凉话，哈，杨师傅也有这时候啊。

这个时候，最最倒霉的要数杨师傅的助手白玉明了，钻到车底下干活的首先是他。白玉明是七一年入伍的兵，在我们面前也算是老森警了，可是他跟着师傅学开车却是时间不长的事。其他的七一年兵对杨占友都是直呼其名，而白玉明总是恭恭敬敬地一口一个杨师傅地叫着。

说起来，杨占友和白玉明师徒俩的形象又是挺滑稽的一对。杨占友虽然年龄大，但他长相年轻又讲究干净利索，一看就是个挺精神的人。而白玉明却正相反，按他七一年入伍时最高年龄计算，我们到中队的时候，满打满算，到头了他也就是三十岁的年龄。可是，看上去他的相貌怎么也有五十来岁了。一米七多点的个子，骨架子不小。长瓜脸上肉皮松松垮垮的，堆满了褶子，那双眼睛最有特点，眼皮大大的但总是无力地耷拉着，下面还长出了眼袋。他的穿戴也不讲究，衣服好像总是大一号，又有点驼背，走起路来趿里踏拉的。可能因为开车的缘故，他的衣服上总能看到一片片的油渍。每天看他走路，就觉得他的负担沉重的很，疲劳，没精打采，对我们新兵也视而不见似的不屑一顾。

说白玉明总是耷拉着大眼皮也不准确，就我的观察他至少在三个场合眼皮是撩起来的，眼珠子瞪得圆圆的，而且是很双的眼皮儿，一般人的眼睛都比不上他的大。我说的三个场合，一个是在他开车的时候，端坐在舵楼里双手握着方向盘，眼睛瞪得大大的盯着前方。每当看到这个情景，我就想，甭管岁数大小徒弟就是徒弟，他白玉明开车就是不如人家杨师傅轻松自如。再一个场合是在晚上的宿舍里，他脱了衣服后，喜欢盘着腿坐在铺头上，一边抽着卷旱烟，一边给我们几个新兵讲一些乱七八糟的故事，讲他的一些历险记。每当这时候，白玉明的眼睛都是瞪得大大的。直到他讲困了，眼皮一耷拉，身子往后一仰说，睡觉，还没等我们反应过来，他那呼噜声已经响起来了。

白玉明眼睛瞪得最大的时候，还得说是打狗的时候。孙队长家就住在中队部边上，他家养了一条母狗，每当到了狗的发情期，就有仨一帮俩一伙的公狗来我们中队这转悠，像地痞瘌子似的梗着脖子出溜出溜地跑，满肚子的荷尔蒙。白玉明对我们几个说，你们不是喜欢吃狗肉吗？我领着你们来个“关门打狗”。

我们中队部是趟平房，大门在南面正中间，进去后阳面的两侧是办公室，阴面一溜是走廊。入冬后天就早早地黑了，走廊里得点电灯。白玉明给我们分配了任务：报务员刘建军负责牵着孙队长家的母狗把公狗诱骗到走廊里，而后他要快速的把母狗牵出去。在母狗刚出门，公狗尚未出去的当口，我负责把门迅速地关上，胡忠负责关灯，李庆和在关灯的一刹那负责把一把大号手电筒钦亮直直的晃着狗的眼睛，这时白玉明就负责抡镐把。这个任务的环节很复杂，每一个细节都必须万无一失，否则，打狗不成反倒会被狗咬了。时间紧、任务重，标准高、要求严，我们受领了任务，还预演了一遍，对接了一下流程。第二天傍晚，第一次战斗就打响了，也就是十来秒的时间，首战告捷。头一两次打狗，我紧张的只顾干自己关门的活，没顾上看其他的人，待到打了几次，不再那么紧张了，我开始关注白玉明打狗的细节。就是在李庆和拿着手电筒晃着狗眼睛，而那多情的公狗正在懵懂的那一刹那，只见白玉明眼睛瞪得圆圆的，两手抡起镐把“嗨”的一声吼，镐把落处，那狗哼都没哼就脑浆迸裂了，喷涌而出的狗血也溅了周围人一身。多少年过去了，我还牢牢地记着白玉明打狗时那双瞪得圆圆的眼睛，那么明亮有神，抡起镐把的那一刻，他眼睛里充满的不是仇恨不是饥饿不是馋涎，而是消遣是娱乐是快感。倒霉的狗啊，就这么无声无息地惨死在了“情”字上，就这么一条接一条无影无踪地消失了。倒也奇怪，没有什么人来查找过询问过，那时候的狗不是宠物，好多人家都是有一搭无一搭地养着。猪吃剩下的狗才能吃，有的狗就吃路边的死猪死猫什么的，甚至吃人的粪便。

除了讲故事和打狗外，确实没什么事能提起白玉明的精神来。最让他烦的是冬天里头烤车。那时候没有暖库，没有防冻液，汽车助手早起的第一件事就是提留着喷灯去烤车，甚至要钻到冰凉冰凉的车底下去。烤完了紧着就是摇马达发动车，司机在舵楼里一遍一遍地拧着钥匙，“呲——呲——呲”地叫，助手在车前头一遍遍地摇着马达“呜——呜——呜”地响。有时要好半天才能发动着，冰天雪地里，无力地飘扬着他呼哧呼哧喘出的哈气。

看着白玉明的辛苦，我就想，当司机有什么好呢，从助手干起，这么遭罪？可是事实上，人们对能先摇上摇把子都是向往不已的，那毕竟是碗走到哪里都能吃的技术饭。

我们是帮工

我和庆和、胡忠三个新兵先后从外站调到中队部，很快我们在干部老兵和家属中就成了受欢迎的人。最高兴的当属住在中队部边上的那几个干部家属了。中队部里有一个水井，不是自来水也不是敞着圆口的辘轳井，而是往地底下打了管子的那种提压式水井。中队部的家属们吃喝用水都到这个水房来挑。干部们虽然官不大，但都有点大男子主义，回家不干活，出门挑水那更是让他们感到羞赧的事情，特别是到中队部这边来挑水，那个架子是万万不能放下来的。所以，到中队部的水房挑水是家属们每天都必须干的活儿。说来也是有意思的很，彭排长和霍会计的家属都身怀六甲，每天挺着个大肚子晃晃悠悠地挑着两水桶，倒成了一道美丽的风景——如果有谁会素描或摄影，那一定是幅好看的艺术品。可是这美景不是我们所应当欣赏的，作为新兵，我们知道自己应该怎么办。从此后，那几户干部家挑水的活，就责无旁贷地落到了我们的肩上。家属们毫不吝啬地夸奖着我们，干部们嘴上不说啥，眼神里却对我们放出温柔的光。

我们几个最忙碌的日子是星期天。每个星期天都要帮着干部家老兵家劈柈子。在林区，家家户户拉烧柴劈柈子是过日子的一件经常性反复性的家务大事。谁家的柈子垛垒得越高越整齐，说明谁家的日子过得越好，柈子垛成了林区人家的外在品牌，就像东北农村一些县镇饭馆门外挂的幌子，幌子越多，饭馆的实力越大，林区人家的柈子垛甚至影响到了家家户户的娶媳妇嫁闺女。实际上，在林区的街镇里，一户连一户的蔚为大观的柈子垛是最最危险的火源地，最容易火烧连营，而多少年，当地的领导者和老百姓都没有认识到这个令人想一想就会冒冷汗的问题。

森警人家的柈子垛都没有那么高大，也没有那么好看（粗壮的活鲜树砍伐下来再一劈四瓣，那块头那纹理当然比站杆倒木劈出来的好看）。森警们拉烧柴时不砍伐鲜树的意识还是有一些自觉的。

劈柈子是冬天里头最忙的活。冬天里的树木好锯好砍，劈起来脆爽，烧柴用量也大。一个冬天里头的星期天，我们几个新兵几乎都搭到帮人家劈柈子上了。基本上是在这个星期天就被预订了下个星期天去谁家，甚至后半个月的活都预订好了。不过，人家和人家不一样，到有的人家干活那是真干，把原木锯成段，把原木轱辘横竖两斧子劈成四瓣，再把柈子码成柈子垛，从早晨干到天黑，大冬天的甩掉棉衣还汗扑流水的。可是，越是真干活的人家，在吃喝上越有点抠索，嘴上说得很大气，盘子碗里的荤腥却不多。而到胡振林、刘立建家干活可就不一样了，九点多才开始拉出干活的架势，还没等出汗呢，主人就吆喝着，进屋抽颗烟喝口水暖和暖和。刚刚十一点多，主人又吆喝，撂手吧，吃了饭再干。进到屋里，嫂子已经把菜端上桌了，把酒烫好了。几碗酒下肚，眼睛惺忪腿也发软，下午干活哪还有力气，草草地就收场了。有了一两次这样的情况，我们都不好意思主动约人家再去劈一天，说啥也得把柈子垛码出个样来。

印象最深的是给胡振林家劈柈子，他是属于典型的以吃喝为主以干活为辅型。两口子很相像的细长脸，同样的细长的眉眼都是一样的笑意绵绵。我想，他们也一定是想趁着找一回帮手多干点活，可是这两口子又在骨子里透着不好意思，透着歉疚。第三次去他家是我们主动登门的，进门就说，胡哥胡嫂，今天中午别整酒，咱正儿八经地多干点活 。这两口子激动的啊，就差叫亲弟弟了。我们早早地就开干了，我和胡振林用大肚子锯锯原木段，庆和和胡忠劈柈子，嘁哩喀喳的，一会儿就见到我们的战绩堆积起来了。拉大肚子锯和劈柈子这两个活最适合在冬天里头干。冰天雪地里空气都是脆生生的，大肚子锯切进原木里一推一拉，你来我往，“嚓嚓嚓”地响，白沙一样的锯末儿无声地流淌出来。劈柈子是把原木轱辘立在那里，把大斧子抡圆了对准原木段截面的正中用劲劈下去，“咔嚓”一声，清清脆脆，原木轱辘就一分为二了，会用力的，那原木轱辘站在那里并不倒，劈柈子的人再横过来抡一斧子，这原木轱辘就一分为四了。这就可以码进柈子垛或者直接填进火炉里，让它旺旺地燃烧。

粗壮的原木锯完了，我找来一把短锯锯那些小杆，谁知正干得来劲，锯却被有些糟朽的小杆给夹住了。我用劲一挑，那头的锯片竟一下子被我撅到了胡振林的脸上，只听他哎哟一声，两手叠加着捂住了脸。我在一边被惊得不知所措，是不是撅到眼睛了？过了几秒钟，胡振林说，没事，碰着脸了。我说我看看。我扒开他的手一看，左颧骨上一道一厘米长的白而深的刀刃口，像是冻肉上被扎了一刀。我看的时候还没有出血，可是，就在说话的当口，血就渗出来了。庆和说，别干活了，赶紧进屋包扎，这大冬天的别冻了伤口。出师未捷，少了一个人这活儿也就干着不顺手了。胡振林说，哪天再干，咱们还是喝酒吧。我惹了事，哪里好意思说不干就不干了。我跟庆和胡忠说，让胡哥在屋里呆着，咱仨干。三个人虽然不比四个人，但是因为有将功补过的心理，我们那一天的活儿还是干得不少，天黑了，我们才罢手。当然，那一晚的“大老散”也被我们喝了不少。到了第二天，胡振林是包着药布到中队去的，他说伤口没事，是怕冻着了。再过了些时日，胡振林的脸上多出了一条细细的疤痕。我一见到了，就觉得愧疚。胡振林说，大老爷们的不在乎这个，过个夏天就好了。还没有等到过完那个夏天，我就离开了得耳布尔，几十年没有见到胡振林，但是每当我想起他的时候，我就会想起那天劈柈子的场景，想起他脸上那道疤。我常常想，过了这么多的夏天，那个疤一定被多少个夏日的阳光修复了，一定被岁岁年年的风雨洗平了。在分别了三十多年后，我们终于见面的时候，我看他的第一眼就是盯向了他左颧骨疤痕的部位，那疤痕虽然比当年细了很多，但还是依稀可见。看着我愧疚的神色，胡振林哈哈地笑着，抹抹那疤痕说，老弟不提我都忘了，都多少年过去了你还记着。胡振林两口子老是老了，但笑容还是当年的样子，弯弯的嘴角与眉眼间依旧是笑意绵绵，一如既往的那种和善。

帮着干部和老兵们家里干活，说起来，我还曾展示了一下我当过几天泥瓦匠的小本领。当年的林区，家家户户都有火炕火墙。一进到九月份，很多人家都要捅烟囱扒火炕掏火墙，在冬季来临之前把家里面取暖保暖工作做好。当森警之前，我干过一段时间泥瓦匠的小工，还当了几天正式学徒。在搬砖递灰伺候师傅的时候，也跟着垒过火墙火炕和烟囱，了解了一些火炕和火墙过火烟道的原理，什么七个洞的九个洞的，什么直筒式的回廊式的闸板式的，我多少知道些道道。在头一次帮他们干这类活的时候，我主动请缨当师傅，大家伙都觉得新鲜，实话说，在大家的眼里我是属于笨人王老大那一伙的，我怎么能干得了这技术活呢？哎，干了两家，一致反映不错，这下在中队里我就小有名气了，凡是这类泥瓦匠的活都首先想到我，我也得意洋洋的。过了一段时间我才发现不对劲。在林区，即或是烟道通畅的人家一冬天也要捅咕两次，不通畅的十天半月就得整一次。有一些人家，到了冬天，男人都上山采伐去了，这类活就都落到女人的肩上，实际上，捅烟囱扒炕掏火墙是大姑娘小媳妇都能干的活。但是这个活干起来特别的埋汰，炕道烟道里的黑灰薄薄地轻轻地颤颤巍巍地堆积着，稍微一碰，黑灰就飞散起来，干活的人还要伸进胳膊去用水舀子掏灰。一个活干下来，那是满头满脸满身满胳膊的黑灰，鼻子眼耳朵眼眼角嘴角都是黑的，咳一口吐出的痰都是黑的。原来这是一个落在谁身上都不愿意干的活，没想到突然冒出了一个主动请缨的人，家家户户乐得呀，甭提有多高兴了。原来如此！

一个星期六的下午，我和胡忠正在洗衣服，刘立建跑到他家附近的派出所打来电话说，我正在家里捅烟囱，你们几个过来帮帮忙。我们知道，捅烟囱有时也要把烟囱根底部的炕道和火墙打开几块砖，把堆积的灰掏出去，而不是只捣弄两下烟囱那么简单。我们几个骑着自行车赶过去，到那一看，咦，这活都已经干完了，还叫我们来干啥？刘立建说，哪干完了？这屋里头炕上炕下的不都乱着呢吗？趁着你们嫂子没下班，你们几个把这些个都收拾利索喽。立建爱人在林业局医院上班，是个干净利索的人，对立建多少有点“妻管严”。我们正打扫着，立建爱人回来了，一看家里有人干活，打了招呼就立马进厨房给我们准备酒菜去了。立建狡黠地一笑说，知道我叫你们干啥来了吧？

至今我还清楚地记得，那一晚上，我们喝到九点来钟才往回走。大兴安岭下午四五点钟就黑天，有睡觉早的，到九点来钟都算小半夜了。“大老散”在我们肚子里逛荡出满神经的激情，我们一边在空旷的马路上要着车技一边扯着嗓子跑调地吼唱着。走到桥头的时候突然听见桥下有人在吵架。庆和本来就是个路见不平拔刀相助的汉子，没事还想遇见个事呢。他当机立断地说，咱们下去看看。桥下是冻实成了的冰道，寒风“嗖嗖”地吹，我的酒气飞走了一些。只见一个男子正在和一个抱着孩子的年轻妇女撕扯着。庆和上去就把那男的衣领给拽住了，耍流氓？跟我们上派出所！那男的说，哎，狗咬耗子了吧？那女的说，快管管吧，帮帮我们娘俩。胡忠在一边说，别怕，我们是警察。庆和说，这半夜三更的，我看着你就不像好人。说着上去就给那男的脑袋上擂了一拳头。那男的“妈呀”一声，就捂着头蹲到地上了。谁知那女的抱着孩子一转身就把那男的挡住了，说，警察，你们别打呀，我们是两口子。庆和说，嗯？真是两口子吗？我在一边说，人家女的都说是两口子了，你还有啥不相信的。庆和说，嗐，真是狗咬耗子了，咱们走吧。说着，我们就要走，可那女的却拽住了庆和的衣裳说，大哥，求求你们还是把我们送回家吧，孩子都冻得不行了，再说你们这一走，他又该撒疯了。庆和看着我俩说，咋整？胡忠说，学雷锋吧。一行人上了桥，庆和带着那个男的，边走边教训。胡忠带着女的，边走边安慰。我笑着说，胡忠，这黑灯瞎火的你是艳遇了啊。

得耳布尔没有解放军的驻军，我们森警是唯一的武装单位。我们这些森警穿着上绿下蓝的警服，圆国徽红领章黑皮鞋，在人口不多的小镇上，那是招人眼神的一景，特别是年轻的姑娘们，遇见我们就会羞红了脸。时间不长，介绍对象的就上门了。可是媒人们盯着的是胡忠和庆和，没有人给我介绍的。我们三个新兵中，庆和比我大两岁，胡忠比我大一岁，他们俩都是拿得出手的英俊漂亮，我虽然岁数最小，但个子矮肤色黑，长的比他俩都老相。但是，胡忠和庆和他俩最后都让得耳布尔的姑娘们失望了。庆和早有对象，而且忠贞得很，胡忠虽然没对象但眼皮子很高，他自知自己的实力，一般人哪能看得上？对不起了啊，得耳布尔的姑娘们——但这话得胡忠和庆和说才是。

打山火和救家火

在中队部可不光是帮着家属干活，除了中队部正常的上传下达，统筹和保障整个中队的工作外，我们自身也有周边林子管护的任务，也有上山打火的任务。

曾经有人问我，你们东北林区的人，为什么不叫灭火而叫打火呢？我说这话好理解，用扑火工具对火进行扑打，简而言之，就叫打火。他说，那叫扑火也比叫打火好理解。我说，还有叫救火的呢，有人发现了火情，大声喊叫“着火啦！快救火呀！”，那你说这救火又该咋理解？把火

“救”出来？救火的实际意思是把火灭掉，把人和财产救出来。东北人说话直，特别是林区的人说话更不爱拐弯，叫打火比叫扑火灭火救火有力量得多，硬碰硬，爽快、有劲，不信，你读读这几个词儿试试。

得耳布尔林业局的辖区森林火灾不多，这里面有林业局管理的严格，有老百姓的自觉，也有我们森警管护的功劳。大的火灾没有发生，但小的火情还是不断的。一旦有火，我们森警和林业职工统统上山，围追堵截，很快就把火势控制到最小范围。要做到这一点，需要几方面的要素。一是要对火情发现得早，这就对我们森警和护林员提出了要当好“千里眼”的要求，在莽莽林海中有一点烟火的蛛丝马迹，都能及时瞭望得到；二是打火的人要上得快，职工们有一个组织的过程，而我们森警必须一声令下立即出动，这是对专业武装力量的特殊要求。我们平常开展的“山里通”、“铁脚板”、“铁骑手”训练活动，这时就用得上了；三是对火的围追堵截要科学合理，这就是战术的问题了。有经验的领导了解一下山形地势和火情，嘁里咔嚓地把人员一分布，交代一下要求，火场上就呜嗷喊叫地干开来。老森警们都是打火的行家，一见到烟，一看到火，眼睛就放光，精神头就亢奋了。孙队长金春队长领着的我们这帮子人都属于这种类型。春秋两个防火期，我们十天半个月的就出动一次，有好多次，我们森警就单独把火干掉了。林业局领导高兴得呀，敲锣打鼓地在下山路口迎接我们，宰好的猪啊羊啊早早地送到中队了。

孙队长风尘仆仆地说，以后别再敲锣打鼓的了，这是我们应该干的活儿。

说来有意思，在林区，扑灭山火，叫打火，而扑灭镇子里的家火，却换了说法，叫救火了。不知这是怎样的约定俗成，人们都这样自然而然地转换着。得耳布尔山上的野火没有酿成大灾的，然而，这个小镇子上家火却频繁得很，时不常地就听见消防车嗷嗷地叫，这和春秋季节里风大物燥有关系。消防队不像现在是公安武警系列，而是属于林业职工，有时人手就不够用了，我们森警成了重要的增援力量。春秋防火期里，林业局的防火办和镇政府有明确规定，四级风的时候，镇子的中心广场上就升起一面红旗——有点像打鬼子时村头的消息树——红旗一飘扬各家各户就不能生火做饭了。可是总是有个别的人家存着侥幸心理，悄悄地在灶膛里点一把火，火星一冒出烟囱，房上的油毡纸或者码了多年的干柈子就可能被点着了。我虽然是个小森警，可我早都感觉着这满城的柈子垛不利防火，一旦火烧连营，就危险得很。为此我跟孙队长念叨过，孙队长说，这事涉及家家户户的生活，可不是好纠正的事。1977年春天和得耳布尔毗邻的根河镇就着了一把大火，烧了多半个城，损失大了去了。因为三天两头的救火，林业局和镇里领导以及老百姓们对我们森警那叫个好，我们穿着警服走到大街上那也是耀武扬威的。

孙队长总是警告我们，别光想着耍威风啊，关键还得长本事，给老百姓办实事，老百姓才能把你当回事。

2014年6月10日于天津

因为我们上绿下蓝的警服，很多人把我们当成空军了，我们说是森警部队，有的人听不明白，说“深井”是干什么的，一定是特种部队了，“深井”是不是你们部队的代号啊？

森警部队那一次的征兵与接兵在森警史上是具有标志性意义的，这一批义务兵的到来，开启了森警部队一个新的时代。

接兵印象

也许是我在牙克石森警大队劳模会上的发言获得一些掌声的缘故，1978年下半年，我的好事就接二连三地来了。先是作为战士被抽调参加了大队的工作组，到根河中队调查失火时账目被烧掉的事情，干了一个月干部干的活。刚刚回到得耳布尔，孙队长就推荐我参加报务员培训，我觉得报务员是个整天窝在屋里的活，滴滴答答的没啥大意思，我就婉拒了这个推荐。紧接着，大队直接点名要我参加去解放军守备师的训练，不巧的是，那一段时间我的胃出了点问题，总是有呕吐的感觉，叠自己的被子闻着味儿也要呕。我跟孙队长说，我这样就别去了吧。孙队长不高兴地说，这次是大队点的名，你要不去，你自己到大队领导那去说。坐了一夜的火车，我赶到牙克石森警大队，司令部的参谋说，我们可做不了主，你得直接去找张参谋长说，这事儿可是领导们开会定的。再说，你要是不去可就错过机会了，十年不遇的好事啊，听说训练回来就提干。我想想，既然我已经说了不想去的理由，听说能提干就反悔，会让人笑话的（那时候真是年轻幼稚啊！）。我壮着胆子敲了张相岭参谋长的门，长到二十岁，还是头一次单独见这么大的官——据说是相当于副团长一样大的官呢！我嗫嚅着说了自己不想去训练的理由。长相魁梧富态颇有官相的张参谋长说，小伙子你可想好了，全大队可就抽了八个人，是优中选优，你不去可是可惜了。我还没有离开大队机关，就听说顶替我的人选已经定了。听了这消息，年轻的我没有丝毫的失落感，反倒觉得如释重负。我回到中队，孙队长“梆梆梆”磕着烟斗对我说，你这不去那不去的，是等着上北京啊。我只是低着头哪里敢言语。

谁知这事过去没多久，在一个秋高气爽的午后，邮递员送来一些报纸和信件。我翻检出一封牙克石森警大队发来的信函，举着信封对着阳光看，想猜一猜这是什么通知。谁知诡谲的很——也是那白皮信封太薄了的缘故——我竟然隔着信封看到了里面的信函上有我的名字！我是文书，承办来文是我的职责。我迫不及待地把那信封拆开展开信函一看，是大队抽调参加接兵人员的通知，我的名字果真在那上面。

我将通知送到孙队长的桌子上，孙队长戴上花镜上下看了两遍说，看来得耳布尔是真养不住你了，这左一次右一遍地非要把你调出去不可了，嗯，这回你去不去呀？孙队长花镜搭在鼻尖上眼睛瞪起来盯着我。

我说，咋养不住了，等接完兵，我不就回来了吗？

孙队长说，小伙子，这你就不知道了。中央定了，咱森警要实行和解放军一样的义务兵役制了，你去接的就是义务兵，这和咱们这些个职业制警察不一样，看这形势咱森警是要有一个大发展了。

我说，实行义务兵，我这职业制的是不是就得转业了？

孙队长说，我估计近几年里头你们这些年轻的可走不了，部队怎么也得有些有经验的骨干带着义务兵啊，等到他们过些年接上茬了，这些职业制的才能慢慢地退出来。不过，我的年纪是等不了了。

我看到孙队长的眼神里飘过一丝失落与惆怅。

彼时年轻的我，听着孙队长关于森警实行义务兵役制和森警要大发展的话并没有掂量出它的分量，并没有自觉地意识到我们正面临着森警部队的一个历史性大转折，我们正置身其中，森林防火事业、森警部队的发展以及个人的命运都走到了一个新的拐点。

我们四十几个新老森警（有少量的干部，七一年兵和我们七六年兵）

很快就齐聚在牙克石林业宾馆——就是那个我当森警时的出发之地——进行短期的应急式的培训。大队领导已经明确，我们这四十几个人就是接兵营的组成人员，既负责到征集地接兵也负责新兵的训练。我们晚上进行接兵政策程序等一些基本常识的培训，白天搞军事训练，主要是练习喊队列口令，接了新兵之后，我们可都是排长班长的干活了。

我们这次接兵之有意思，可能在建国后我军接兵史上都是绝无仅有的。黑龙江省肇州肇东肇源的三肇大地洒满了一片片非现役的穿着上绿下蓝警服的接兵人员。我们这些人绝大多数都不是干部，也不是党员（“文革”中森警部队很少发展党员），所谓的连长排长班长头衔都是临时任命的，接了兵回去就不算数了。因为我们森警的人人都是四个兜，穿皮鞋，当地的老百姓们把我们都当成军队干部了——那时解放军的士兵上衣只有上面两个兜，穿胶鞋，而干部上衣是四个兜，穿皮鞋。女青年找对象，如果是当兵的，关心的人首先问是几个兜的。因为我们上绿下蓝的警服，很多人把我们当成空军了，我们说是森警部队，有的人听不明白，说“深井”是干什么的，一定是特种部队了，“深井”是不是你们部队的代号啊？

我和来自满归森警中队的七一年兵毛文明为一组，到卫星公社接兵。介绍信上毛文明是排长，我是班长。我们的任务指标最少，只接三个兵。接的兵虽然少，可是程序却一点也不能少，只是到走访阶段我们的工作量就会少了很多。

我们俩住在公社的招待所里。说是招待所，其实是东北农村里典型的大车店。一趟约有三十来米长的平房，朝西开门，进了门就是南北两铺大炕，过道上有两个大铁炉子，铁炉子上坐着一把熏得黑黑的洋铁皮壶，壶嘴里总是嘘着热气，住店的人就感到一种家的温暖。南边的大炕一马平川没有什么隔断，浅黄色的竹皮炕席上间或的铺着一些褥子和卷着的行李卷儿，说明这是有住店的人。北面的大炕有一半是通敞的，而另一半则用纤维板给隔成了一个个小房间，小房间的门上挂着一袭半截布帘，这里的人们就把这小房间叫作“高间”。

我和毛文明就住在“高间”里。撩开门帘就上炕，挎包和衣服挂在纤维板的钉子上，一米六宽的炕我们俩人住，挤挤巴巴，连个放茶缸子的地方都没有。虽是住在“高间”，但对面炕上，隔壁屋里，咳嗽放屁咬牙打呼噜说梦话踢啦鞋尿桶里哗哗的响声照样尽收耳底。住在这个店里，我就想起关于老公公和儿媳妇住南北炕半夜里上错炕穿错鞋的一些传说。

我虽然生长在东北，但对东北农村的了解并不多，这一次算是近距离的接触。因为已进入冬季，农村的人们都开始猫冬了。艳阳天的时候，农民们喜欢头上戴着狗皮帽子，仨一伙俩一串地聚到村头上，两手抄进棉袄袖子里头扯闲篇，或者蹲在自家的房前不言不语地看着狗撒欢鸡逗架。晚上的时候，他们喜欢串门子，几个人围着炕桌一边嗑着瓜子一边打着扑克，吐沫星子瓜子皮子到处飞扬。我看到农民们对我们的到来感到新鲜感到兴奋。他们只要看到我们的身影，就想凑过来和我们聊几句，而后就露出很满足的神色。有几次，他们在自家里聊到了我们，有的话题争执不下，几个人竟冷风呵呵地跑到“高间”里来找我们讨个究竟，甚至他们是在为有关我们的话题打着赌。

公社里有几个单身干部和学校的老师，我们和他们一起在公社食堂吃饭，高粱米粥窝窝头或者高粱米大碴子（玉米粒）干饭，白菜豆腐炖土豆或者炒土豆片土豆丝。公社的书记和武装部长招待我们吃过两次饭，原来那几个菜的基础上多了蘑菇炖小鸡和猪肉炖粉条，主食换成了肉丝面片。

在农村，干部身份的人一眼就能看出来。像公社书记，烟色的硬壳皮帽子，两个帽耳一丝不苟地卷上去系在帽顶上，有形有样的帽子衬的下面的脸庞周周正正白白净净的，脖子上搭一条长围巾，那件灰咔叽面的大衣，从不见他的胳膊套进袖子里，而总是披在身上，一双钉了铁掌的皮鞋，走起路来咔咔地，越发显得领导的气派。我和毛文明说，书记这身派头到城里也能拿出手。毛文明说，到城里人家也是堂堂的科局长啊。武装部长不比书记穿戴那么讲究，可是军大衣也是披着的，跟他的下属和农民们说话总好像在训斥人。武装部长跟我们说，他也当过兵，是连长转业的。那神气是说我比你毛排长官大。但他对我们还是很友好的，常常到我们的“高间”门口来看望我们，问长问短。

报名参军的人很多。我们的门口总有很多人来打听这兵怎么当部队怎么样。也有人直言快嘴地说要请我们去他们家吃饭，说当上当不上先放一边，咱和你们交个军民朋友。有的见面次数多了，聊熟了，还真有点是朋友的意思了。人家再请我们，我就有点动心，不是为那口吃的，是为人家的真心诚意。毛文明却说，那可不行，兵还没定呢，你吃了人家的人家一旦走不成，咋交代?

毛文明在这类事的把关上像个带队的领导样——其实他来之前也只是个普通警士而已。毛文明长得比较瘦小，气管不好，不停地咳嗽，但还不停地抽烟。盘腿坐在炕上，认真地卷着烟，抽烟时，总是把薄嘴唇噘起来再把烟塞进去。住招待所的人基本都抽烟，一色儿的纸卷旱烟，我这个不抽烟的人显得有点各色，不招人待见。

有一次家访，我骑着自行车在一个屯子里轧死了一只跑过来的鸡。很快就围过来很多人，有人说，算了，是解放军不小心轧的，赶紧让人家走吧。有的说解放军有纪律，损坏东西要赔。我被人群围在中间，其情其景很是难堪，我赶紧从兜里掏出两块钱说，这是谁家的鸡呀？我连道歉带赔钱。一个三十多岁的妇女说，是俺们家的，这鸡可是正下着蛋呢。我说，那咋办呢，我再给你两块钱吧，行不行？旁边的人对那妇女说，老三家的，你这回是得着了，一个半大子鸡要了人家四块钱，回家偷着乐去吧。我把钱塞给那妇女，赶紧突出那尴尬的重围。在那年月，四块钱是值点钱的，可是脸皮比钱重要啊。

到了定兵阶段，我们才感觉到事情有点复杂。我们看中的人，公社里不想送，我们没看中的公社却极力推。特别是有个叫王月庆的小伙子，人长得很清秀英俊，但是体检时，查出有腋臭。严格说，腋臭不大符合征兵条件，我们就想严格把关，把王月庆换下去。然而，公社里却明确表态坚持要把王月庆推上来，折腾两个来回，我们才知道，王月庆是公社书记的亲戚。毛文明是个讲原则的人，他专程跑到县里的接兵营给领导汇报，王月庆当兵的事才定下来，前提是如果我们把王月庆接上，就必须同时也把我们相中的一米九十多的姓王的大个子接上，因为我们想把这个大个子带回部队当篮球队员，可是他是个地地道道的农民孩子，在众多的报名青年中，没有什么关系替他说话，如果我们不坚持，他当兵一点戏也没有。后来在部队的情况是，王大个并不是打篮球的料，干了三年就悄没声地退伍了。而王月庆却是个机灵、随和、肯吃苦、眼睛里有活的小伙子，在新兵训练时就当了副班长，是个很被看好的苗子。我曾私下里对毛文明说，咱们接王月庆接对了，他还能给咱们争点光。可是万万都没有想到，王月庆当兵不到半年，就在一次灭火作战中被装甲车给碾轧死了。他成了森警义务兵里面的前两名烈士之一。至今，我还留存着他的照片，他永远的给世人留下了青春的印象。我相信，王月庆如果活着，他定会有一个好的发展，当到师团职干部也说不定。

终于到了新兵起运的时候了，三肇的500名新兵聚集到一起，在1978年11月16号的傍晚，由我们这些接兵人员带领着登上了开往牙克石、海拉尔的列车。他们当中多数是农村人，很多人是第一次坐火车，笑话就出来了：一晚上不少人上厕所，不少的人进去了却出不来了，不会开门锁，急得在里面大声地喊叫。乘务员们纷纷给我们反映，有的新兵进了厕所把屁股蹲错方向了，竟然把大便解到便池外面了。我们说，谁解的谁打扫，新兵们老实，不打马虎眼，乖乖地去打扫他的污物，甚至还有另外的人抢着去干。也有一些新兵晕车的，小脸煞白的，在车厢的座位上哇哇吐，弄得又脏又味——就是这些新兵当中的很多人后来成了森警部队的骨干，挑起了森警部队继往开来的大梁。

我在森警部队三十多年，只有接过这一次新兵。尽管只有这一次，但也足够让我感到安慰和骄傲的了。所谓得到安慰，是我从警生涯中多了一份经历，在众多的曾经接过兵的人面前不至于无话可说。所谓骄傲，是我接了森警部队的第一批义务兵。森警部队那一次的征兵与接兵在森警史上是具有标志性意义的，这一批义务兵的到来，开启了森警部队一个新的时代。

2014年6月16日于天津

我不在意同学对“小班长”的鄙夷。反倒我站到班队列面前挺直了腰板，对着新兵们压着舌底从喉咙里字正腔圆地喊出“立——正！”，心底里就有一种豪气生出来。

1979年春节是在1月的月底，正值牙克石高寒期，气温低到了零下四十来度，气压低得雾气沼沼的，再加上即将对越开战和随时防范苏军入侵的氛围，空气好像灌了铅似的，凝结而沉重。

军中之母

拿破仑不仅是个能打仗的人，而且是个会煽动人心的人。他的一句“不想当将军的士兵不是好士兵”的话，燃起了多少军中男儿的将军梦想（当然也给了一些一心想当官的人向上钻营的挡箭牌）。不仅如此，拿破仑还瞄准了军中最小的“官”——班长们的内心世界，要让他们知足，要让他们卖力，要让他们从血管里贲张最大的激情，所以，拿破仑又说：“班长是军中之母”。知晓了这名言，有多少个“班长”们的胸怀一下子就阔达了，队列前气定神闲地扫视着全班的战士，那眼角眉梢就生出了“母仪班下”的威情。

1978年11月17日下午，我们接兵人员和300名森警部队的第一批义务兵一道，从牙克石火车站被喧天的锣鼓、被大街上众多瞧新鲜的眼神护送到了西六道街的林管局机关大院。站在办公楼前的小广场上，新兵和老兵分成两个方队，被站在楼前台阶上的一个干部模样的人大声地呼点着名字。一连的连长指导员和一排长被点到了，一班长和一班的战士被点到了，二班长和二班的战士被点到了，我看着被点到名的人迅速地跑步站到一连连长的一侧，这边的方队在减少，一连长那边的方队在形成。看着人们跑来跑去，我脑子有些走神。“三班班长王嘉龙！”虽然是在队列里等待被呼点，可我还是愣怔了一下，没想到，这么快就会点到我。我拔腿向一排长的方向跑。很快，在我的屁股后面站了一溜儿的新兵。站在队列前，我的脸上一定是现出了笑容：从这会儿起，我的“班长”衔终于名至实归了——接兵时只是虚名而已，而在中队当文书，说是班长级的也是空有其名——但工资条上确实多了几块钱。这时队伍中有些嗡嗡嘤嘤，是新兵们看到接兵时的一些个所谓的“排长”，在这次的呼点中降成了班长，弄得丈二和尚摸不着头脑了，有的忍不住，在队列里就问开了，咋回事呀?不是排长吗？咋又成班长了？有的老兵解释说，那不是为了接兵时好和地方打交道吗？其实，这话说得并不到位，这个队列方队里很多很多的人都没意识到，这个有些滑稽的甚至令人费解的事正是森警部队在重要的转折时期的一个重要的历史现象——是森警史上应当记住而不应忽略的重要一笔。

牙克石是我的家乡。走在大街上满眼都是熟人。就有同学问我，来了满街筒子的新兵，你当了什么官儿呀?

我笑笑说，官儿不大，是军中之母。

同学撇撇嘴说，真是有铁喇叭不吹纸筒子，你还军中之父呢。

同学不是军中之人对军中之事没有多少了解，所以，我不怪乎他的不屑。我说，你还别说，我这官儿叫军中之父也行。

同学说，原来看你是个老实人，怎么当了几天森林警察，变得能吹乎了?

我说，不是我能吹，是法国军事家拿破仑和苏联的斯大林给封的。拿破仑说，班长是军中之母，斯大林说班长是军中之父，好像咱们的朱老总也说过班长是军中之父。

同学哈哈大笑说，什么父啊母啊的，卖了半天关子，原来就是个小班长啊!

我不在意同学对“小班长”的鄙夷。反倒我站到班队列面前挺直了腰板，对着新兵们压着舌底从喉咙里字正腔圆地喊出“立——正！”，心底里就有一种豪气生出来。

我最盼望的是当连值班员。指挥一百六十多号人的队伍从驻地出发，穿越西中央街，向北，向着训练场——联合厂的广场挺进。一路上，官兵们雄赳赳气昂昂，步伐整齐有力，“一二三四”的口号此伏彼起。要知道联合厂正是我家的所在之地，这一路之上过往的有很多与我是相熟之人。我昂首挺胸地走在队伍的一侧，不时地下达着指挥队伍的口令。光荣与炫耀满满地溢在脸上。那是一个21岁青年的朝气，也是一个21岁青年的稚气——换到今天，可能会难堪得不知所以。

还真就有相熟的长辈见了羡慕得很，回到家教训他们的子女说，看人家老王家那孩子，和你们岁数般儿大般儿就已经指挥那么长的队伍了。还有好信儿的人追着我父亲问，你家小孩儿当官儿了？父亲连忙否认，可是心里头却乐开了花。

当了几天班长，我发现这班长不光训练场上要当“小教头”，训练场外还要当“小家长”。调理新兵的事挺难的。周德才和尚大才想家想得总是蔫头耷脑的，半夜里捂着被子哭，我得苦口婆心地给他们做工作。小个子张伟腿脚好像不大好，白天在队列里拖拖拉拉的，晚上就捧着打满了血泡的脚哼哼唧唧地叫，我得帮他拿针挑血泡涂药水。我带着几个新兵到理发店理发，年轻女理发员把电推子（电动理发器）往王景祥脖子上一推，他“嗷”的一声站起来喊，妈呀，妈呀，酥到大腿根儿了！酥到大腿根儿了！女理发员红着脸跟我说那个人是耍流氓。弄清原委，我赶紧解释说，他是新兵，第一次用电推子剃头，请多多原谅。最难堪的是有个新兵到林管局机关楼里的卫生间，头朝里腚朝外的蹲大便，结果粪便都拉在了便池的外面，被人家机关打扫卫生的人员追了来，指着鼻子训。排长知道了这件事，对我说，这个事你当班长的有责任，你得教教他们呐。听了排长的话，我只好说是是是。晚上开班务会时，我还真就现身说法蹲在地上给大家讲解了一下冲水便池的蹲位要领。

万事开头难，适应了些日子我就觉得摸到点管教这些新兵的门道了。新兵杨兆武是来自县城的干部子弟，见识广，脑袋瓜儿来得快，能说会道，在人前头说话不打怵。我慧眼识人让他当了副班长，正好弥补了我不好出头的弱项。他虽然也是新兵可对其他的新兵比我管得还严厉，管教起新兵来一套一套的。有杨兆武自愿唱白脸，我就顺势唱了红脸。班里有什么值得注意的倾向了，谁有什么不良表现了，在杨兆武训斥的基础上我就给大家讲道理。新兵们私下里，也相互拿自己的班长来议论，哪个班长好骂人哪个班长好动手哪个班长脾气好，一来二去，民意就形成了，营里召开座谈会，领导就说，一连三班长，你介绍介绍以情带兵的做法。我嘴上谦虚着，心里却像喝了蜜。

不管和其他的班长在带兵上有多少相似之处，但有一点我敢说我的方法是其他班长所没有的。这就是每餐饭前，在等待上饭上菜的空当儿里（二百多人的大食堂上饭上菜需要很长的时间），坐在饭桌那儿发动新兵们现场吟诵古诗，每餐饭轮三个人，一人吟一首。战士们为了完成好这个任务，都预先做了准备，很是踊跃。过了几天我又做了拓展和改进，就是吟诵古诗也行，自己作诗也可，一人作一首最好，几个人凑一首也行。更鼓励以身临其境的新训生活为题材，说真人讲真事，以诗歌的形式描述出来。这个难度就有些大了，也就一下子看出了每个人文化水儿的高低。不过，我们三班是有人才的，唐春峰明志文很快就像雨后的小蘑菇冒出头来。他两个队列动作一般甚至有时拖后腿，可是一说让他们作诗，就眉开眼笑，朗朗吟出口来。这一刻，他们丢失在训练场上的自尊被找回来了。人的心理总是需要得到关照的，人的自尊也是不可或缺的，在彼处少了一点面子，在此处多了一点面子，心理也就平和了。饭堂里吟诗作诗我不仅是发动者组织者，我也参与其中，和他们一道去琢磨诗句，和他们一道朗诵出来——但其声幅绝对局限在我们饭桌以内。饭堂的墙壁上挂了好多玻璃彩绘的风景画，我们就给它来个诗配画，一幅画一首诗甚至一幅画多首诗。三个月下来唐春峰明志文我们几个竟养成了看见画就想作诗的雅趣。饭堂里的诗粗糙稚拙，但在我们心里却是一道上好的菜肴，下饭得很，愉悦得很。多少年过去了，尽管当年那些稚拙的诗作一句也没有记住，但是想起那时的情景情趣还觉得匝匝有味。

新训中正赶上对越自卫还击战打响，处在中苏边境又是武装力量的我们一下子紧张起来。七八年底七九年初，广播电台和报纸里就在不停地广播刊发批越的诸如“是可忍孰不可忍！”之类的文章，要打仗的舆论氛围一天浓似一天。紧接着就是传达文件，大会小会的动员，上级明确给我们的任务是一旦南边打响了，我们要随时准备迎击来自苏修帝国主义的侵犯。战争的火药味呛鼻子了。元旦一过，给我们排配发了迫击炮，我们开始学习迫击炮的使用方法，步枪实弹射击的课目也提前了。新兵们紧张怯战的情绪在一天天地增长。想家的，想打退堂鼓的在每个班里都有几个。我们三班的张伟、周德才等三四个人岁数小，人也长得文弱，对要打仗的事明显地胆怯。夜里搞了几次紧急拉动，他们真是紧张得直哆嗦。我想了个结对子的办法，三个人一组，既是战斗小组也是互助小组，训练时能力强的带能力差的，拉动时有力气的帮助弱小的，平日里也让他们相互打气鼓劲，小组和小组之间写挑迎战书，发动大家写决心书，组织人人发言表态。这一招挺管用，即或是内心里怯战恐慌，可在发言时，谁也不想让别人看出来自己是熊包，个个都讲得慷慨激昂的，会上说了，会下也得有积极性。青年人的激情是很容易调动起来的，几个小措施就把班里的士气激发出来了。虽然我们没有真的进入实战，但是那段时间也确实经受了战争随时打响的考验。

1979年春节是在1月的月底，正值牙克石高寒期，气温低到了零下四十来度，气压低得雾气沼沼的，再加上即将对越开战和随时防范苏军入侵的氛围，空气好像灌了铅似的，凝结而沉重。我们已经是枪不离手了，大年三十吃年饭，我们都是把枪架在饭堂里。正月初一，组织观看日本影片《望乡》，坐在影院里我们都是把枪搂在怀里。后来有人调侃我，你这当森林警察的光打过火没打过仗吧？我说我准备过打仗，啥都准备好了，可老毛子没敢来。

那些日子，我们当班长的特别辛苦，想当初我们穿着便衣只参加过四十天的军事训练，军事素质本来不是很过硬，又在外站里呆了那么长时间，那些基本要领都忘得差不多了。这次为了当好班长，喊好口令组织好班队列，每天在新兵们训练完以后都要安排军事教员给我们单独教练“吃小灶”，其苦其累远超于新兵。因为要打仗，很多新兵不敢单独站夜岗，我们这些班长就带着他们站，有时是固定哨有时是流动哨，警惕的眼睛在漆黑的夜里睁得大大的，真担心有老毛子的先遣队摸进来——哈哈，那时还是年轻啊，后来想，如果苏军先遣队都能进入到牙克石这样的纵深地带来摸哨，我们不用打也就彻底输掉了——但是无论何时何地站岗放哨都应高度警惕是绝对必须的。有一段时间，新训营三天两头就搞夜间紧急拉动，我们当班长的既要把自己全副武装好又要照顾到全班的人，不是替这个背枪就是替那个背背包，要保证不能有掉队的。班长们在一起议论，这训的哪是新兵分明是训班长啊。当班长的确实又苦又累，可是每次会操和紧急拉动讲评，只要班里受到了表扬，当班长的就得意得不知道苦和累两个字怎么写了。

新训快结束的时候，班里头冒出了惜别的味道。先是尚大才给我送了个日记本，第一页上写了两行感谢我的话。接着又有人来送，没两天，全班的人都给我送了写着临别赠言的日记本。一摞子日记本摞在我的床头边，望见它们我心里就觉得暖暖的，也觉得有些空落落的。我也给每个人回赠了日记本——那年月，日记本是人们在分别时最通用的礼物——价廉实用而且不失文雅。当然，人们最看重的是日记本扉页上的赠言，有的是惜别之情，更多的是寄予期望的豪言壮语。新兵们写给我的赠言有的字迹工工整整有的字迹歪歪扭扭，但都是认认真真写下的，都是动了心思的，都是一片纯真质朴的感情——这一摞子日记本我保存了好多年。

新训结束前的最后一个星期天，我们班全体出动，穿着干净整齐的警服，列队到街里的照相馆里照了一张班集体合影，而后我们又仨一群俩一伙的分别留影，足足折腾了小半个上午。

到如今几十年过去了，班里的每一个人都已是年过半百了，有的有些联系有的杳无音信了。但我清楚地记得他们每一个人的名字：杨兆武、唐春峰、明志文、王景祥、尚大才、石银、周德才、张伟。那张班合影到现在我还珍藏着，还时不时地找出来看看当年一连三班的青春模样。

2014年6月28日与北京

提干与不提干，父母和我都淡然视之，真的没当一回事。

站在队前，要以一个干部的身份讲话的那一刻，我意识到，自己一个新的身份开始了。

从此是干部

参加森警时确实没有过当干部的想法。

那时候就是想找个固定的工作，因为在计划经济的年代，人们把有一份正式的工作看得相当重，是人的身价的象征，搞对象时筹码都不一样。而在“文革”刚结束的那几年，社会上的青年人无论有没有文化基本上都戴着一顶“知青”的帽子，没有几个有正式工作的。当了森警了，上绿下蓝的警服穿上了，每个月还有35.5元的工资收入，家里人都打心眼儿里知足。所以，当初组织上安排我作为骨干去参加解放军军事训练，说是回来要提干的，我也没有当作一回事，而是以胃病为由推辞掉了。回去和家里人说这件事，父母也没埋怨我。老实巴交的工人家庭，对子女的教育就是好好学习好好干活好好做人好好过日子，没有什么出人头地的期望值。

然而，在第一批义务兵新兵训练接近尾声的时候，我看到有几个年龄大一点的班长三天两头地往指导员这儿跑（因为新训房间紧张，指导员就住在我们一排），聚到一起嘀嘀咕咕，搞得神神秘秘的。这时，有人才跟我说，可能要在职业制的老森警里提拔一批干部。我当时听着这话时脑神经连动也没动，好像这是和我没什么相干的事。没几天，又有人对我说，听说要提拔一批干部，能提到你头上吗？我惊讶于这问话，我说，不是说要提拔老森警吗？怎么能提到我头上。那人说，你不也是老森警吗？我？我几个月前不是还被新兵长新兵短的呼来唤去吗，怎么就成老森警了？对提干的事，我还是麻木着没感觉。

实际上和我有没有感觉没有一点关系，人家组织上确实在紧锣密鼓地研究要提拔一批干部的事。义务兵招进来了，队伍一下子壮大了好几倍，缺少干部是当务之急。后来听说，新训开始不久，组织上就着手研究编配干部的事了，只是那时候风气很端正，跑风漏气的事很少，等到传到大家耳朵里的时候，人家的方案基本差不多了。

在训练间隙的时候，一位在开劳模会时认识的机关干部对我说，听说你要当干部了，上哪个队去啊？

听到这话，我开始当真了。我紧跟着问，真有我吗？

那人说，眼下缺的干部多，提的也多，应该有你吧？

晚饭后，我抽空回趟家，对父母说，听说提干里头有我呢。

母亲有一搭无一搭地说，你刚干了才几天呐，还能提到你头上。

母亲这一说，我心里真没什么底儿了。

第二天，我觉得应该关心一下自己，就试探着问指导员，这回提干是多大的范围呀？

指导员说，范围不小，可能多数是71年的，还有去博克图解放军那训练的。他没有说有我，我觉着人家也说明白了，我也不想再刨根问底儿。当然，心里多少有点小失落。不过转而一想，去博克图解放军那儿训练是我自己辞掉的，提干没有我也是应当。想到这，心里也就释然了。

我回家时又对父母说，提干没有我。父母说，没有就没有吧，也没指着你当干部，现在不也是挺好的吗。

提干与不提干，父母和我都淡然视之，真的没当一回事。

临近新训结束的头三天，也就是1979年2月25号下午两点多，我们很多人被点名通知四点的时候到林管局南三楼去开会。

有新兵问我，班长你们开会是要研究我们新兵下队的事吧？

我说，可能是吧，也可能是部署结训大会的事。

懵懵懂懂的我就去参加了会议。开会的地方不是正规的会议室，而是森警大队一间很大的办公室，中间还立着一排铁卷柜，把办公室一分为二的。里间外间都坐了人，有些挤巴巴的。我去得不算晚，但里面还是没地方了，只得坐在外间靠门口的地方。二连的郑文华和我挨着坐，我看他见了我特意点点头，我有些纳闷，他是71年兵，我们之间不大熟，平常是不打招呼的，今天是怎么了？有卷柜挡着，我看不见里面的领导，但是听声音，知道森警大队（那时候还没有改称支队）的卓政委、政治处敖主任在。

听卓政委说，本来应该到大会议室去开会，可林管局临时有会，我们就改在这了。在这开，地方是小点，但会议可是很重要。我们要宣布一件事关森警建设的大事，从今天起，你们就进入森警大队的干部行列了。下面，就请政治处敖主任宣布提干通知（注意，那时还没有“任职命令”那一说！）。

哟，有我？出乎意料！脑子里有一丝惊喜闪出来。

敖主任宣布的不只是提干名单，而是一份严格意义的任职命令，但所有人职务前面都有一个“代”字。这又是森警部队当时发展阶段的一个重要特征：地方特色明显，部队转型特征突出。

我被任命为安格林中队一分队副分队长。按照（1978）国务院、中央军委国发74号文件，《关于武装森林警察实行义务兵役制的批复》，分队是连级（后来改称中队）。那么，副分队长就是副连长了？一提干就当了连级干部，这可是天上掉馅饼了。安格林，就是过去的老“加嘎达”，那里是大兴安岭北部原始森林的腹地了。森警在这一块儿的任务重责任大，组织上把我安排在这儿，也是信任了。想到上述两点，胸脯就挺起来了。

会很快就散了。因为是在门口坐着，所以就最先出来了。回班级的路上，拍拍自己的脑袋，哈哈，当干部了，没想到。这时一个也是刚刚提干的老兵，在后面拍了我一下肩膀，笑着说，从现在起咱们就是干部啦，一脸志满意得的样子。

分队长邓吉祥因故暂时到不了位。上面提到的郑文华，是一分队的指导员，白白胖胖的，长的很是精神。我们两个在新兵分配后，就给分到一分队的新兵们开了个会，安格林一分队就正式组成了。

站在队前，要以一个干部的身份讲话的那一刻，我意识到，自己一个新的身份开始了。

2014年7月9日于天津

这四个多小时，我就像一具俯卧的僵尸黏附在超高的货车顶上。我和绿色的帆布一样，都已经被雪花染成了白色。

那一次懵懵懂懂颠颠簸簸晃晃悠悠随时都有可能被甩下车去或伤或亡的旅途，多么像我后来几十年的人生历程啊。对于前行之路总是懵懵懂懂，每临险境又未知其危，只是凭了一颗素朴的心志，坚定地走下去，走下来……

人在路上

到10月底，我们分队承建的小北马场的现代化猪舍竣工了。在工地善后阶段，中队来电报要我回安格林去汇报。

虽然我至今还没有去过安格林，但我的名字在安格林中队的名册上已经大半年了，所以中队的电报用了一个“回”字，让人看了有一种被家长召唤回家的温暖。

实际上我早在得耳布尔吉落部外站时，就曾向往过安格林。那时它还叫着加嘎达的老名字。很多老森警都曾在那里奋斗过，每当说起加嘎达，老森警们都有一串一串的故事，像是抓特务、堵熊瞎子洞等等，充满了惊险和刺激。年初提干时，知道自己被分配到了安格林时心中还有几分窃喜。谁知，堂堂的一分队没有回到中队去当主力，却被赋予了临时任务——到小北马场搞基建——不免让人有几分颓丧。

去安格林，先要坐火车到终点站莫尔道嘎，然后再乘汽车上去。我风风火火地从小北转牙克石，又从牙克石坐一夜火车赶到莫尔道嘎，可是却找不到去安格林的车。我不得不停下来，四处打听有无上山的车辆。终于打听到森调队经常有车到安格林方向。我到了森调队的院子，森调队的人说，上去的车是有，可是说不准什么时候走。你要真想搭车，就每天上午下午来两趟，啥时候走就把你捎上。这话一说可就苦了我了，我这就得每天上午下午的往森调队那跑，光跑路倒不算什么，因为每一次都得做好上山的准备，所以每次都得把旅馆的账结了，没上去，回到旅馆还得重新登记。两天下来，旅馆的人就烦了。旅馆的人说，你这小伙子是干啥呀，这每天一会儿结账一会儿登记的，我们光伺候你了。我说，我是找车上山，上不去就还得住宿呀，要不，你们记我实际住的天数，等我从山上下来一块儿跟你们结账。旅馆的人说，你说的倒美，可你要是一尥蹶子跑没影喽，我们上哪找你呀。

我每天就这样旅馆——森调队——旅馆两点一线地折腾了足足一个礼拜，好不容易等上了上山的车，那是1979年11月8日的下午。

森调队的人跟我说，一会儿就有车上山，不过装的东西太多了，没你坐的地方。我说，我没指望坐舵楼（即驾驶室），坐到车厢里头就行。

森调队的人说，你没看这车都装得超高了吗？顶上也没你坐的地儿啊。

我说，就算求你们了，说啥也得让我搭上这趟车呀，没看我都在这傻等了一个礼拜了。

森调队的人说，你非要上，那要是半道甩下来我们可不负责。

我说，不用你们负责，我抓牢绑了就是了。

好说歹说，他们总算同意我上了。我一边道着谢一边蹬着车轱辘抓着绳子爬上去，果然是没法坐，坐着也不安全。我就四肢张开趴在帆布上面，两只手紧紧抓着捆帆布的绳子。

车开了。出了镇子，路况就坑坑洼洼的了，汽车跑起来光颠簸不说，还因为超高，来回晃晃悠悠的。车身一晃悠，心也跟着忽悠。我紧紧抓着绳子，心想，今天这一百多斤可就交给他们了。

光颠簸还不算，要命的还有冷。11月的大兴安岭已经是天寒地冻，阴霾的天空飘着清雪，寒风嗖嗖地刮着。虽然是穿着棉大衣，可没多大一会儿就被风吹透了。手和脚很快就冻麻了。尽管是冻麻了，两只抓着绳子的手也不敢稍有松弛。

路上，司机和舵楼里的人下来撒尿。一边尿一边说，车顶上那小子不知还在不在了，没准儿早甩下去了吧？另一个人说，我喊他一声，看看还在不在。

没等他们喊话，我趴在车上喊了一句，没甩下去我还在顶上呢。

车下的人说，操，这小子还真抗晃悠。你别撒手啊，咱接着走。

实际上从莫尔道嘎到安格林只有一百多公里的距离，可是山道路况太差，汽车得颠颠哒哒拧拧歪歪地跑四个多小时才能到。这四个多小时，我就像一具俯卧的僵尸黏附在超高的货车顶上。我和绿色的帆布一样，都已经被雪花染成了白色。

天早已黑了，因为有雪，我看不见月亮与星星。我麻木的趴在车上，只知道周围是黑黢黢的山林，不知道还有多远的路途，甚至不知道时间，因为我没有办法去看我的手表。

我想倘若我真的被颠簸的汽车给甩下去了，舵楼里的人会一无所知地继续开着这辆车前行，而我即或摔不死也可能被冻死，被厚厚的雪所覆盖，当人们寻找我时，我也可能早已被什么野兽给肢解了给饱餐了，我的衣帽和大头鞋可能是被寻找到的有力物证。这样想着，两手想把绳子抓得再紧一点，可是手已经被冻麻了，我无法支配我的手。

唉，多次向往过的安格林，今天居然以这样的方式去觐见它，也足见我的虔诚了吧？都是为了工作啊，自己在心里想——那时还没怎么用过“事业心”这个词。

似乎听到有狗吠，接着看到有昏黄的灯光。车停了，但我不知道是到了哪里。一会儿听舵楼里的人下来跟另外的人说，车顶上有个你们森警的人，不知道还在不在。

恍惚中，我知道到安格林了，可是我却已经没有自己下车的能力了。

当时不曾想到，这四个多小时的险途竟会在我的脑子里刻下深深的印记，以至于时常想起。那一次懵懵懂懂颠颠簸簸晃晃悠悠随时都有可能被甩下车去或伤或亡的旅途，多么像我后来几十年的人生历程啊。对于前行之路总是懵懵懂懂，每临险境又未知其危，只是凭了一颗素朴的心志，坚定地走下去，走下来……

2014年7月20日于北京

可能也就是那个司号员的气势，那嘹亮的军号声，悄悄地在我心底里埋下了一颗向往当一名军人的种子。

由于对军号的偏爱，使我对口哨声冲进耳蜗时有一种本能的不爽，每次都有被吓了一跳的感觉。

安格林的军号

到安格林的第二天早晨，我是在嘹亮的起床号声中醒来的。

我喜欢看喜欢听司号员吹的军号，站在一处高台上，昂首挺胸，金黄色的铜军号在朝阳中闪烁着光芒，系在军号上的红绸子迎风飘扬。那景致煞是好看，曾着实地吸引了我的眼球，拨动了我的心弦，像是一个幼儿看着别家的孩子吃糖豆，嘴要流涎的样子。那是“文革”中，长途拉练的解放军驻进我们的学校时，我所见到的景象。可能也就是那个司号员的气势，那嘹亮的军号声，悄悄地在我心底里埋下了一颗向往当一名军人的种子。

后来在一些战争影片里，也经常看到敌我双方的战斗到了一个高潮的时候，就有司号员突然跃上一处高地，昂首挺胸地吹响了发起冲锋的军号，在嘹亮的军号声中，我军指战员一跃而起，吼叫着扑向敌人——这司号员当然都是我们人民解放军的战士，我从没见过有敌人吹军号的画面（敌人没有司号员吧？）。我曾对同学表达过对解放军司号员的羡慕之情。记得同学对我说，吹号手是最危险的，战场上敌人先打吹号的。想想，这话有道理。可这话更激起我对司号员的敬重，那是一个纯真少年对英雄的敬重。

我当了森警后，各种号令都是值班员吹的口哨，单调尖利刺耳。所以我对当了森警而没当解放军看不到司号员听不到军号声很有一点失落。后来听说解放军里也不吹军号了，有的是广播放军号声的录音，有的也是用口哨。为此，我一直很纳闷，为何要做这样的改变呢？

由于对军号的偏爱，使我对口哨声冲进耳蜗时有一种本能的不爽，每次都有被吓了一跳的感觉。我们新训时，正是高寒的季节，好几次见到值班员被那冰冷的铁质口哨粘掉了唇皮（那年月还没见过塑料制的口哨）。

在牙克石训练第一批义务兵时，也是用口哨而没有用喇叭放军号，说是我们是驻在林管局机关的院里，周围又有很多居民，放军号可能扰民或者影响人家机关工作。在小北马场，我们分队条件简陋，没有音响设备，所以还是吹口哨。唉，口哨，口哨，何时才能听到军号呢？

没想到，在这偏远的大山深处原始森林里，我居然听到了军号，虽然是广播喇叭放的录音带，但仍不失那种催人奋起的嘹亮与悠扬。听着久违了的军号，我一骨碌从床上翻身而起，兴奋得一下子把昨日搭车时的劳累寒冷与惊恐全给忘掉了。

待我出得门来，好几支队伍已经在整队报数了，紧接着合成一队，在值班员的口令下，步伐整齐地跑起操来，“一、二、三、四”的口号刺破了尚未天明的星空，山谷间又传来震天的回响。哈，新训结束后，我已经好久没有看到这阵势了。实话说，无论你是不是当兵的，看到这阵势都会有一种振奋之情被煽动起来。我当时站在操场的边上，有一种痒痒的感觉，一种按捺不住自己的冲动。

还是回到中队好啊，兵强马壮，早操都有气势。

吃过早饭，天就大亮了。领导们有他们已经安排好的事，暂时没人顾上听我的汇报。我就像个散仙似的在中队院里院外游逛起来。此时的安格林已非彼时老森警们口中的加嘎达了。为了迎接第一批义务兵，在原有一栋木刻楞的基础上又建了三栋新的木刻楞，围城了一个方形的四合院，营区的中央是一面猎猎飞舞的国旗，营院是一米多高的刷了蓝色油漆的木栅栏。在这大山深处，在这皑皑雪野中，安格林中队显示着它的整洁有序与活力。

营区的东面是一条狭长的山谷，北面是绵延的山峦，满山都是高大粗壮的落叶松，西面不远处仍然是山，山路是依山而行的弯弯曲曲的盘山路。往远里看是看不见路的，只见得到山。营区的南面是一条狭长的白桦林带，白桦林疏密有度，洁净、雅致、亭亭玉立。穿过白桦林要下一个很陡的山坡，才见得到一条宽阔的河流，这就是大兴安岭林区名气很大的激流河了。河水已经被冰雪覆盖，静静地卧在那里，但我在河道上见到很多处冰窟窿，和我们吉落部外站一样用来刨冰化水，人吃马喂。

我站在河道上回首北望，突然才意识到安格林中队是一个依山傍水的所在。山峦、山谷与河道形成了三级梯形的地理形态。中队的院落置身其中，那一面迎风飘扬的国旗和那一圈蓝色的木栅，竟把这寂静的冬野，把这梯形的地貌装点得如此生动与美丽。

我想，要是我是领导，我一定安排一个司号员站在操场的高台上吹一把闪着铜亮的军号，早、中、晚都要吹，吹得嘹亮又悠扬。

2014年7月24日于北京

几十头牛突然疯了一样地奔跑着哀嚎着冲向白天那个杀牛的刑场，拴牛的桩子被撞倒了，附近的电线杆子被撞歪了，甚至有的牛闷着头支着角往栅栏上撞往土墙上撞。看到这场面，人们惊恐得四散奔逃。牛们似乎是在声讨刽子手，似乎是在对死去的牛们表示哀悼。

傍晚，我特意走到猪舍那去看，大大小小十几头猪正把头一扬一顿地在吞咽着猪食，香得很，哪里有牛们失去同类的悲情呢？同样都被叫作牲口，灵性是不一样的。

牲灵

1979年11月20号，指导员和我带着一分队的战友们回到了安格林。

大家都很兴奋。一个分队归建了（这是部队的术语，即回到本部的意思），营区里兵强马壮了，领导们在操场上指挥队伍或者在会场上面对台下说“同志们”时都觉得有气势。其他分队的干部战士也觉得高兴，人多好干活，最起码每天营区里扫雪的任务量就减轻了许多。

归队的第二天，司务长找到我说，中队领导说你们一分队回来了，要庆贺一下，定下来要杀头猪。我说那太感谢领导了，我回分队赶紧传达。司务长说，别的分队都有其他的任务，这杀猪的活就交给你们分队了。我说没听说分队里谁会杀猪啊。司务长说，你们那有不少农村兵，估计杀个猪不是难事。我觉得司务长说的有道理，领受任务吧。

回到中队一说，大家都面面相觑，紧接着就是七嘴八舌，见过猪走也吃过猪肘子，可是没见过猪肘子怎么做呀。灌血肠可是好吃，可在家时光吃现成的了，没动手干过呀。不过，他们七嘴八舌中倒是把杀猪的程序说明白了。我点了几个人的名，个个都把脑袋摇得拨浪鼓似的。

我说，柳树田，你怎么不说话？柳树田和我是同批兵，比我岁数大，现在又是班长。我指望他出来挑头把杀猪的任务完成了。

柳树田说，没有金刚钻就别揽那瓷器活，你领任务时就该掂量掂量能不能干。

我说这是咱分队归建后中队给分配的第一个任务，我总不能说不干吧。我想了想，咬咬牙说，别废话了，听我指挥吧。

我点了几个人负责抓猪，几个人负责杀猪用的案板、刀具、水瓢、水盆的准备，特别是安排人要烧开一锅水。忙乎半天，所有的准备工作就绪了，那头二百多斤的黑毛大肥猪已经哭天号地地被捆绑到了断头台上。我撸起袖子，咬着牙把一柄尖刀握在手里。那头猪似乎知道大限就要到了，拼命地挣扎拼命地嚎叫。我对几个摁着猪的战士说，你们哥几个可是摁住了，这要摁不住跑了，这猪也就疯了，它一疯，说不准把别的猪也都弄疯了，咱们几个可就倒霉了。我又对着猪说，老猪啊，你要恨就恨中队领导和司务长吧，我们哥几个可是跑腿的听喝的。我这一念叨，那几个摁着猪的战士扑哧扑哧地都笑了，说，分队长你这是把马场杀牛的那套话给学来了。

是啊，我手里拿着刀，还真是想起了在小北马场看人杀牛的场面。快过八一的时候，大队来通知，要马场杀几头牛给机关和附近几个单位分点牛肉。马场的一个老职工负责掌刀。当牛被人从牛圈里牵出来那一刻，它就一边哞哞地叫着一边流着泪。我们这些观战的人都看到，那个老职工一边在皮带上来回摩擦着刀，一边振振有词地念叨，牛啊牛，不是我狠，是上边的领导狠呐，领导让我送你们上西天你们就一路走好吧。当那向后坐着屁股一步也不肯往前走的牛被硬牵过来在桩子那儿拴好，那老职工就嘴里嘀嘀咕咕的把尖刀扎进牛头顶的一根动脉里，一挑，那牛很快就栽歪到地上，四个蹄子捯饬两下子，就不再动弹了。我只看了杀第一头牛，后面的就再不敢看了，牛是能拉车能耕地的大牲口，是通灵性的人类的助手。杀牛和杀人有多少区别呢？老牛流泪的样子令人心颤。过后听战士们打趣地说，那杀牛的嘴里一直不停地在念叨着，他是把责任都推给别人了，老牛怪谁都不应该怪他。杀牛是上午的事，午餐时盘子里就有了牛肉炖土豆。到了下午人们就已经忘记了牛的哀嚎和流泪，只记得老职工那可笑的魔语，大家还在学着。谁知就在那天的傍晚，差不多有几十头牛突然疯了一样地奔跑着哀嚎着冲向白天那个杀牛的刑场，拴牛的桩子被撞倒了，附近的电线杆子被撞歪了，甚至有的牛闷着头支着角往栅栏上撞往土墙上撞。看到这场面，人们惊恐得四散奔逃。牛们似乎是在声讨刽子手，似乎是在对死去的牛们表示哀悼。那会儿，我真担心老牛们会冲到我们的帐篷里面来。老牛们这样折腾了差不多有二三十分钟，才慢慢地平息下来，跟着一个头牛稀稀拉拉地撤走了。

杀牛的场面在我心里是留下阴影了。每当从那几个拴牛的桩子路过，我都有些惊悚。这会儿操着杀猪刀我确实是想起了那个杀牛的场面。不过，我镇定了自己也安慰了自己，猪和牛是不一样的，猪生来就是被养大了养肥了被杀掉吃肉的命。但我还是禁不住借用了杀牛人的魔语，既放松自己也放松别人。笑声一响，大家的心都不再绷着了。

我用左手丈量了一下猪心口到脖子下端的位置，再次把牙咬紧了，就把右手里的尖刀狠狠地捅进去了，待刀捅到底后，我又用劲儿把刀在里头转了转，那可怜的老猪嚎叫声就由弱而衰，又吭叽了两声就没了气息了，而那猪屁股下倒拉出一摊屎来。我手里刀拔出来，猪血就汩汩地冒出来，一个战士虔诚地半跪在那里端着盆接着鲜红的猪血。我的手上也沾满了猪血，我不知道往哪里擦，扎撒着手，心里慌慌的，虽然是猪，但毕竟是一条生命结束在了我的手里，呜呼！

杀死了猪只是干了第一道工序。紧接着要在猪腿那用刀割个口，而后人要对着这个口把猪体吹得膨胀起来，以便于刮毛。这个活儿需要人嘴对猪皮吹，用气多又有点不大洁净。战士们还想躲。我说，我捅刀子就可以了，吹猪皮的事你们谁也别想躲，给我轮着吹。

几个战士开始轮着吹，间或还有人不断地用棒子在死猪的腋窝等部位敲敲打打，刚刚断气的猪很快就被充满了气，圆滚滚地涨起来。接下来，就是一瓢一瓢地往猪身上浇开水，而后用刮刀刮毛。人手多速度快。一会功夫，退净毛的黑猪就白白胖胖地展现在人们眼前。

接下来还有开膛、掏心挖肺和洗肠子的事。我以一个刽子手的口气说，柳树田，剩下的活，你领着干吧，我就不管了。

事实证明，干杀猪这活儿，分队里头好几个人都比我强，只不过是都不愿意背上个“杀猪的”名声罢了。

柳树田领着一帮战士不仅把猪大卸八块，而且还洗净了肠子，灌了血肠。活儿干得利利索索的。

司务长高兴地说，说你们一分队行还真就是行，这“灯笼挂”（猪的五脏六腑）和血肠都整得挺明白。

过后，我问柳树田，这杀猪的活儿明明你能干，为啥往我这推？

柳树田说，看你领了任务那急三火四的样儿，好像多大事似的，正好，我寻思让你这当干部的啥都练练手也有好处。

傍晚，我特意走到猪舍那去看，大大小小十几头猪正把头一扬一顿地在吞咽着猪食，香得很，哪里有牛们失去同类的悲情呢？同样都被叫作牲口，灵性是不一样的。

2014年7月26日于北京

一串沉甸甸的钥匙拴在一个借调人员的裤腰带上，我心底有一种被信任的踏实。

他们写材料出手快，只要是他们写的材料大队的领导总是很满意。这不能不令我羡慕的流涎。不仅如此，他们的言行举止也和我看惯了的基层森警不一样，说起话来有套路，接人待物有礼貌。

借调

回到安格林中队不到一个月，也就是在1979年年底的时候，中队接到大队的电报，借调我到大队政治处去参与筹备团代会。像第一次进安格林一样那么费劲儿，我接了通知后，在路边上等了足足一个礼拜，才搭上了一辆顺道的车。当蹬着后车梆翻身跳进车厢那一刻，我万万没有想到这竟会是我进入机关的一个起点。

在中队当文书时曾多次去过大队机关，都是送材料报实力，看着一个个白白净净文文静静地坐在办公室里，曾生过几分羡慕，更重要的是机关在牙克石，与家同地，就更有吸引人处。但羡慕归羡慕，却未曾敢动过进机关的念头。我已经习惯了那偏远的原始森林里的生活，习惯了基层人与人之间的坦荡无羁。特别是自已不曾对未来有过理想性的规划设计，像那些个老森警，安然于老林子安然于骑马挎枪式的生活。甚至我想都不曾想过这庄重的机关和我这黑不溜秋的基层小森警会有什么样的缘分。

然而，温暖的阳光似乎总是在照拂着我的脑壳，就像我未曾想过当干部一样，在我连梦也未曾做过的情况下，竟然会以干部的身份进了机关，是政治机关，虽然是借调，但领导同我谈话时话里话外透着的是要有长期干的准备。他们不仅给了我办公室的钥匙，而且还把图书柜、文体用具柜以及库房的钥匙都给了我。一串沉甸甸的钥匙拴在一个借调人员的裤腰带上，我心底有一种被信任的踏实。他们因为要取这个拿那个，就少不了这个呼那个叫，我成了他们当中少不了的人，我感到了在这个陌生环境里的自我存在。直到现在我还常常以“钥匙理论”教育年轻人：年轻人不要怕分给你的活儿多，给你的活儿越多越能证明你存在的价值。

当时的机关干部全都是职业制的老森警，他们当中的一些人既有在基层一线的经验也有机关工作的历练。我感到他们个个都那么成熟老练，甚至一举手一投足一颦一笑都令我感到有可效仿之处。像政治处副主任张吉先、干部干事肖喜民，他们俩都曾在林管局组织部做过审干的工作，党委秘书徐源本曾在林管局党办工作。林管局机关在三十几万林区职工家属的眼睛里，那可是像中南海一样的令人景仰。徐源本是个大块头，满口的胶东话，对人热情有礼，言谈话语中眼角眉梢间无不透着他很深的城府。而同是山东人的张吉先那时已经是政治处的副主任了，他是七一年森警中进步最快的一个。年轻但成熟，帅气更有才气，是一个人人都看好的政治新星。我报到的时候是他同我谈的话，我们虽然只差六岁的年龄，可我坐在他的面前，拘谨得如同老师面前的小学生。如今能在这些曾经在林管局机关工作过的人身边，我年轻的心里竟有几分的幸运感。我打心眼里羡慕张吉先、徐源本的钢笔字，工整俊秀有范儿，让人看着那叫舒服。而且他们写材料出手快，只要是他们写的材料大队的领导总是很满意。这不能不令我羡慕得流涎。不仅如此，他们的言行举止也和我看惯了的基层森警不一样，说起话来有套路，接人待物有礼貌。他们听见有人敲门，不是生硬地喊进来，而是温柔地说“请进”。他们在会上说到某某人，不是直呼其名更不是以绰号相称，而是名字后面要缀上“同志”，如果是三个字的名字，他们一定不叫姓而只呼名，名字后面加同志，比如，喜民同志、茂林同志，随和亲切还有庄重感，有领导的口吻，有机关的味道，合乎党内的要求。我也曾试图这样称呼别人，可是我不敢，我的资历最浅，那样称呼人是上级对下级或者平级之间的，而下级对上级或者年轻人对老同志只能以职务相称，这是规矩。机关的干部们不怎么串别人的办公室，总是守着自己的办公桌忙乎着。那时只有电影放映队的办公室最热闹，张焕成、王德库、郝锦祥在一个屋子里，桌子上摆满了像半导体收音机一类的待修理的电器和工具，也堆放着各自的搪瓷缸子。我发现这是一个可以闲聊可以放松的所在，就连不苟言笑的领导们到了这里也换了轻松诙谐的面孔。所以，每当我在办公室里坐腻了就愿往放映队跑，听着老同志们东一榔头西一棒子地侃一会儿，觉得又轻松又开眼界。

但是，我一个借调的小干部不可能总往放映队跑，我的任务是参与团代会的筹备，我承担了撰写开幕词、闭幕词和一些琐碎的会务上的活儿。此前，虽然在当知青和当中队文书时写过一些小材料，可是这次登堂入室要为这么大型的正规的会议写材料，我可是惶惶然不知所措。好在筹备的时间比较长，领导又给了我几份类似的可借鉴的材料，我便以“仿写”的方式写起来。连白天带黑天地折腾了好多天，头一稿总算出世了。我像丑媳妇见公婆一样，诚惶诚恐地把一笔一画工工整整的稿子呈了上去。

虽然心里像揣着小兔子一样惴惴不安，可我想领导怎么也要认真审阅修改完了之后才会把审示的意见告诉我，谁知没等我屁股挨着椅子，敖主任就推门进来了，他拉着脸子，把我点灯熬油写的那一沓稿子啪地扔到我的桌子上，嘴里嘟噜噜地说了一串话，然后转身走了。

敖主任是达斡尔族，是个新中国成立前就参加革命的老领导，虽然级别不高，但党性强，工作要求严。他的汉话有些少数民族口音，语速又有些快，再加上几分严肃，嘴巴好像没怎么开合，一串话就嘟噜噜说完了，我愣眉愣眼的一句也没听懂。我这个年轻的借调的小干部哪里敢问。我站在那里翻了翻材料，并没有看到领导删改的字迹。这可如何是好？我蒙蒙地愣在那里，只有傻眼的份儿。

负责文体的干事鄂峻是政治处的老人儿了，他熟悉敖主任的风格。他在一旁看到了我的窘状，对我说，我看主任是捻着你的稿子进来的，他可能是说你写得太长了。那会儿我都要哭出来了，听了鄂峻的话，我说，要不你帮我看看怎么改？鄂峻说，我教你打篮球还行，写材料我可是外行。

说着话的功夫，门开了，敖主任又进来了。这回他脸色平和了许多，嘴角上还有了一丝抚慰我的笑意。他这回语速慢了很多，对我说，你这材料不用看，一捻就知道写得太长，一个开幕词闭幕词写得那么长，那怎么行？

听明白了主任的话，我这提着的心一下子落了地。虽然是没过关，可总算弄明白原委了。

敖主任走了。鄂峻对我说，老头就这脾气，他是看你年轻又是新来的，怕你受不了，这不脸上很快就放晴了不是？要是换个人他可不会变得这么快。

时间久了一点，我果然体会到敖主任是个好领导好老头。不仅如此，我也慢慢地知道自从我在劳模会上发言后，他这个政治处主任就一直在关注着我，比如选送人员去解放军部队搞军事培训、抽调接兵人员、提拔干部以及借调到政治处这几个关键环节，都有敖主任对我的青睐。可是他从没有跟我讲过只言片语，反而常常板起脸让我看，弄得我难受得很，甚至想过快点结束这机关借调的日子赶紧回中队算了。可是私下里却有不止一个人对我说，你别看敖主任总对你那么严肃，他心里可是对你好，有培养你的意思。

转过年，也就是1980年1月，牙克石森警大队第一届团代会胜利闭幕了。我们借调人员的使命也到此结束了。但是，领导没有让我回中队的意思，倒是杨志杰、裴利这几位政治处的台柱子对我说，齐春和可能要回去了，你就准备接着干吧。私下里也听有人说齐春和当报务员当惯了，在办公室里有事没事总是用手指头敲桌子，影响别人办公。齐春和是和我一起借调到机关参与筹备团代会的，我俩的年龄职务都差不多，但他人比我聪明，表达能力比我强，我感觉领导对他挺不错的。齐春和在离开机关的头天晚上对我说，要说干事业还是得在基层干，宁当鸡头不当凤尾，在基层领着兵独把一摊儿，对自己绝对是个锻炼。实话说，齐春和的这个认识是有远见的，对年轻干部的历练成长是有好处的。和我同批兵也在基层当着分队长的程显斌和齐春和就有着同样的认识，而愚笨的我在那时就没有想得那么远那么深，留在机关了觉得沾沾自喜，觉得和机关里能力强的人在一起能学到很多东西，而且又回到了父母身边，作为一名穿着警服的机关干部在同学中也觉着个头长了一截似的。

然而，调机关的正式通知并没有很快下来。马上要过春节了，机关里开始分发一些年货福利，我属借调人员，分东西时只有帮着老同志搬这搬那的份儿，却没有属于我自己的那一份。我心里有些不是滋味，但无法言说。直到机关里分大米的时候，我实在是憋不住自己了。要知道，那个时候，在牙克石粮店是没有大米供应的，白灿灿的大米在饭桌上绝对是稀罕物。我思来想去，还是厚着脸找到分管福利分配的孟庆才，嗫嚅着说出也能领到一点大米的想法。孟庆才挺爽快，说你是借调的按道理没你的份儿，既然你张嘴了，那就分给你二十斤吧。我千恩万谢，得意洋洋地把二十斤大米递到爸妈的手上，说年三十咱也有大米饭吃了。

春防开始的时候，我被安排参加去莫尔道嘎、安格林的工作组检查春防准备情况。敖主任对我说，你顺道把调动手续办了吧。这就是说我就要成为一名正式的机关干部、正式的政工干部了。

2014年8月19日于北京

我一手拎着拖把一样的“二号扑火工具”，一手捂着帽子，猫着腰向飞机靠近。其实我是试图直起腰来，试图在登机的那一刻，把脚步迈的坚实有力，因为那一刻我确实有一种“壮士一去不复还”的紧张心理，胸膛中有一种既雄壮又恐惧的气团在鼓胀着。

我说的“老森警”意味着什么呢？“老森警”意味着和山火的无数次拼搏，意味着在血与火中的无数次历练。

他们为了生存远离故土，或独自闯荡或投亲靠友，从住地窨子搭窝棚到慢慢地盖了房子，从两三家帮衬着到发展成村屯，从靠采摘蘑菇木耳到开荒种粮，那种生存的意识、吃苦的精神以及互帮互助的民风不由得你不赞叹。

夜宿盲流屯

半晌午的时候方才醒来，钻出羽绒睡袋，撩开棉帐篷的布窗帘，伸出头去，天空蓝的透明，有清凉的风吹过来，一阵草香钻进了鼻孔，肺腑里觉得舒服得很。

这是1980年6月1日的那个上午。

头一天傍晚到小河边洗了澡，回到帐篷里又用热水擦了一遍，赤裸着就钻进羽绒睡袋里，似乎是对连续几天火场上疲劳的补偿，一夜无梦，睡得很沉。睁开眼睛时，觉得一身的轻松，看着蓝天嗅着草香的那一刻，心情好极了。

我作为大队春防前指的成员在龙头中队蹲点已经近两个月了。龙头是鄂伦春大杨树地区的一个林农混杂的次生林区，山里盲流人员多。由于山里头开荒的种地的打猎的捕鱼的挖药材的采摘木耳蘑菇的甚至种植罂粟的啥人都有，火情火警老是不断，是个老火窝子，一年从春到秋得着个几十把火。我到龙头这两个月里，就跟着部队上了十几次火场了。好在每次火情都发现得早出动得快，没有酿成大灾。

虽有清风徐来，但无大风起兮，我想今天这个儿童节加星期天可以好好地休整一下了。懒散着洗漱完，已是十点多了。这时中队的通信员来叫去包饺子。山野菜配打火罐头（以备打火时用的），也许没少放油的缘故，凑到跟前饺子馅竟有香味入鼻。我说，今天这是过儿童节的饺子还是过星期天的饺子呀？我们的前指领队张大队长说，看你们前几天在火场上辛苦，饺子酒慰劳你们一下。包饺子实在是团结人凝聚人和谐人际关系的最好方式。几个人围在一起，揉剂子的擀皮的包饺子的加上砸蒜的烧水的，一个工序连着一个工序，相互配合密切协作，说说笑笑插科打诨，那氛围实在是其乐融融。

饺子就要包完了，锅里的水也要烧开了，有人张罗着倒酒了。不早不晚，就在这时中队报务员送电报来了。他说，咱们这饺子还能吃，酒就不能喝了，还得准备上火场。

张大队长接过电报说，这把火着得够远的，一会儿米8 就过来“叼人”（林区人把用直升机接送人叫“叼人”），先飞两架次，上去30个人，看看能不能围住，不行就再过来叼。

我当森警后火场上了很多次，要么坐汽车要么骑马要么徒步，还真就没机会坐飞机上火场，为这事我在人前都觉得气短。我对张大队长说，我上吧，也补一补没坐过飞机的课。一边的报务员说，你以为坐飞机是好玩的？这直升机在天上说秃噜下来就秃噜下来（掉下来的意思）。张大队长不高兴地说，呃，你小子咋瞎说嘞，你今天就老实在家待着吧，换个报务员上。张大队长是解放军炮兵营长转业的，人也是直筒子。

我和龙头的分队长张慧带着十三个兵上了第一架次。实话说，第一次坐飞机而且是直升机，心里头确实有点胆儿突的。飞机来了，将落未落之时，哗哗转动的螺旋桨，把地面刮得是飞沙走石，等待登机的人们哪里能靠近得了，人人都猫着腰捂着帽子蹲在离飞机二十来米远的地方。飞机落地了，机舱门打开了，飞机上的空中观察员把一把梯子顺下来。而后他就向我们这群人招手，飞机螺旋桨转动的噪音很大，凭着你大声喊叫也无法听得见，全都得靠手势比画。张慧第一个登机了，紧接着又上了几个战士，轮到我了。我像他们一样，一手拎着拖把一样的“二号扑火工具”，一手捂着帽子，猫着腰向飞机靠近。其实我是试图直起腰来，试图在登机的那一刻，把脚步迈得坚实有力，因为那一刻我确实有一种“壮士一去不复还”的紧张心理，胸膛中有一种既雄壮又恐惧的气团在鼓胀着。但是登机的人谁都无法直起腰板走路，那螺旋桨扇动的风足以把人刮跑。

机舱门关上了，飞机再次铆足了劲发动起来。除了两个驾驶员座位，机舱里只有一把椅子是空中观察员坐的。我们这些打火人员都席地而坐。我靠在中前部的一个机窗边，凝神地看着窗外。飞机在憋足劲后就地拔起来了，升高，再升高，山峦在我们的视线之下了，河流变成了一条闪着光亮的细线。这时候机舱里的噪音小了一些，人们靠近耳朵说话可以听得到了。张慧可能看出我的紧张心理，他趴在我的耳朵边说，别紧张，米8直升机还是比较安全的。此时，我是前指成员的身份，和他一样也是这次扑火的领队，我怎会承认我有紧张心理。我趴在他耳朵边说，别小瞧人呐，怎么说咱也是老森警啊。

我说的“老森警”意味着什么呢？“老森警”意味着和山火的无数次拼搏，意味着在血与火中的无数次历练。有“老森警”这个名号，我怎会在战士们面前表现出怯懦呢？

飞行了将近半个小时的时候，飞机开始降低高度。我看空中观察员用手指比画着窗外，透过机窗我也看到了不远处的山峦间有几处浓浓的黑烟，这就是火场了。飞机在火场上空转了一圈儿，观察员和张慧一边观察火势一边在纸上画着草图。我大概地也看明白了火场的形状，火场面积不大，有个几百亩的样子。飞机在距离火场较远的一块草甸子上降落了。我知道飞机是不能离火场太近的地方降落的，降落时螺旋桨煽起的风会把火弄得更大。可是距离远也增加了我们到达火场的时间。在飞机上我们已与观察员确定了，下个架次把人投送到我们的对面，即火场的西侧。我们就可以分兵合围打包抄了。

到达火线后，我和张慧分队长各领着几个人背向而行，准备和另一架次的人去打扣头（打火时常说“扣头”，就是分兵合围之意）。风力不大，火势也比较平稳，我们扑打的速度很快，前面几个人打，后面几个人清。从下午四点干到晚上九点，我们两支队伍四个小分队就扣头了。正在大家坐下来休息的当口，从山下上来十几个骑马的老百姓。一个被唤作支书的人对张慧说，领导，我们是山下杨家窝棚的（东北林区里有很多村屯都以到此落户最早的人家的姓氏给村屯命名），我们也上来点壮劳力，没打上火，就替换你们看着火场。你们队伍跟着我到屯子里住。张慧说，我们都带大衣了，就在这火烧迹地将就一宿吧。那支书很坚决地说，你们说啥也得听我的，军队打胜仗百姓是靠山。队伍就到屯子里住，好好歇歇身子，我们的人肯定能把这火场看好了，保证不让它再死灰复燃。这支书说话透着领导干部的口吻。

张慧转过身和我商量，我们俩嘀咕了一阵，觉得这个火场不大，打得挺彻底，估计不会再复燃，老百姓在这看着点，对他们也是压点担子（实话说，很多火都是这些老百姓不小心整着的），我们的战士连续十来天在火场上轱辘了，下到屯子里休息一晚上也未尝不可。

从火场下来折腾到屯子就快半夜了。狗们吠叫得嗓子都哑了，大人孩子们都涌出来围着我们的队伍看。支书说，家家户户都争着抢着给你们腾房子，一家住个四五个人都没问题，就让老乡们领着走吧？我说，得麻烦老乡给战士们烧点开水喝。支书哈哈笑着说，你这领导客气了不是，老乡们把饭都给做好了，热汤热饭地等着呢。

听着这话，心里热乎得把身上的疲劳劲全都溶化了。支书把我和张慧领到一户人家，说这家是新结婚的，家里头干净，你们两个领导就住这吧。我说，人家新结婚的，我们去住可是不大合适，还是换个人家吧。张慧也说，就是，我们这一身脏兮兮的住人家新媳妇家可不方便。一个老太太迎着我们说，有啥不方便？我们老头子和儿子都上山了，媳妇和我住，你们就住他们两口子那屋。

我和张慧尴尬地面面相觑。支书说，再客气天就亮了，赶紧进屋吧。我们进得屋来，先把脏衣服脱在门口的农具上，准备洗洗手脸和脚。一个年轻女人端过来两盆水，我一边道着谢一边接过水盆。哇，水是清水，可那盆子四周却满是污渍。我看看张慧的盆，也是一样。不是新结婚的吗，咋会这样呢？

老太太张罗着要让我们吃饭，我说在下山的路上我啃了俩馒头了，饭就不吃了，喝点开水吧。我想用我的背壶把水灌了喝，可年轻女人却端着满碗的水过来了。我接过水来喝了一口，哈，满嘴的菜味。我想她们肯定是用做菜的锅烧的水。

对住在新媳妇家我还是觉得挺过意不去的。我问年轻女人，你就是新媳妇吧？她羞涩地点点头。我说，你们结婚多长时间了？新媳妇说，俺们结婚快一年了。我和张慧都挺惊讶。张慧说，不是说你们是新结婚的吗，怎么你说快一年了？新媳妇说，杨家窝棚自打俺们两口子结婚后，还没有别人结婚的呢，大伙就都说俺家是新结婚的。

我扑哧就笑了，真是无独有偶，这跟义务兵没进来之前，我们当了两年森警还被称作新兵不是一回事吗？

我和张慧躺在“新房”的炕上，我注意看了一下主人的被褥，缎子被面色彩还很鲜艳，被衬却有些看不出本色了。关了门，张慧对我说，盲流子家能这样就不错了，其他人家可能更不干净。

实际上，除却他们的卫生意识差防火意识差，我对这些盲流们是有同情之心的。他们为了生存远离故土，或独自闯荡或投亲靠友，从住地窨子搭窝棚到慢慢地盖了房子，从两三家帮衬着到发展成村屯，从靠采摘蘑菇木耳到开荒种粮，那种生存的意识、吃苦的精神以及互帮互助的民风不由得你不赞叹。他们是一群没有户口的黑户，是政府也不管不问的一个群体。但他们却实行自主管理，大一点的村屯，还推举了村长，甚至有党支部书记，这事听起来让人哭笑不得，不过他们坚持党的领导的意识也着实令人感佩。

吹灭了油灯，和张慧挨着肩躺在炕上，实在是太疲劳太困乏了。迷迷糊糊中，我对张慧说，这个六一过得可是有意义。张慧突然扑哧地笑了一声说，估计多少年以后也能想起咱们半夜三更住人家新媳妇炕的事。

2014年8月1日于北京

森严的边境一线，高度的军事对峙，高调的反帝反修的政治环境，老百姓却过着优哉游哉的自给自足的生活，而且处处都充满了俄罗斯的民族风情。

山村里是一幢幢错错落落的木刻楞房屋，炊烟袅袅，有烧柴草的味道有烧牛马粪便的味道。

这些流淌着中国人骨血的华俄后裔们因为混血而长期被人另眼相看的内心该是经历了怎样的不曾被人理解的挣扎。他们那言之凿凿的“俺是山东人”又饱含了多少咸酸苦辣情绪的民族皈依感和恋根恋祖的深深乡愁！

那个叫奇乾的地方

很早就有到奇乾去见识一下的愿望。

新兵训练时，我就对“奇乾”这个名字很熟悉了。我们新训的干部严成才、梁实才，班长程德林、张尔财、尹宝林都是奇乾和奇乾以里那一嘎达的。他们把奇乾挂在嘴上，常常给我们说起奇乾的森警战友、奇乾的俄罗斯族、奇乾的额尔古纳河、奇乾对岸苏联的明哨暗堡。哈，那真是一个令人向往的所在。我曾经幻想过要是能分到奇乾中队该多好，夏天到界河里去打鱼，冬天在界河的江道上和苏联兵相视而望或擦肩而过。

然而，我却被分配到了得耳布尔森警中队。分配名单宣布后，有分到奇乾的新兵哭了，那是一个偏远艰苦特别是只与苏联一江之隔的令人恐惧的地方，有些人是不大愿意去的。有班长就对我说，上边肯定有人帮你说话，要不你怎么没分到奇乾呢？是啊，多数的新兵都分到了奇乾或者比奇乾更远的乌玛、伊木河，那是森警的一片重要阵地，需要补充很多人。

新兵们启程奔赴各中队的那天早上，吃了早饭，都进入了紧张的准备状态。我们分到得耳布尔、根河、满归、绰尔森警中队的这些零零散散的新兵路途虽远，但因为要乘火车，就不用穿戴的那么厚实，而分到奇乾、乌玛、伊木河中队的新兵，虽然到目的地的直线距离不是很远，但因为是要在三九天里乘坐敞篷汽车，而且一路上可能还会遇到冰包、雪壳子，他们就必须把自己厚厚的包裹起来，以防冻伤。看着他们在那穿了棉衣又套上皮大衣的那一刻，我意识到了奇乾那个地方的别样——其实，几天后，我们从得耳布尔中队往吉落部外站走的时候，也是里三层外三层地把自己裹成一个麻包——毕竟我们都处在方圆二百来里的地面上。

到得耳布尔森警中队后还是经常听到老兵们提到奇乾那个地方和奇乾中队的事。长得高高大大的张排长就是从奇乾中队调过来的。听说他的家属死活不愿意离开奇乾那个地方，临搬家那几天哭了一场又一场。很多人纳闷，得耳布尔毕竟是林业局所在地，火车汽车都方便，商店医院学校也都有，怎么不比那个又偏远又闭塞离着老毛子又近的小村子强？张排长的家属说，奇乾那能养猪养牛养鸡养鸭子养大鹅，出门就能把烧柴划拉回来，冬天能打猎夏天能打鱼，房前屋后能种白菜土豆和豆角，还能种葵花，得耳布尔行吗？（后来我们有些人也奇怪，按说奇乾比根河、得耳布尔、莫尔道嘎更往北，那儿的农作物怎么就能活的了呢？）张排长的家属还说，奇乾更值得俺留恋的是那儿的人好。你别看净是些俄罗斯人、中俄混血，人心眼儿都好着呢（当时中苏关系还没解冻，这个家庭妇女说话有点忒胆大了）。

在吉落部外站也有老兵讲到奇乾。说，你别看奇乾那地方又偏又远的，可那有好几十户人家呢，有边防连，有学校、卫生所、商店、邮政所。那女的中俄混血儿特别是女的第二代混血儿长得那叫个漂亮，鼻子是鼻子眼儿是眼儿的。一到俄罗斯的巴斯克节，奇乾的家家户户比过春节还热闹，拉手风琴的唱歌的跳舞的喝酒的啃列巴的，老公公和儿媳妇也跳，兄弟媳妇和大伯哥也搂着，那叫个热闹，没喝多的时候唱咱们的革命歌曲，喝多了就把苏修那套《莫斯科郊外的晚上》《三套马车》《山楂树》什么的唱出来了。那些个女的中俄混血儿贼愿意找汉族小伙了，尤其是喜欢找的就是咱森警，比边防连的还愿意找，因为咱森警挣工资，管理上又不像解放军那么严，当兵的一复员说不准就回农村老家了。

也有老兵说，不像咱这儿离着俄罗斯还有一二百里，奇乾那嘎达可是真的边防，就隔条江（即额尔古纳河，人们习惯地称作“江”），咱们在这面蹲到地上拉泡屎人家苏联那面都看的见。尿尿不能对着他们那面，给你把鸡鸡的镜头照下来，给咱们外交部发照会，说你们军人对我们不尊敬，是挑衅。

关于奇乾的话题听得多了，慢慢地在我脑海里织出了一幅不甚清晰的边塞山村的画面：彼岸的明哨暗堡，滔滔的界河之畔，边防军、森警、男女华俄混血儿，彪悍的马匹、撒着欢的狗以及水里嬉戏的鸭和咕咕叫着土里刨食的鸡。天哪，竟会是这样的一个主题背景：森严的边境一线，高度的军事对峙，高调的反帝反修的政治环境，老百姓却过着优哉游哉的自给自足的生活，而且处处都充满了俄罗斯的民族风情。

虽然对奇乾有着很多很多的想象，但身在吉落部外站当着一名普通警士的我是没有机会到那个并不是很遥远的地方去的。

然而世间的事总是山不转水转，待我调到大队机关（即后来的支队）后，去奇乾的机会竟噼里啪啦找上门来。

1981年的6月我踏进了奇乾的领地。

汽车到达时正是傍晚时分，火红的夕阳在山边上欲落未落，远山近岭都沐浴在金灿灿的晚霞之中，连同彼岸令人感到森森然遮盖着暗堡的静谧山林。那条国界之河——著名的额尔古纳河泛着满河的碎金逶迤着晶莹莹的波浪。山村里是一幢幢错错落落的木刻楞房屋，炊烟袅袅，有烧柴草的味道有烧牛马粪便的味道。

汽车朝着森警中队的方向开。这时司机对我说，你看前面的那几个人，就是混血儿。汽车与那几个人擦肩而过的时候，我透过车窗注意地看，个个都长的粗壮结实，淡黄色的头发，深眼窝蓝眼球，直而挺的鼻子。

我对司机说，他们的脸比咱汉人的脸长得生动。

司机笑着说，看着他们男的你都说好，等你看见他们女的就更喜欢了。

话音没落，就遇上几个女的，她们好像是刚收工，正说笑着往家走。

我坐在车里脸贴着车窗盯着看，是几个大姑娘小媳妇儿，有形有样，果然漂亮。

司机逗我，咋样，眼睛直了吧？

是直了，那几天里我的眼睛一直都直着，可是饱了眼福了。

我在奇乾中队一气儿住了五天，但是我在这五天里没闲着。和战士们一起去苍狼山上巡护看原始森林的美景，去界河里拉水品咂与苏修同饮一江水的滋味，抱着半自动在半夜里和战士一道站岗。和边防连的连长套了近乎后，跑到哨所上通过高倍望远镜瞧瞧对岸的暗堡明哨，好奇地看着老毛子兵们出出进进。特别让我感到满足的是，我还去了村民的家里，不仅吃了他们自家烤制的列巴，还嚼着鱼干喝了他们的酒。

几天下来，我对奇乾这个地方有了更多的了解，对奇乾的人有了更多的了解。

奇乾是个有历史的地方。

当蒙古先民——成吉思汗出生的乞颜部驰马扬鞭从莽莽苍苍的兴安岭走出来，走到额尔古纳河畔，走到这片阿巴河、激流河、乌玛河与额尔古纳河交汇的狭长的大草甸子，蒙古先民们像选择不远处的室韦一样也选择了奇乾这个水草丰美的所在，栖居下来，游牧渔猎。这里像是人世间一处寂静的后花园，远离着中原以及中原周边那连年不断的战乱，他们在这里生存、繁衍，不仅仅是休养生息，他们是在这里孕育着未来要征战天下的一代枭雄，孕育着一个未来要称霸四方的大蒙古帝国。

当额尔古纳河流域的蒙古部落迁徙于斡难河流域之后的16世纪，俄罗斯领土迅速扩张，大批的俄罗斯流民来到额尔古纳河右岸、来到奇乾这一带游牧、开垦、淘金。奇乾，这处曾经寂静的后花园不再寂静。特别是19世纪中叶以及上世纪初俄国十月革命后更有大批的俄国人包括很多的俄国贵族逃亡到中国边界。而此时，因中国内地的天灾人祸，也有大量的山东移民沿着额尔古纳河涌向这里，伐木、淘金、开荒、打鱼、狩猎。这儿成了闯关东人的最佳谋生之地。有男就要有女，有男有女才会有稳定有和谐，才会得以繁衍。闯关东的山东汉子们纷纷娶来了逃亡而来的俄罗斯姑娘，或者是俄罗斯姑娘勇敢的涉水过河，主动地向中国的山东汉子们投怀送抱。在这片狭长的草甸子上新的人口诞生了，一个又一个，一代又一代。直到1989年经国务院民政部批准，他们才有了有尊严的称呼——华俄后裔——俄罗斯族。这里不再是蒙古人的天下，而中俄的后代们把这里当作了他们可以谋幸福的家园。随着人口的增加，1920年，奇乾设治局，1921年设县，辖境“上至莫日格勒河下迄额尔古纳河，延长七百余里，东届漠河，西北边俄，南抵室韦，幅员辽阔，形势扼要”。在这一片森林草原江河交互的地带，杂居着中国人俄国人以及他们的混血儿还有为掠夺森林而来的日本人，伐木的放排的淘金的狩猎的打鱼的垦荒的，以及奔着劳作者的钱袋子而来的商贩和妓女，这偏狭的一隅不可谓不热闹不可谓不红火，这可能是奇乾历史上人欢马叫的最鼎盛时期了。

东北沦陷后，伪满政权在1933年废止奇乾县，改设奇乾办事处。新中国成立后，奇乾设乡，及至2000年奇乾的行政建制被撤销，政府有组织地把这里的居民迁往拉布大林，村的建制也不复存在了，地图上那处中俄交界的雄鸡冠子的地方，“奇乾”二字消失得无影无踪。望着地图那处空白不免令人唏嘘，不过，这是后话了。

当我乘火车转汽车颠簸着“搓板路”终于进入奇乾的时候，我看到的奇乾就是东北农村山区里一个大屯子的规模，然而它被称作“奇乾乡”（之前还曾一度改名叫过“北极村”）。乡政府的牌子在一幢院子的门前赫然矗立着。派出所、小学校、商店、卫生所、邮政所，虽然规模有些袖珍，但一应俱全，而且这些机构对于老百姓来说至关重要，一个都不能少。怀着好奇之心，我一一踏访了这些单位。身为纯种汉人或者中俄混血儿的主人们都热情好客，像对待久别的亲人一样接待我，同我一样的大嗓门的东北话，爽朗直率，热情得很。特别是派出所的那三四个警察，从把我迎进屋门，就说别走了，晚饭在这儿吃，咱哥几个喝一顿。我跟人家是头一次见面怎么好意思，婉言地道着谢。可他们却说，客气啥呀，咱们警察都是一家人嘛！我是不经劝的人，那就喝吧。三杯两盏，很快就进入了佳境，待我醒来已是第二天的早晨，万般难受地睁开眼睛，四下一看竟然躺在昨晚喝酒屋子的沙发上。难堪的我不知脸往哪儿放才好。中俄混血儿所长把一杯刚沏好的白糖水递给我说，有啥呀，这才是哥们儿嘛！

其实，我最想去的是俄罗斯族的人家。家家户户都是木刻楞的房子，房檐边窗檐边都镶嵌着木制花草图案的雕刻，应该叫作门雕和窗雕？远远望去，典雅精致，像是一个个有关美术的小型展览馆。

森警中队的干部郑文友领着我进了一个叫徐家凤的人家。他属于第一代中俄混血儿。虽然院子里有些泥泞，但一踏进屋门槛，我的眼前就是一亮。没有油漆的木地板擦得干干净净，看得见木板本色的纹理。一个从房梁上悬挂下来的木制摇篮在屋地的当央晃悠着，里面躺着一个正在熟睡着的婴儿。摇篮的旁边坐着的是徐家凤的母亲——一位长相富态的慈眉善目的俄罗斯老太太（过后我私底下对战友们说，那可是一点不掺水的原装俄罗斯）。她看见我，就扶着椅子扶手站起来，老太太头上盘着一圈圈仔细编出来的淡黄色的辫子，蓝色的眼睛，挺直的鼻子，白白的皮肤。对襟的粗线黄毛衣，下身穿一件黑红格子的粗布裙子。当对视着这位异族老太太的那一刻，我新奇得不知说什么好。长这么大我还是第一次近距离地面对面地接触一个外国人，而且是在她的家里，而且是一位穿着裙子的老太太。要知道那个年月在牙克石林区是很少见到有穿裙子的女人的，即或是在三伏天的城镇里，穿裙子的年轻女子也是为数不多的。我拘谨而木讷地坐下来，环顾屋里，更令我惊讶。屋里的火墙子是东北人家最最普通最最日常的取暖建筑了，可是她家的火墙竟在白白的底色上描画着蓝色的花草，这可是我从来没见到过的！炆火烧着的炉子上坐着一把铁皮水壶，那铁皮擦得铮亮。我坐的椅子边的茶桌上居然还有一把红黄相间的草花插在一个装了水的酒瓶子里。近正午的阳光穿过明亮的玻璃窗，把满是木质的房间照耀得暖洋洋的。在这样一个偏远到了天边的山寨，在这样一处被牛马羊鸡鸭狗踩踏得满是泥泞的乡村。进到家里竟是如此的干净整洁，大大出乎我的意料。特别是那瓶鲜活的草花，那面火墙子上描画的花草图案，令我对这家主人的尊敬油然而生。

我还在新奇与感慨着的时候，徐家凤那长满了浓密汗毛的手臂伸到我的面前，摆划着说，远道来的客人可不能走啊，怎么也得喝两杯。说着话的功夫，徐家凤的母亲已经把茶杯和酒杯摆到我们面前了。

徐家凤说，我这儿有鱼干儿，地道的细鳞鱼鱼干儿，你在城里是吃不着的。

郑文友也不客气，说，老徐把列巴也拿上来。

老徐说，别说列巴了，现包饺子都行。

我说，别麻烦，坐一会儿我们就走。

老徐说，外道！森警和我是一家人，不管大官小官来了都到我家来喝一顿儿。

老徐这样说，我也不能再推辞，酒杯就握在手里了。

老徐问，你老家是哪儿的？我说，河北。

老徐说，俺们是山东。山东和河北是挨着的，咱都是关里老乡。

和长着大个子黄头发蓝眼睛大鼻子满胳膊汗毛的人论老乡，是不是有些滑稽？我内心有些发笑，嘴上却说，是啊是啊。

中俄混血儿因为他们的父辈或祖父辈是汉族，所以他们的户口上民族一栏是汉族，籍贯一栏是山东。此前我就听说过他们这些混血儿特别愿意说自己老家是山东某某县的。当你对他的异样显示着好奇时，他们却是满脸的认真，满眼神的执着："俺们是山东人！"

酒过三杯，徐家凤还在跟我讲着他的山东老家。我问你回去过吗？问完我就后悔了，因为我看到了老徐那失落的眼神。

我端着酒杯的手有些颤抖了，心里也有些沉重。此刻，我突然感觉到应对他们这种谈乡论祖上升到民族认同感的高度来认识。这些流淌着中国人骨血的中俄后裔们因为混血而长期被人另眼相看的内心该是经历了怎样的不曾被人理解的挣扎。他们那言之凿凿的"俺是山东人"又饱含了多少咸酸苦辣情绪的民族皈依感和恋根恋祖的深深乡愁！

后来，我又多次去奇乾，每次去我都要到老徐家坐一坐，喝几杯，嚼嚼鱼干吃点他家烤的列巴。我和老徐成了朋友。为此，我曾对人炫耀。有森警的战友就对我说，徐家凤是奇乾的名人，外地来的人都到他家去，他的朋友多得很。你隔几年不去，他未必能记得你了。

2002年初夏的时候，我带着几位报社的记者到牙克石林区采风。我对他们说，我带你们去奇乾吧，那是一个去一次就忘不了的地方。这几位见多识广的记者对奇乾竟一无所知。听了我的简单描述，就嚷嚷着非去不可。

没想到，这竟是一次令我唏嘘的奇乾之旅。

隔了几年再来，奇乾已不是原来的奇乾，那人欢马嘶狗吠鸡鸣的场景已然不见了，好多木刻楞房子被拆得七零八落，有的只剩下了一个基座，原来那条简易的沙石路和通往各家各户的有些泥泞的小道如今都长满了荒草。我曾到访过的派出所、小学校、小商店、卫生所、邮政所统统都不见了，映入我眼帘的全然就是一处遗址，一处废墟。寥落，荒芜。

好在徐家凤还在。

2000年的时候，政府出于林业保护和为百姓安居的考虑，有组织地把奇乾村民迁往拉布大林——现今的额尔古纳市。奇乾乡的建制被撤销了，严格意义说村的建制也没有了。这里剩下的只是一个解放军边防连和一个森警中队。

很多人家都迁走了，特别是年轻人几乎全都离开了。徐家凤和其他几户成了钉子户，他们决意对这个养育了他们几代人的山寨不离不弃。不离不弃的不仅是他们，而后有几户已经搬走了人家自行做主又搬了回来。他们说他们在城市（额尔古纳市是一个很小的县级市）里什么都得花钱不好活，还是奇乾好过日子。

这没电没医没邮的日子能好过吗？我望着已然显得苍老许多的徐家凤说出我的疑虑。

徐家凤说，唉，肯定不比从前呐。听得出那音调里有深深的压抑。

我说，在城镇里生活要方便得多，而且也有利于孩子的教育和成长，有利于年轻人的发展。

老徐说，孩子们就留城里了，我们老两口不能走，死也得死在这嘎达。

一时间，大家都沉默着。

老徐说，还是你们森警够朋友啊，虽然兵是一茬一茬地换，可不管怎么换，都还想着照管照管俺们这些老邻居。

我说，奇乾是你们的故土，也是我们森警的故土，咱们本是同根生啊。

我说这话不是虚于应付，而是实实在在的真话。说到奇乾不能不说森警，就如同说到森警不能不说奇乾一样。新中国初期，奇乾这个远在天边的地方，这段北纬52° 的高寒地带，这片北部原始森林的腹地，就已经有森警战士的足迹了。那是更为艰苦的年代，更不为世人所知的年代，老一代森警就在加嘎达、奇乾、乌玛、伊木河一带担负起了护林防火、防奸反特、维护林区社会治安的重任。因为处在初创时期，缺乏基本的生活保障，物资又很匮乏，老森警们住地窨子、撮罗子、石拉子洞，吃窝窝头大饼子、啃咸菜、嚼冰吃雪喝草塘沟的水。他们盼着能到奇乾这样的有人烟的地方——尽管是稀少的人烟——能像人一样地住进人住的木刻楞房子里，关上窗户关上门，盘腿坐在烧得烙屁股的大炕上任凭豪雨如注任凭风雪交加任凭熊吼狼嚎，烫一壶热酒，侃一阵大山，或者和这些中俄混血儿猜拳行令论老乡喝个一醉方休，那是最幸福的时刻了。

因为责任与使命的关系，森警们比奇乾的村民们吃着更多的苦遭着更多的罪。老一代的森警如吴兴久、梁实才、王相瑞、张宗富、文开科、曲景灿、徐启山、闫成才、齐克友、李春荣等等在他们四五十岁的年纪就疾病缠身了，胃病、气管炎、风湿、痔疮、肝病、肺气肿、心脑血管病都是森警的职业病。似乎早年在奇乾和奇乾以北奋斗过的老森警几乎没有活到六十岁的。

到了七一年入伍的森警来到奇乾，奇乾迎来了历史上又一个鼎盛时期。那时不光有当地的村民有边防连有森警，还有插队而来的知青，男男女女，老老少少。在这反修的最前哨，在这严阵以待随时准备消灭来犯之敌的肃杀氛围中，他们同呼吸共命运。那年月森林火灾频繁发生，森警们常常是骑着马挎着枪去扑火。一场山火常常要扑打三四十天。奇乾的老百姓到山里给森警战士们去送饭，俄罗斯老太太们夸张地冲着森警官兵大呼小叫“哈拉少！哈拉少！”（很好！很好！）

森警最初的种子是在莫尔道嘎、奇乾、乌玛、伊木河这一片原始森林的腹地洒下的，森警是在这一片边界的山水中成长的，这个偏远艰苦之地为森警后来的发展培养了一批又一批的骨干，他们从这里出发，森警从这里出发，由小到大，由弱到强。

森警中队原本是在村子里和村民们比邻而居的，在几年前中队就已经迁出居民区了（为什么要迁出来呢？为什么要远离那片居民区呢？我思而不得其解）。在离老奇乾之外的六七里地的地方建了一幢三层楼房，营区规规整整，干净整洁，鲜艳的五星红旗在营区上空迎风飘扬。官兵们的生活条件已是今非昔比。来奇乾这么多次，我还是第一次住楼房而非木刻楞或板加泥。躺在舒适绵软的床上，辗转反侧，老奇乾、老中队的影子却在我的眼前晃来晃去，我想到了奇乾久远的历史，想到了徐家凤这些华俄后裔们的前世今生，想到了老森警们与奇乾这片山水的生死渊源……

没想到2002年那次与奇乾的挥手，竟是一次长久的告别，到如今已是十多年不曾再去了。虽然这十几年里我的工作岗位多次变换，但是，奇乾，那个远在天边的所在却常常映入我的脑际，我觉得可以用“想念”二字来形容我与她的关系。

说来也巧，假期里有位与我并不相熟的教员鬼使神差地去了奇乾中队，甫一回来就跑到我的办公室，把奇乾中队官兵的问候带给我。还有一位我不曾谋面的森警指挥部机关的干部给我手机发来信息，说他要到奇乾去采访，他要为奇乾中队写书。

为奇乾中队写书？真是一个令人高兴的好消息。我真想拨通电话告诉他，奇乾太值得一写了，那是一片历史文化深厚的沃土，对森警而言那是最有底蕴的一处所在。那一天，我有意无意地在电脑的百度里输入了“奇乾”

两个字。搜索键一敲，哇，关于奇乾的条目还真不少，多数是驴友们写的奇乾线路、奇乾见闻。有的还有些文学的色彩，把奇乾称作“与世隔绝的童话”，是“不忍惊扰的梦境”。最令我欣喜的是网上说奇乾刚刚入选“国家传统村落”。我的印象中，奇乾已没有了村的建制了，她的当选是否是说政府并没有忘记她，或者说她并没有被政府所遗弃？我想到了徐家凤那七八户坚守着故土的人家。徐家凤在驴友们的推介文字里也被频频提到，他们几户人家居然开了客栈，以其俄罗斯风情原生态的生活接纳着远方来客。

哦，我为奇乾高兴，我为徐家凤高兴，我为森警高兴。“哈拉少！哈拉少！”

2014年10月4日零时于北京

乌玛和伊木河的森警营房就是远离人烟的两座孤岛。

他退休几年后还曾认真地对我说，年轻时在乌玛、伊木河吃的那些苦遭的那些罪到现在也没想过有啥可抱怨的，那段经历对自己意志品格是绝好的磨炼。

有个在伊木河多年的老森警曾喷着酒气愤愤地说，没到过乌玛、伊木河的人怎么能算是老森警？！虽是酒后之言，但这话却说得很重，沉沉得砸在我的心里。

奇乾更远的远处

比奇乾更远的森警是在乌玛和伊木河，可惜我不曾在那里驻守过。但是自打我当了森警不久，我就知道了乌玛和伊木河同奇乾一样是老一代森警历尽千辛万苦扎根的地方奋斗的地方奉献的地方。那也是一个远在天边的森警人默默无闻不为世人所知的地方。

我多次到奇乾，每一次都想再往前拱一拱，到那个老森警们经常说到的乌玛和伊木河看一看。可是每次都是希望而来失望而归。其实，奇乾到乌玛直线距离不过六七十公里，到伊木河也没超过二百公里。有人可能会说往前拱几步不就是几脚油门的事吗？哈哈，谁说这话就是太天真太不了解大兴安岭这片原始森林了。要知道这可是在北纬52°以北的原始森林腹地！

从九月下旬积雪到来年五月开化，差不多有大半年的时间是大雪封山冰包迭起，额尔古纳河冰道上也是一道又一道厚厚的雪壳子。待晚春逝去夏绿来临，积雪融化了，却是雁流水下山的时候，湿滑的山体还没有干爽，雨季已经来了，雨水刚刚消停，雪花开始飘零继而一个冬季都是纷纷扬扬飘飘洒洒。

其实，奇乾往北的原始森林地带就根本没有路，林子太密，腐殖层太厚，六十多公里的直线距离，骑着马要走十几个小时，马的身上人的衣服和手脸被树枝子剐出横七竖八的口子。森警们人吃马喂等基本物资都是靠边防团的艇队在夏天那段时间里走着水路给捎带上去的。

乌玛和伊木河的森警营房就是远离人烟的两座孤岛。

上一趟乌玛和伊木河真难。

虽然人迹罕至，但发生在乌玛和伊木河的故事却令人惊心动魄。

乌玛分队就驻守在乌玛河与额尔古纳河交汇的那个胳膊肘弯儿的地方，离对岸只有几百米的距离。森警官兵们闭着眼睛都能把那个地理方位指出来。可是你就是拿个多大倍数的放大镜在地图上都是找不到“森警”二字的，不是因为她是什么军事机密，而是这个单位太微乎其微——那年月，从官方到民间对“森警”知之者甚少。

我们中国这面对乌玛、伊木河的森警知之者不多，而人家苏联大鼻子那面对这个远在天边的小小分队却盯在眼里放在心上。

1974年仍是中苏关系高度紧张的时期——这个时期太漫长了。刚过立秋，乌玛森警分队的七一年兵贾宝海就嚷嚷着要弄点活物给大家伙改善伙食——夏季的野兽肉吃着发泄，口感和味道都不大好。这一天凌晨两点多，天刚刚放亮，贾宝海就轻手轻脚地收拾着枪和钢丝套准备进林子。可是当他正在伙房往挎包里装窝窝头的时候，突然听到门外有细碎的脚步声，他晃晃脑袋屏神再听，脚步声更加真切。他一下子紧张起来，猫腰来到窗前往外瞅，哎呀妈呀，是两个苏军大鼻子摸进来了！（森警在那时是林业警察，管理上比较松散，没有站岗这个说法）。

伙房里只有他自己，喊人是没有用的。贾宝海属于胆大心粗那一伙的。他卡啦一下把子弹上了膛，枪管子就从窗户捅出去了，没顾得细瞄，枪声就响了。紧张，子弹不知飞到哪儿去了。那两个大鼻子嗖地就往河岸那边蹿了。

枪声这一响，像是紧急集合号，分队的人都惊起来，褥子边顺着的枪就都抄到手里了。贾宝海对出来的人说，两个大鼻子可能要端咱们的窝，我这儿枪一响，俩人往江边跑了。

分队干部说，追！

哪里追得上？当人们到江边时连个人影也没看见。有人说，那大鼻子保准是潜到河里了。

界河边是不准许打枪的。森警们找了个有遮挡的树墩子盯着河面，好几个小时啥也没看着。

上午10点是分队与中队电台联络的时间。可是电台里嘎啦嘎啦的全是干扰，根本就无法联络，一连三天都是这样。

乌玛这面急得团团转，中队那面领导知道电台联络不上也急得像是热锅上的蚂蚁。情况很快报到了大队，大队又将情况报到了呼盟军分区，省军区也很快作出了反应。

第四天的下午，额尔古纳河上游来一条艇，省军区的、军分区的还有森警大队的领导加上侦察干部保卫干部来了七八个。问情况、写笔录、现场看、实地测，折腾了好几天，也没弄出个子午卯酉来。

贾宝海很快成了森警部队有传奇色彩的名人。

虽然这件事情不了了之了。但是驻守在边界一线的森警可都紧张了起来，这要是被连窝端了或者有谁被绑了舌头，森警可就丢大人了，国家也跟着丢人。

所以，当我听了这绘声绘色的传统教育，我说首先应该深查其中的教训，应该给贾宝海一个大大的奖励。遗憾的是，我到现在也没见过这位老兄，他也不知道我曾经为他请功的呼吁。

应当奖励的还有一位。

1975年5月，程德林等几个人由乌玛出发去奇乾参加军训。他们沿着额尔古纳界河边骑马而行。程德林的坐骑突然被什么东西惊着了，一个蹶子把程德林甩了下来，而它却蹿到了河里。汹涌的急流把惊慌的马冲向了对岸。正巧有几个大鼻子边防军在岸边巡逻。马到岸边被他们抓了个正着。任凭程德林他们怎样大呼小叫，对岸的大鼻子还是把这匹无辜的马像抓俘虏一样地牵走了。下午的时候，苏军就出动了直升机在界河上飞来飞去。程德林他们半夜里赶到奇乾森警中队，没等喘口气儿就把这个情况报告给领导。中队领导说，我们还纳闷呢，这一下午老毛子的飞机怎么老是绕来绕去的呢。

第二天上午，电台一通，中队赶紧把这个情况报给大队。大队领导回话问，马身上还有什么东西吗？程德林说马褡子里有换洗衣服，挎包里有书和笔记本。

大队领导是敏感的，说电台要增加联络时间，要随时等候上级的询问。

不知苏军发了什么神经，好几天里直升机都在边界上空绕轰。弄得奇乾边防连进入了一级战备状态，森警中队也荷枪实弹地随时准备着。这样一来，上级就怀疑程德林的笔记本里是否写了什么涉密的东西。同时也有人说，这样一个刚二十出头的年轻人常年在偏远寂寞的环境里，会不会有不满的情绪和负面的言论。上级保卫部门开始向中队干部了解程德林平常的政治表现和思想情况。后来知道，这期间我国外交部门给苏方发了照会，要求他们退还马匹和物品。直等了一个来月，苏军才把程德林的马和携带的物品交给我国的边防军。物品退回来了，但是没有退给程德林，上级带走了，要进行严格审查。虽然中队的领导日常里掌握程德林各方面的表现都比较好，但是对他到底看的是什么书笔记本里到底记了些什么，心里一点底儿也没有。尽管程德林在被询问时反复说，自己记的就是政治学习的笔记，可上级的眼神还是充满了疑惑和不信任。

一级又一级的审查，书和笔记本最后也没有退给程德林。可是，慢慢地上级有关部门似乎把这件事遗忘了，不再有人询问程德林。到了1976年的秋季，程德林在乌玛突然接到调他去训练新兵的电报。分队领导说，能让你当骨干训新兵看来你政治上没啥事了。

程德林训练的是我们七六年的这批兵，给我们当了班长。我和他自此相识并有了长久的交谊。

程德林训完我们这批兵就提了干，当指导员、教导员、政治处主任，森警实行义务兵役制，部队转型的那几年，他的好运接二连三。有人就纳闷，程德林的马独自闯出国界，惹了那么大的动静，他不但没受处分，怎么反而越发一帆风顺了呢？当年参与处理这件事的牙克石森警支队的老保卫干部舍楞后来对人说，程德林能提干能当官那是意料中的事，当年审查苏军退回的程德林的书籍和笔记本的时候，省军区和军分区的有关领导就说，这个森警的兵学马列还挺认真，笔记里能看出这是个有政治头脑有文化有思想的人，这个兵好好培养将来有发展。

噢，“塞翁失马焉知非福”恰如其分地应验到程德林这儿了！他后来当到了武警吉林森林总队政委的职务，堂堂的正师大校，是老森警中的佼佼者。他曾对我聊起过乌玛。他说，即或在六七十年代全国人民都过着苦日子的时候，乌玛的生活条件也能算得上苦中的极致了，不过，那时没有叫苦的，没听谁说要找关系调走的。他退休几年后还曾认真地对我说，年轻时在乌玛、伊木河吃的那些苦遭的那些罪到现在也没想过有啥可抱怨的，那段经历对自己意志品格是绝好的磨炼。

程德林在七九年春天训练完第一批义务兵后，又到伊木河中队当了指导员（后来改称教导员）。伊木河比乌玛还要往北一百来公里，更加偏远。他说，进去的时候，以为这辈子就得在这一带转悠了，没想过还能离开那片额尔古纳河边的原始森林。

我和程德林党校同窗同宿舍的时候，曾问起过他，伊木河有故事吗？

程德林说，有啥故事呀，一个字，就是个“苦”。那儿的特点是四多四少四无。雷击季节森林火多，夏天里瞎虻蚊子多，冬天里下雪多，得胃病风湿牙髓炎便秘夜盲症的多。山下上来的人少，报刊信件少，外界的信息少，烟酒少（抽烟喝酒的人唯恐断顿儿，努力节制着自己的瘾头）。无交通，无青菜水果，无家属来队，无电力保障（有发电机，但油料供应不上）。艰苦的生活都把人们苦麻了，好像人生就应该是这个样儿，说不出来“苦”是个啥滋味。但是有几件事让人又难受又无奈。一个是春节前要下山休假的，大雪封山，要想骑着马下山那是比走蜀道还难（苏军常在江道上出没，走冰封的江道又极不安全）；再一个就是有的家属思亲心切，不相信上不了山的劝告，执拗地要上山探亲，坐火车转汽车好不容易才到了奇乾，可是再就没法往上走了。弄得两头着急，只好通过电台发几个冷冰冰的字，没有电话连个声音也听不到。还有最让人害怕的就是有人得急病，卫生员处理不了，有种等死的感觉。有一次一个战士得了急性阑尾炎，疼得在地上直打滚儿。电台报告后，上级调来了直升机，可是把病号抬上飞机，要起飞时，螺旋桨却被高大的树枝子打掉了一小块儿，没法再飞了。没办法，随机医生王守才就因陋就简地给那战士割了一刀。王守才从此就有了一个响当当的绰号："王一刀"。

乌玛、伊木河是异常艰苦的。这种常人难以想象的艰苦又是和老森警们的默默奋斗与无私奉献紧紧联系在一起的。有个在伊木河多年的老森警曾喷着酒气愤愤地说，没到过乌玛、伊木河的人怎么能算是老森警？！虽是酒后之言，但这话却说得很重，沉沉地砸在我的心里。

我对自己没有乌玛、伊木河的经历感到气短。

直到1987年的夏天，我终于有了可以上乌玛、伊木河的机会——奇乾到乌玛、伊木河终于有了一条简易的防火通道——不过，那时乌玛和伊木河的森警已经撤编好几年了。

乌玛、伊木河的森警都人走家搬好几年了，你们上去看谁呀？奇乾的森警领导像看精神病人一样看着我们几个从总队机关来的人。

没有森警驻守了是挺遗憾，可是能上去看看那一片山那一弯水，看看老森警们住过的老营房也是值得的。凯文、春峰、德成与我有着同样的心情。几个人有了共同的愿望，这愿望就有了劲儿，有了力量。

虽说是有了路了，可这路太简易太潦草，曲曲折折沟沟坎坎，而且总是有粗大的倒木蛮不讲理地横在路上。

好在我们准备充分，锹镐斧锯和绳索全派上用场了。

一路上，没有探讨其他同行者是怎样的心情，而我却是怀着一种虔诚的拜谒之心的——也许我比他们几位当森警的时间早，对乌玛、伊木河更有一番别样的情愫吧。

六十多公里的山路走了四个多小时，近中午的时候，我们终于到达了乌玛！

半圈儿木栅栏圈着的一幢破旧的木刻楞房子出现在我们面前。木栅栏里长满了半人高的蒿草和一棵棵自然生长起来的杂乱的白桦与松树。我趟着蒿草蹑手蹑脚地走进那幢没有了门窗的木屋，扑面而来的是竟是一棵已然有些粗壮的白桦，它斜刺着钻出了屋顶——那屋顶只有不多的几块糟朽木板——全然是一幢露天的破房框子了。木屋的地上同样是从地板缝里顽强生长出了许多荒草，荒草丛里有野兽的毛发和粪便。我循着木刻楞的墙壁看，“一不怕苦，二不怕死”“打倒苏修帝国主义”“提高警惕，保卫祖国”赫然刻在墙上，字迹不是很工整，但是笔画坚韧有力，想必是老森警们用刺刀或匕首刻上去的。

我们几个人都在这刀刻的语录面前驻足，人人的脸上都有些凝重。

我要求照相留影——在这处老森警们曾经驻守过的破房框子前，以那颗破屋而出的白桦作主题背景。

我们最终也没有到达伊木河的老营房，司机说它在没有路的更远处。

2014年10月11日于天津

对于这样一片亘古以来未有开发的原始森林，我作为一名大森林的保护者，能够成为进入这片林区的先驱者难道不值得引以为荣耀吗？

饭馆老板见我听得认真，越发说得得意。他滋溜喝了一口浓茶，说，一看你就是外地来的，你知道咱这嘎达是啥地方吗？咱这是黑龙江的源头！老毛子那边的石勒喀河、内蒙古的额尔古纳河就是在这嘎达汇合到一起的，从这嘎达开始就叫黑龙江了。

那一隅的江山

前些天偶然和几位喜好旅游的驴友坐到一起。他们听说我是大兴安岭人，其中一位就问我，你知道恩和哈达那个地方吗?我说，岂止知道，我还亲自去过。那几个驴友竟瞪大了眼睛说，那地方可是封闭了的原始森林保护区，一般人是进不去的。

我说，我是森警，得天独厚。

驴友说，森警咋啦？森警就可以特殊化？

我听出这话是带了醋意带了酒味的。

我把端在手里的酒杯轻轻放到桌子上，说，兄弟，你可知道森警是干什么的吗？你可知道名正言顺进入恩和哈达的我是第几人吗？我这话不仅有几分酒意还带了好几分的洋洋得意。

话接得有点快，语气有点大。但，说实话，我真的不是吹牛。按照在恩和哈达建森警部队的时间节点说，我是第二批进入恩和哈达的。按照实际人数说，第一批进去的是十一个人，第二批进去的虽然有二十来个人，但我属于这二十来个人里面的前一两个人（因为我是带队的干部之一），那么我怎么也属于进入恩和哈达的前十二三名吧？

对于这样一片亘古以来未有开发的原始森林，我作为一名大森林的保护者，能够成为进入这片林区的先驱者难道不值得引以为荣耀吗?

说起来，与恩和哈达的缘分还是要算在大兴安岭1987年“5·6”大火的身上。1987年“5·6”特大森林火灾之后，中央高层高度重视森林防火，林业主管部门在脑袋猛醒的那一刻，痛定思痛，把眼睛盯在了漠河林区不远处的大兴安岭北部原始森林未曾开发的永安山林区。果断决策，在永安山原始森林腹地的恩和哈达建一支森警大队。

机缘巧合总是带有某种天意。1988年4月10 号，我们森警总队春防工作组来到满归森警大队。大队领导说，恩和哈达要建森警，是从我们满归大队抽的人，昨天先上了第一批先遣队十一个人，明天再上二十个人。

听了这话，工作组带队领导没犹豫地说，明天我们工作组的几个人也要跟着上。

唯命是从。大队领导虽然有些为难，但工作组发了话，不能再解释。大队商量少上几个战士，也要保证工作组的人上去。

我们工作组四个人和赴恩和哈达的第二批十六个人一道于4月11号一大早就从满归出发了。

实话说，虽然恩和哈达就在乌玛、伊木河北上方的不远处，虽然我那时已当了十几年的森警，但至少在1987年“5·6”大火那会儿，我对恩和哈达这个地方还很陌生。在那场特大森林火灾多点爆发而且持续了很长时间的时候，我记住了永安山这个名字。它是大兴安岭北部原始森林的腹地，是唯一没有开发的一片原始林区。但是，不怎么看地图的我，脑子里仍然没有恩和哈达这个概念。

有一天，在总队的一个会上，领导们讲到国家林业部已经决定在恩和哈达建一个森警大队。我在下面嘀咕，恩和哈达在哪儿?旁边的老同志说，亏你还是大兴安岭支队出来的森警，连恩和哈达都不知道，不就在永安山上吗?

到了满归森警大队我才知道，恩和哈达并不是一个乡镇或村子的行政建制。它只是地图上标注的一个有其名而无其人的点。大队的领导说，据说那儿也要建镇，估计镇民也只有咱们森警了。

要出发的时候，大队领导给我们的车上扔了几双水靴子，说肯定用得上。

汽车走的是去往漠河的防火公路，路面很窄，像搓板一样的颠颠簸簸。我们的“解放”跟在前车的后面吃尽了灰尘。可是最令人难受的并不是嗓子和屁股，而是路两旁的森林被去年那场大火焚烧的惨状。一片片焦黑的火烧迹地，一棵棵或站着或倒下的黑乎乎的树的尸体，焦糊味似乎还弥漫在这山野之中。快到漠河城边的时候，我们在路旁看到一片偌大的坟地。司机说，这里埋的就是去年“5 · 6”大火烧死的那些人。

我们几个只是隔着车窗往外看，没人说话。

当森警的见不得被山火烧伤的人，听不得哪场山火烧死了人的话。这是我们的职业病。

为了抓紧赶路我们没有在漠河停留，汽车拐向西北去往“洛古河”的一条更加窄仄的便道。

洛古河是黑龙江边上的一个小渔村，依山傍水，人家不多，居然还有挂着幌子的小饭馆。我们停下来休整吃饭。司机说，再往前就没有路了，车要停放在这里，所有的行装工具要靠人背上去。

一路风尘，有些疲惫。可是善谈的饭馆老板——一个中年汉子在我吃饭的时候，坐在我的对面对我进行了一次地理知识的启蒙，让我兴奋。

洛古河，小小边塞渔村，已有百余年的历史。清康熙年间，为雅克萨之战，从墨尔根至雅克萨设立了25个驿站。其后200多年的清光绪期间开发金矿，为运送黄金而开辟的新驿站，由原来的25站增至33站，即被后人称之为黄金之路。洛古河是古黄金路上的三十二站，这个小小的枢纽，向东南接西林吉，向西接三十三站的恩和哈达，到了恩和哈达就可直抵“老金矿”了，而向北则与俄罗斯隔江相望。

饭馆老板见我听得认真，越发说得得意。他滋溜喝了一口浓茶，说，一看你就是外地来的，你知道咱这嘎达是啥地方吗？咱这是黑龙江的源头！老毛子那边的石勒喀河、内蒙古的额尔古纳河就是在这嘎达汇合到一起的，从这嘎达开始就叫黑龙江了。你别看我这小饭馆不大，咱这可是黑龙江第一鱼馆呀。

因着急赶路，我谢了健谈的老板，背着背囊和大家一起上路了。

司机这会儿成了向导。我们一行人很快就到了黑龙江边。

正是开江的时候，江道宽阔，江水湍急，黑绿黑绿的江水上浮游着一块块或大或小的白色冰排，有的冰排冲到岸边，堆积如山。我们就在冰排上爬上爬下。尽管行走的很艰难，但也比在林子里走省时省力。

司机对我说，你别听那饭馆老板跟你瞎白话，黑龙江的源头其实并不在洛古河这嘎达，它真正与石勒喀河额尔古纳河的交汇点还要往西一点，差不多就是恩和哈达那个地方，是在咱内蒙古的境内。

哦，黑龙江的源头居然在内蒙古的境内？我只怪自己的无知！

我们背负着行囊扛着工具，向西，向西。

司机指着岸上一座山峰作参照说，这儿应该是黑龙江省和内蒙古的交界了。你往西看，前面左边的豁口是额尔古纳河，右边的豁口是石勒喀河，而并流到一起向东而来的这条大河就是黑龙江了。

我攀到岸上站到山崖之上，俯瞰着三条江河的交汇，俯瞰着那看似平静却有一个个漩涡卷起来的水面，感到了江水的深邃。这里应当是额尔古纳河与石勒喀河的终点了，但这个终点并不是两条河流的消失，而是两条大河在相交的刹那，诞生了一个新的生命，形成了一条更加波澜壮阔的河流，它的名字叫“黑龙江”。

从洛古河到恩和哈达只有六七公里的距离，我们费劲巴力地走了两个多小时。我问司机，不是说这是黄金之路吗？路在哪儿呢？看似粗犷的司机文绉绉地回答我，毛主席不是说无限风光在险峰吗？越接近有金子的地方路就越难走，哪能轻易让人们把金子运出去呢。

哈哈，看来这也是“最后一公里”之说了。

其实，金矿不仅恩和哈达这面有，在漠河就有著名的老金沟。历史总会有传说的色彩。

我们越过一座有些浑圆的山岭，就看到了一大一小两架绿色的帐篷。

我们身后的战士们兴奋地大呼小叫着跑过去，帐篷边的几个战士也喊叫着迎上来。

瘦弱的高个子是教导员刘佩杰，矮小粗壮的汉子是大队长郭志学。他们的笑意中透着疲惫。

是他俩带着9名战士在昨天的时候闯进这片未曾开发的原始森林腹地的，肩负着帐篷布、刀锯和锅灶粮食，他们从洛古河到恩和哈达倒了几次短儿。他们是先驱者。

他们昨天把先遣物资倒腾齐了的时候已近傍晚，砍小杆搭帐篷的事已经干不成了。只好燃起一堆篝火，把一片帐篷布铺在地下，和衣钻进自己的被装里，上面再覆盖上一片帐篷。早起醒来，那帐篷布上是白花花的霜雪，头脸露在外面的胡须和帽子都结了冰霜。战士张钦武说，部队里有咱这么牛逼的吗，来到恩和哈达就当“团长”了。

也许是野兽们畏惧这一堆篝火或不欢迎外来者的闯入，一夜里，它们都在四野里咆哮着或哀嚎着。

刘佩杰说话有些结巴，他说，啊，那、那些山猫、野兽欢迎、不欢迎，今后我们也、也都、是邻、居了。

早上天刚亮，两个领导就把大家擢楞起来。啃了点凉面包，上午砍小杆搬石头垒锅灶，下午支帐篷搭床铺。

郭志学说，这不是刚整出点模样来，你们就到了。

我撩开门帘进到大帐篷里。呦，地下铺的桦木杆，大通铺上也是以桦木杆做铺板。

郭志学说，地下有山上的流水，太泥泞，不铺上杆子没法走人。

我说，躺在这圆溜溜的小杆上，可能得硌得慌。

郭志学说，山上没有电锯，破不了木头，只能就这样将就了。

开饭的哨音响了，我们被引到另一个帐篷里。

这个帐篷的地面还没来得及铺小杆，满地的泥泞。大家都穿着水靴子站在那里吃饭。

两张饭桌也是桦木杆拼成的。盘子面积大，放到桌面上，倒还稳当，可是饭碗往小杆上放就不好找平衡了，人人只能一直把饭碗端在手里。

郭志学说，看来明天还得把桌面整平喽，这桌子还得用一段时间呢。

战士们没人说话，他们都在狼吞虎咽。这是恩和哈达大队的第一顿正餐。

睡觉的时候，大铺上有些挤不开。我和几个战士选择在地下的小杆上睡。

刘佩杰说，哪、哪能让工、工作组的睡、睡地下呢？

我说都是躺在这原木杆儿上，睡哪儿都一样。

没有人说这铺板硌不硌的事，战士们很快进入了梦乡，咬牙打呼噜放屁的声音在帐篷里回荡。

躺在地下的原木杆儿上，我比铺位上的人能多听到一种声音，那是桦木杆儿下面潺潺流水的声音。正是堰流水下山的季节。

帐篷外有山风呼啸，夹杂着野兽的长呼短叫。

天明后，我走出帐篷，桦木杆儿上这一夜，浑身的僵硬。

地面上有霜雪，坑坑洼洼里结着冰。

当作伙房的帐篷里满屋子的哈气，两个报务员兼炊事员身上穿着棉衣脚上穿着水靴子嘶嘶哈哈地在做饭。

温度太低，头一天发酵的面没有发起来，改蒸花卷了。

早餐的时候，战士们仍然是光吃饭不说话。他们多数是新兵，刚下队不久，在领导面前拘谨得很。

我不知道这些少言寡语的新兵们是否知道他们正亲身处在一个特殊的地理环境中，他们的身份是这片没有开发的原始森林的闯入者，也是恩和哈达森警的创业者。在这大兴安岭的最深处，在这额尔古纳河与石勒喀河拥抱着汇入另一条江河的地方，在这黑龙江的源头，已经刻下了他们年轻而有力的足迹。

刘佩杰教导员的心和我是相通的。他结巴着但嗓门很大地说，啊、吃、吃完饭，工、工作组要、要给咱们照、照相啊。

恩和哈达森警大队的建制已经被撤销了，是什么理由撤的，什么时候撤的，我印象里找不到记忆，据说，有了直升机做保障，完全可以把部队收紧拳头。

前几天在网上查恩和哈达，知道那里已经被林业保护部门封闭式管理。正如那个驴友说的，一般人是进不去的。我作为一名老森警，为那片林子感到高兴。只是在网上查不到森警和恩和哈达片言只语的关系。

2014年10月19日于北京

"531"装甲车正在附近碾压一些余火，装甲车掉头的时候，驾驶员没有看到地上躺着的人，王月庆就在轰隆隆的重达数吨的车体下静悄悄地被碾成了肉泥。

他急急地蹚着水奔过去，江水淹没了他的腿，淹没了他的屁股，淹没了他的腰，他已经抓到水车了，可是江水像发洪水般的涌过来，小伙子此时也已经身不由己了。江水很快没过了他的头顶。

崔东砚不在了，郑英子的天整个都塌了，就连出门买粮买菜也成了大问题。

英烈悲歌

（一）

王月庆被装甲车轧死了。这是1980年春末夏初之时从火场上传来的消息。怎么会这样？我听到噩耗心里一下子就空了。

王月庆是我在黑龙江肇州县卫星公社接的兵，是我接的仅有三个兵中的一个，而且是在新兵训练中表现很优秀的一个，每当他在会上或队列里受到表扬时，我都引以为骄傲。王月庆相貌俊秀，为人礼貌，懂事，肯吃苦，不张扬。很多老兵都说，这个小伙子将来有发展。可是，出师未捷，他怎么就死了呢？跟着噩耗的就是死因。王月庆在温库图火场上和战友们连续多日的艰苦奋战，已是极度的疲惫不堪，手里还挥舞着扑火工具，人就困乏得倒在地上沉沉地睡着了。而"531"装甲车正在附近碾压一些余火，装甲车掉头的时候，驾驶员没有看到地上躺着的人，王月庆就在轰隆隆的重达数吨的车体下静悄悄地被碾成了肉泥。

王月庆牺牲很长一段时间后，我突然听王月庆的一个同年战友说，他接到了王月庆哥哥写来的信。信中说想打听一下部队的情况，他要隔一段时间就以弟弟月庆的名义给家里父母写一封信，然后念给父母听。因为他们对母亲还一直封锁着月庆牺牲的消息，他们当子女的怕妈妈承受不了这个沉重的打击。

（二）

蒙古族战士包宝山因为工作表现突出，被中队选送到大队摩托驾驶员训练班培训。临走之前，包宝山把马套好了，要赶着水车给中队再拉一次水。奇乾中队用水需要到额尔古纳河去拉。额尔古纳河是我国与苏联的界河，河面宽阔，河水湍急。人们习惯地把这条河叫作“江”。经常说“到江边去拉水”，“到江里去打鱼”，“到江道上赶马爬犁”。岸边上一个晾晒渔网的妇女看到了包宝山牺牲的全过程。

她说，那个森警的蒙古小伙儿把水车赶到江边后就在浅滩上倒蹬那些个绳子。拉车的马一边低着头饮水，一边慢慢悠悠地往江里走。待到小伙子意识到的时候，马拉着水车已经走到激流处了。他急急地蹚着水奔过去，江水淹没了他的腿，淹没了他的屁股，淹没了他的腰，他已经抓到水车了，可是江水像发洪水般的涌过来，小伙子此时也已经身不由己了。江水很快没过了他的头顶。

这个妇女很快向中队报了信儿。

包宝山的父亲是一位蒙古族牧民。他从科尔沁草原来到额尔古纳河畔，一会儿跑到一处浅滩一会儿跑到一处陡崖，望着滚滚的江水，嗓音嘶哑地呼唤着儿子的名字。好几天的时间，他就是这样跑来跑去。在此之前，部队上已经全力打捞了很久了，江道太长，江水太深，又是中苏两国的界河，尽管给对岸发了照会，但长时间的无范围的越界打捞也是不可能的。包宝山的父亲对着部队领导绝望地哭着，一边用双手比画着尺把长的距离，一边用蒙古话说，给我这么大的儿子也行啊，给我个胳膊腿儿也行啊！

（三）

朝鲜族志愿军战士崔东砚，在朝鲜战场上因为负伤被郑英子和她的母亲从死人堆里背回到家里，精心地为他疗伤，一口饭一口汤地伺候他，崔东砚转危为安。几个月的朝夕相处，崔东砚和郑英子相爱了。当战争胜利，志愿军凯旋回国之时，郑英子坚决要求跟着崔东砚到中国来，志愿军领导机关最后做了成人之美的决定。

崔东砚与所在的部队一道集体转业到大兴安岭加入了森林警察部队的行列。在一次扑救山火的战斗中，崔东砚光荣牺牲。崔东砚活着时，他们夫妻间都是说朝鲜话，生了一双儿女，也是跟着爸妈学的朝鲜话。郑英子因为语言不通，不仅没有参加工作，就连家门也很少迈出去，只是一心一意的在家里相夫教子。崔东砚不在了，郑英子的天整个都塌了，就连出门买粮买菜也成了大问题。有领导试图劝郑英子带着孩子回到崔东砚吉林延边的老家去。可是崔东砚的父母早已去世，兄弟姊妹们又四散在各地。回去投奔谁呢？这个异国女子，带着两个尚不谙世事且不通汉语的孩子就这样孤独地在大兴安岭默默地生活着……

我是森警队伍中的一员，曾在火场上踉踉跄跄地抬过死难者的尸体，也曾面对过死难者大悲大戚的亲人。曾有人问我，你那时是什么心情？

是啊，什么心情呢？倘若把我换作是你。

2014年9月13日于天津

人们到了火场上，共同经历了苦累凶险，人与人之间的关系就会变得亲密无隙，简单透明，远比在机关里在会场上舒畅得多。

各队的指挥员都是独立作战的好手，没有耍滑偷懒的，在电台和对讲机里，听着他们沙哑着嗓子对官兵们加油鼓劲，我心底里溢满了感动与骄傲。

这时雨停了，一弯美丽的彩虹挂在天边，太阳亮亮地照耀下来，满山苍翠，雨洗过的青草绿叶缀着晶莹莹的露珠。

高　地

当电视机前的亲友在2010年7月2日晚中央新闻联播中，看到我穿着迷彩服站在橘红色直升机前接受记者采访的画面时纷纷给我打电话，可是没有一个打通的，那时我身已在大兴安岭伊勒呼里山一处叫作“1246高地”的火场上。

这场森林大火是6月26日烧起来的。27日中午的时候，凤桐总队长对我说，呼中的火还没控制住，我得上去一下。我说，你上吧，我在家里盯着。

按军政分工，发生重特大火灾时，总队长要带前指上一线，而我这当政委的位置是在总队作战指挥室的基指坐镇。

傍晚的时候，前指就要求靠近大兴安岭的黑河支队调兵增援，28日一大早，省领导就在防火指挥部召集紧急会议听取火场情况，决定再从其他支队调兵增援。全总队三分之二多的兵都上去了。我这坐镇基指的屁股下面已然空荡荡。

我对机关的人说，准备一下，马上跟我上火场。

但是，有组织纪律，我得请示北京的森警指挥部。

长河政委说，同意你上去，叫基指前移。

不愧是大首长，总要师出有名。

开设在呼中林业局的火场前指已经有维峰副省长、炳华厅长等一干领导。会议室的墙壁上赫然挂着呼中林区的地图，红笔蓝笔在上面勾勾画画的有如指挥辽沈战役一般。

我在那个人来人往熙熙攘攘的指挥室坐了半天，有时靠前有时靠后，在那些林业和防火部门领导面前我插不上话，他们似乎人人都是指挥灭火的专家，运筹帷幄似的给维峰副省长和炳华厅长出着主意提着建议。

省长来了，省委书记也来了。指挥室里的气氛一下子肃穆了。省委书记把他自已在办公室研究的地图让秘书摊开，在上面指点着，询问着。国家林业局副局长兼防火指挥，在一边静静地看，并不多言。

前指的领导太多了，我决计逃离。

在指挥室那张挂图面前，我已选定了去处——这场特大森林火灾中最偏远最令人摸不清情况的“1246高地”。那儿是卫星云图新发现的一个火场，在崇山峻岭之中。

这个火场昨天刚上去一批人，是韩朝斌参谋长带着上去的，他的电台传回来的消息是，火场面积很大，兵力不足。

我没有和领导们打招呼，他们忙，我到了位置再报告吧。这时候指挥室里少我一个没人会注意到。

但得找飞机送我。

王政委要到一线，怎么也得有个大飞机。东北林航的张局长和我是熟人，他开着玩笑对我说。

我说，别说玩笑话，我是得多带点扑火队员上去。

他想了想说，那就上米—26吧。

米—26直升机是我国刚刚从俄罗斯租赁来的，飞行员都是俄罗斯人。据说这个飞机是世界上载重量最大的，能载重20吨。

此前我乘坐过米—8、安—2、直—5、米—17 、运—5以及小松鼠等多种机型的直升机，却还没见过这样的庞然大物。我进入机舱，果然，宽宽敞敞的像个大厂房。本来是可以装载两三台“全道路”运兵车的，可是那边火场地形条件不行，只能多运送些兵员了。

机舱里噪音大得很，我弄了一点纸团成球塞到耳朵里。和其他防火飞机一样，机舱里是没有座椅的，我坐在前侧一个舷窗边下的食品箱子上。

飞机轰隆隆地起飞了，我以为战士们会和我一样对这个宽大的机舱感兴趣。然而，当我注意看他们的时候，几乎所有人都耷拉着脑袋睡着了——他们刚刚从一个火场下来，实在是太过疲惫了。

大兴安岭不愧叫莽莽林海，飞了很久，舷窗外仍然是连绵的群山。偶或能看见一簇簇的烟雾，一片片的焦黑，我以为就是我们的战场了，飞机却毫不理会。半个小时过去了，我看到脚下烟雾越来越大，甚至看到了燃烧着的火焰。飞机开始下降。我跟机上的观察员连喊带比画：飞一圈儿，我看看整个火场的情况。观察员听明白了，他起身去了驾驶舱。

我对空中观察并不内行，但我大致看明白了火场的态势：南北长东西短，不规则的长方形火场，林地里有地表火也有树冠火，南侧火线正在山脊上燃烧，近处没有河流可以依托。大约有十几平方公里的面积。

飞机在火场外缘的上空盘旋，就看见一处开阔地上有人在拿着一面红旗在摇晃。飞机开始悬停，而后降落。螺旋桨旋出的巨大的气流把细小的树干和蒿草吹得匍匐在地，接应我们的人也远远地用双手捂着帽子蹲在地上。

我们走出机舱立刻被气流裹挟了，除了螺旋桨的轰鸣，谁喊叫什么都听不到。

俄罗斯的飞行员很礼貌，他们走下飞机，挥动着长满了汗毛的手臂向我们道别，还举起大拇指向我们表示敬意。这应当算是世界各国人民通用的手语了。我也举起拇指回敬他们。

无论在哪里，无论和什么人，多些礼貌多些敬重总是让人心情舒畅。

我猫着腰手捂着帽子跑出那个飞机轰鸣气流激荡的地带。朝斌参谋长和地方的两位领导笑意盈盈地握住了我的手。这时我才知道，大兴安岭地区的副专员钟志林和已经退休的地区防火办的主任张英洲也在这个火场上，他们俩是从附近的一个火场主动转战过来的，指挥部并不知道他们的行踪。

我说你们是默默奉献呢。

钟专员说，啥奉献啊？不是这肩膀上扛着事吗？

挺诚恳的，不像是官腔。

钟专员说，老张是纯粹的奉献，他都退休了，让我给拽到火场上来了，发挥点余热。

我和他们过去并不相识。钟专员是个大个子圆脸盘，说话和和气气的，说两句话，就觉得这是个好接触的人。老张也不像林业上那种粗不拉叽的干部，文质彬彬的。低声低调的说话，一说一笑，给人感觉暖暖的。

朝斌说这两人打火可是行家。我不由得暗自窃喜，这个火场我是来对了。

我带上来80多人。钟专员说，不够，再要200吧，这个火场怎么也得600人能圈住。

我说，指挥部只是按卫星云图上的火点往这投了点人，对这个火场的具体情况并不十分清楚，咱们得报一下。

电台里很快有指挥部喊话的声音，是维峰副省长。他知道了“1246”火场的情况，很忧心，同时对我们几个到了“1246”又很高兴。他鼓励我们说，有你们几个在那指挥，我就放心了，一定把那儿的火给我捂住。捂住，是东北话，打灭的意思。

我对钟专员说，我在飞机上看到东北方向不远的地方还有一处火场，我担心这两个火场烧到一起，那可就大了。

钟专员说，咱们先重点把东线掐住，而后再往西打。

朝斌带上来的兵就地按到了东线上。

下午四点多，来了一架飞机，增援的不是200人，而是80多人。我们几个都很失望，人少了没法布兵。

但不能再等了。我们把哈尔滨支队、黑河支队的赵国清、熊忠武两位领导召集来，布置任务：沿着火线以班为单位把火场围起来，班和班打“递进”，中队和中队打“递进”。所谓“递进”就和运动场上接力跑差不多。大队和大队之间打“扣头”，所谓“扣头”，就是相向而行打到双方汇合。扣头之后再往回掉头清理余火。赵国清和熊忠武分别带着两个大队从我们所处的北线位置直插南线的中段，一队向东一队向西展开战斗。

我对赵国清和熊忠武说，我在飞机上看到南线的火是在山脊上，打起火来可能有危险，一定防止战士们从山上滚落。

话是说了，但我的心始终提溜着。虽然夜间风力小气温低易于扑火，但在这黑咕隆咚的山脊上深一脚浅一脚地打火实在不安全。

隔了一个山头，对讲机就不灵通。听不见对方的喊话，心里就发焦。火场上最令人揪心的就是失联。

钟专员身边有一个叫王长彬的小个子，瘦了吧唧的，看着手脚挺灵活。钟专员说，他是林业局扑火队的指导员，也当过森警，在火场上摸爬滚打好多年了，属于那种见了火就兴奋，上了山就停不下脚儿的那种人。

朝斌说，这天生打火的坯子怎么不用？让他带个人到火线上转一圈，代表咱们连检查带督战。

没等我们说话，那个小个子就兴奋地跳起来了。

朝斌说，让郝金龙跟着去。郝金龙是我们的作战参谋，也是个小个子，小鼻子小眼睛的。

我问郝金龙，你这小身板行吗？

郝金龙两个脚跟啪地一磕，说，政委，我保证完成任务！

他俩很快就出发了，我在后面大声地叮咛着：安全第一啊！

张英洲看出我的不放心，说，有些人就是专门为他的那个行当生的，再苦再累再险，对他来讲似乎都是乐趣。政委你就一百个放心吧。

朝斌说，政委，这阵儿兵都布上去了，你去帐篷里打个盹儿。

哪里有些许的困意，我披着大衣凑到电台跟前，听着各个火线上传来的杂七杂八的喊话声。

钟专员和张英洲也没有休息，他们凑过来，不时地根据火线上传来的战况，判断着这场战役的进展。

我对钟专员说，2003年我来大兴安岭打“3·19”那场森林草甸火，在火场上也有一个钟专员，比你岁数大，我们在一起骨碌了好几天呢。

钟专员哈哈大笑，篝火中，我看出这个地级领导的爽朗与亲切。

他说，你说的那个钟专员是我大哥，他已经退休了。

张英洲打趣地说，他们这一辈是兄弟辈世袭，等着过几年就该父子辈世袭了。就像王长彬天生就是打火的一样，人家老钟家天生就是当专员的。

看出来张英洲和钟专员个人关系很熟络，没有上下级那种拘谨。其实，人们到了火场上，共同经历了苦累凶险，人与人之间的关系就会变得亲密无隙，简单透明，远比在机关里在会场上舒畅得多。

早晨五点多的时候，东线的任务基本完成了，而且通过电台知道东北方向那边的火也已经掐住了。我们的心患解除了。东线的兵一部分就地清理余火，一部分分别增援到南线和北线。

天渐渐地亮了，太阳慢慢地升高，西北风也徐徐吹来。火线上的火苗子又活泼泼地跳跃起来，很多地方死灰复燃。

近中午的时候，我们通知所有扑火人员进入火烧迹地的安全地带，吃饭休整。这个时候是不能打火的。

大兴安岭的夏季在有艳阳高照的时候，气温还是很高的，特别是在山谷里，闷乎乎的热。

2006年扑打小兴安岭嘎拉山森林火灾时，在午间气温很高，风力又很大的情况下，一队森警扑火队员迎着火头冲，结果被大火捂住了，严重烧伤了三十多人。

有的领导缺乏火场经验，以为打火和打仗一样，只要有火，不论天气条件地形条件都要勇敢地向前冲。

其实，那是纯粹的盲动主义，是在拿着人的生命开玩笑。况且打仗也是要审时度势的。遗憾是有的领导的官当的不小了，却缺乏这个起码的常识。

所谓的“与天斗其乐无穷”，也是需要前提和条件的。

休整，是需要；休整，是责任；休整，是为了等待反击。

指挥部传来领导们焦急的询问，怎么卫星云图上“1246”的热点还很多?

我们回话，气温高风力大，没控制住的火线有漫延，控制住的也有复燃。当前部队在休整。

指挥部再没了声音。

夕阳染红了西天染红了山林与焦黑的火烧迹地后，悄悄地落进了山里，寒气开始冒出来。

虽然白天里有漫延有复燃，但与昨夜相比，火线大大缩短了。这是王长彬郝金龙两个人经过二十多个小时踏查巡视，给我们的报告。当然，他俩的报告很详细，火线方位，山形地势，火线态势。

我们根据他们的描述和一线指挥员的报告，我们觉得猛攻一个晚上有全线控制的可能。

朝斌说，干！说啥也得在明天起风前把这火给捂住。

钟专员说，那火线上的官兵就得受大累了。

我说，朝斌你让各队的电台对讲机都开开，我来战地动员一下。

火场如战场，开战前，需要思想的发动士气的凝聚精神的激励。壮行酒就是这作用。

我动员完，听到电台里对讲机里都在嗷嗷叫，是各级干部在发动，官兵们在响应。

夜幕下的总攻开始了。

对讲机里不断听到有一线指挥员的喊叫声。

通过这些喊话，我们能判断出一线的扑火进度。

午夜的时候，各队都在安排短暂的休息。对讲机和电台里静了下来。

凌晨两三点钟正是气温低火苗子弱的时候，我们通过电台和对讲机再次进行动员，要求各队发起一个强攻，加快“扣头”的速度。

各队的指挥员都是独立作战的好手，没有耍滑偷懒的，在电台和对讲机里，听着他们沙哑着嗓子对官兵们加油鼓劲，我心底里溢满了感动与骄傲。

战场上的指挥员什么时候最激动？就是在艰难险阻面前部队的士气不减的时候，什么时候最自豪？就是打了胜仗的时候。

此刻，我就是这种心情。

朝斌、钟专员和张英洲也都很兴奋。钟专员说，看来胜利有望，等到最后两拨一扣头，咱们就给指挥部报捷。

报捷是在早晨6点的时候。我原想把火场余烬清理彻底一点再报，钟专员说，既然火线上最后扣头了，就报吧，家里领导等着着急，有报捷的对全线火场都有鼓舞的作用。

果然，报捷不一会儿，指挥部电台里就传来省领导和国家林业局领导表扬的消息。

据说，我们“1246”火场是第一个报捷的。

我对钟专员这个比我个子大年龄小的地方领导刮目相看。我想起电影《地道战》汤司令那句话：“高，实在是高！”

朝阳没有升起来，云层阴得越来越厚。

张英洲拍着手说，好啊，老天照应啊。

是啊，有雨天帮忙，火烧迹地里的余烬就彻底被捂死了。我们的战士就能早一点往山下撤了。

8点多的时候，天空果然开始飘落雨滴。

报务员说，要知道今天下雨，昨晚上不如就不打了，那么不容易。

张英洲慢声慢语地说，这就是外行话了。要是不打，一宿得烧出去多远，得有多少林子毁了？再说火不灭的话，火场上的温度还很高，云层也不好聚起来，哪来的雨啊？

我们给一线下了道命令，各队先不要往下撤，雨能下多大还不知道，千万不要懈怠，趁着阴天抓紧清理火场。

阴雨天阴冷泥泞湿滑，人是很遭罪的，但却是清理火场的最佳时机。

到了10点多，雨滴连上溜了，雨丝子密起来。

各队纷纷询问是否往下撤。张英洲说，没问题了，撤吧。

我们给指挥部发电进行请示。

指挥部说，可以撤，但飞机是上不去了，你们组织部队徒步往回撤吧。

凤桐总队长专门去找飞机调度，要求派飞机接我。可是雨天直升机是不能起飞的。虽然身上打着寒战，但听到电台传来这样的消息，我心里热乎乎的。

钟专员我们几个商量，火场上还是要留下几十个人，防止一旦出了太阳有死灰复燃。

我对负责留守的官兵们说，你们眼下遭点罪，但没有后患。

事实上，徒步往回撤的比留守的更遭罪。他们是隔了一天天晴了以后被飞机接走的。

而我们这些徒步的人那一天是复制了一次当年红军长征的画面。

从“1246”高地踩着湿滑的山体往下走，看似不费力气，却是难走得很，身子仰成45度，小心地亦步亦趋地挪动着两只脚，不小心就会出现滚山的现象。有人说下山要比上山难，下了山就好了。

下了山是一条长长的草塘沟。走塔头甸子就像少林寺里跳梅花桩，一失脚就掉进水坑里，鞋里灌满了水，裤子湿过了膝盖，有好几回就实实在在地趴在草甸子上。我们是穿着雨衣的，外面是雨水内衣里面是汗水。更让人苦不堪言的是还有蚊虫的叮咬，甚至钻进嘴里鼻孔里耳朵里，甭提有多遭罪了。

战士们比我还苦，我是徒步徒手而行，而他们有的扛着灭火工具，有的背着炊事用具，有的几个人抬着沉重的发电机。

我不好意思光着手走，有时就想要把身边人手中的工具抢过来。可他们坚决不同意。

机关的一个科长是个大忽悠，他对身后的人说，你把我的话往下传，咱政委都是年过半百的老头了，还和大家一起走呢，年轻人算个啥。

我平时不喜欢被人忽悠，觉得假惺惺的肉麻。可对刚才这句大忽悠，我非但没有制止还加了一句，我说，告诉后面，咱们这小长征的队伍里不光有我，还有地区的专员呢。

按说我平常走路爬山都是可以的，但钟专员腿长个子大，走起路来比我更快。他一直像带路的一样走在我的前头。他一边走一边回头告诉我，注意踩着我的脚步走！注意这有水坑！

下午三点多，我们走到了一座高耸的大山脚下。

这时雨停了，一弯美丽的彩虹挂在天边，太阳亮亮的照耀下来，满山苍翠，雨洗过的青草绿叶缀着晶莹莹的露珠。

张英洲说，咱们眼前的这座山叫白卡鲁山，海拔1397米。

"1246"、"1397"在大兴安岭都是比较高的山峰，而且这座山很是陡峭。

别无他路，爬吧。

我们借着队伍歇息的两刻钟，对登山安全进行了教育，把队伍以三人为单位进行了编组，对搬运发电机等重机具的安排了替换人员。

朝斌参谋长先行登上山坡一挥手说，登山！

队伍就有序地开始爬山了。我和钟专员张英洲以及王长彬走在登山队伍的前面。王长彬是个山里通，认道。

朝斌没有跟上来，这时候他要断后，要保证不能有一个人掉队。

起初大家还有说有笑，但没多大一会儿，人们就都有些呼哧带喘了。虽然当森警的都有爬山的经验，也有爬山的经历，但这座山确实是陡峭，况且这支队伍在火场上已经鏖战六七天了。

但是不能让队伍沉寂了，一旦都默默无语，大家的劲头士气就软了。

我对身边的人说，你们喊也行唱也行，要让队伍活起来。

年轻人是好发动的，满山就回荡起歌声笑声喊叫声。

我平素对爬山就不打怵，那是在外站当兵时练就的功夫。无论什么时候爬山，我都喜欢走在前面，我觉得走在前面甚至把后面的人拉上一截，自己反倒更从容更省力气，还有歇歇脚喘口气的机会。

但是我们谁也撵不上王长彬的脚步，他就像个山兔子，出出遛遛左钻右蹿爬得特快。

钟专员腿长比我步子大，但他总是想着照顾我，每有陡峭的地方，他都要回手拉我一把。这是一个很累很累的动作，费劲蹬上去再把身子转过来伸出手去拉拽一个人，一次两次可以，次数多了，绝对是沉重的负担。我后来执意躲开他，但他不干。他说，你是老哥，拉你一把是应该的。后来我们就开玩笑，学着《南征北战》电影里的话说，拉兄弟一把吧！

爬山的时候，我最担心的是抬发电机的人，山太陡，我唯恐他们有谁一失脚滚下山去。

对讲机里能听到朝斌的话，我就心里有底。

速度渐渐慢下来，天渐渐黑下来，有手电筒的光亮在山林里晃悠。

我们蹬到山顶的时候已是夜里十点多了。

我和钟专员张英洲坐在石头上歇息。我们要等着队伍都上来再往山下走。

雨后的夜空像洗过一样的洁净，繁星满天，山风吹拂，心胸间觉得有一种通透般的愉悦与适意。

我听到有人再喊，到山顶了，政委和专员在等你们！

我赞同这样的喊叫，这是在给大家鼓劲给大家加油。

我对钟专员说，这场火打得好，咱们要么是“1246”要么是“1397”，总是站在制高点上。

钟专员说了一句广告语：“山高人为峰”。

我说，这句广告词写得好，有气势有境界。

张英洲说，其实这句话里有哲学内涵。

实话说，通过几天的接触，我对这二位的印象越来越好：肯吃苦，有担当，沉稳，理性，果断。这些优良的品质在他们的身上泛着亮透着光。在官场上看多了那些庸俗之辈，与他们二位短短相处，竟感到这么有滋有味。

下山的时候，王长彬带领我们找到了一条树木不那么密实石砬子也不多的捷径，下山的速度就很快。

下到山底，拐过一个山弯，就看见有车灯的光束射过来，是来接应我们的。

我身后的战士们欢呼起来，接应我们的人也欢呼起来，像井冈山会师。

跑在前面的是两个女干部，她们穿着迷彩服手里捧着花束——是山里的野花——朝着我奔过来。

我说，你们把花献给钟专员和张主任！

可待我回身看时，这两位竟躲进了后面的人群里。

我没有找到钟专员和张英洲，我看到我身后是一群疲惫的却又是士气昂扬的灭火官兵，看到的是那座刚刚沉寂下来的高耸的山峰。

2014年12月6日晨于北京

在森林里，提起草爬子，人们既深恶痛绝又不寒而栗。

我们地处的这个地界是个很偏远的大山里头，人迹罕至，我看见那些鱼们游的悠闲自在，似乎没遭遇过人们的捕捞，“傻”劲儿十足。

火线之外的故事

粥碗里的“阴文”

至今还记得在那个稀粥碗里发现印刻的事儿。

那是1998年8月28日将近午夜的事。阿尔山林区发生森林火灾七八天了还没有扑灭。我奉文江总队长之命带着一支队伍从呼和浩特赶来投入火场。辗转到达离火场最近的柴河源林场一个小工队时已近午夜了。小工队的一个人接待了我们。说，这么晚了往火场也不好走，先在这儿打个间吧（短暂的休息一下的意思）。我说，最好给我们弄点吃的，大家伙都饿得前胸贴后背了。

林区人热情，打火的时候更是吃喝不分家。没多大一会儿工夫，馒头大米粥和咸菜就端到我们面前了。人在饿极了的时候，吃相是很难看的。有的人好像两口就塞进去一个大馒头。那粥有点烫，人们一边呼呼地吹着一边呼噜呼噜地喝着。我这边刚喝了几口粥，就在昏黄的灯光下，看见粥碗的内壁上露出一个阴文的印记。

噢，这个普通的粗瓷碗还会有说道？在这个偏远的林区小工队？

我忘却了疲劳，忘却了肚子里还饥肠辘辘，把馒头扔到一边，怀着极大的兴致，三口两口赶紧把碗里的粥喝光了，然后就两手捧着那个碗端详起来。长这么大我还是第一次看到碗内壁上刻印的，只是这个印有点黑，但愈显阴字的白皙。我觉得这个碗不一般。

旁边的人注意到了我，说，你那碗里有花？那么仔细地看。

我把碗收到怀里，伸过头去看那人的碗，他的粥也喝完了，碗里光光的没什么印记。我再看另外人的碗，也没有什么。

我这一举动，招来了周围人的注意。咦，怎么回事，大伙都没吃完饭，你怎么检查起了人家的饭碗？

我得意地笑着说，你们的碗都不行，我这个碗可是有点说道。

狼吞虎咽之后，人们的肚子已经有点底了。听了我的话，呼啦围过来一帮人，要看我的碗。

我说轻点轻点，别把碗弄打了。

我小心翼翼地捧着碗说，我用的这个碗，内壁上刻着阴文呢，你们没见过吧？

有人问，什么叫阴文？

我说，知道印章吧？那上面的字凸出的叫阳文，凹下去的叫阴文。

我把碗轻轻地放到桌子上。

可能是我的宣传起了作用，人们把这碗当成文物看了，都是探着头看，没人敢伸手去拿那个碗。

有人说，呦，这黑乎乎的印刻在碗里面好像不大卫生啊。

有人说，拿到灯光底下看看到底刻的是啥字。

一个人小心地捧起碗来到灯光下，好几个人跟着凑过来。

捧着碗的那个人，表情庄重地仔细看那碗里的印记。突然，哈哈大笑起来。

他冲着我说，你逗死人了，这是什么阴文呀？这不是个大黑手印儿吗？

黑手印儿？我把碗抢过来仔细看。嗐，真是个拇指手印！而且像是男人的指印。这个指印纹络很粗很深。

想想，一定是盛粥的那个人，黑兮兮油腻腻的拇指用劲儿的抓过这个碗，那粗而深的纹络间就做了留白，俨然一方刻印的阴文。

周围的人笑我，你这是什么眼神儿啊！

睡邻

想不出用什么合适的词来称呼睡在我左右的这几个人。

填饱肚子后，我和小工队这儿负责火场接转的人商量我的人马该怎么办。这人说，这半夜三更的没法往火场上走，你们就在这睡上半宿吧，养足了精神，明天好打火。

我们是外来的援军，情况不明，只好听人家的安排。

那管事的人说，我看你带来的这些人都有鸭绒被，让大家伙就在这食堂的空地上挤挤睡吧。你这当领导的就别跟他们一块挤了，我给另外安排个地方睡。

我说，那不是搞特殊化了吗？还是同甘共苦吧。

其他人听了，都劝我说，就小工队这条件，你能搞啥特殊化呀，你不在这儿，我们还宽绰点儿，你就听人家安排吧！

那好吧。我跟着那人来到食堂东侧的一个小屋子。他说，这是小工队几个头头的宿舍，他们都上山打火去了。现在有几个火场上临时下来的人在这儿睡着呢，委屈你和他们挤一挤，好歹是火炕，比你睡到地下强。

进到屋子里，迎面是一通5米左右长的大炕，一个挨一个地差不多睡了有六七个人，呼噜呼噜的鼾声响成一片。

哪有我的安身之地呀？我后悔跟他来。

那人说，你别急，我把他们拎出去两个，保你有睡的地方。

说着，他就声也不哼地伸出两手到炕上提溜起两个人来，对他们说，你们睡半宿儿就行了，给别人腾个地方。

那被揪起的两个人揉扯着睡眼，迷迷瞪瞪地问，天亮了？

那管事的人说，一会儿就亮了，你们俩该干啥就干点啥。

看着这场面，我觉得很不好意思，但那人不容推辞。他说，你别嫌弃这儿的条件，就将就着睡吧。说完，他和被揪起来的俩人推门出去了。

本是睡了俩人的地方空出来让我一个人睡，自然是挺宽绰的。我脱掉外衣爬到炕上，和炕上的几个人肩并肩地躺下，左右睡邻的胳膊腿儿很快入侵过来。

火车汽车折腾了好几天，确实是疲乏得很，躺在有些烙人的热炕上，骨头节好像一下子都松开了，困劲儿也上来了。可是，却睡不着，周围的鼾声太响，身子底下也觉得越来越烫。多少年没睡火炕了，冷丁一睡还不适应了，像烙饼一样翻过来调过去……

人和人的鼾声是不一样的。有的很响亮，像打雷一样的响；有的很急促，像是憋住了气，在一边听着，都有恐惧感，怕他那一口气倒不上来，会窒息了；有的又很匀称，不急不缓的，像是漫长的细雨。

人的鼾声和人的性格有没有关系？比如说那鼾声如雷的人性格是不是一个粗犷之人？那匀着气打呼噜的是不是性格柔和之人？而那打着总像要窒息的呼噜的又该是个什么性格的人呢？这样想着，脑袋越发清醒，困意跑了很多。

与其和这几位不曾谋面的陌生人挤到火炕上听他们打呼噜，还真不如连夜往火场上赶呢。但是，事已至此，也只好将就半宿了。我从衣兜里找出两张纸揉成团塞到耳朵里，管不了多大用。把被子蒙到头上，耳边的呼噜声是小了。可是，我很快就被子撩开了，闷热不说，光那被子的汗臭味就熏得人受不了。

我难忍难挨地折腾到天快亮了，可能他们的声带鼻息也都需要休息一下了，周围的鼾声渐渐地小了很多。我终于熬进了梦里。

睡地正香，突然被人扯开被子，屁股上“啪”地挨了一巴掌。属你睡得多了，天都大亮了还不起来！一个粗门大嗓的声音冲我吼着。

旁边一个人说，就是啊，这小子睡得最早，呼噜一宿了，还不起来。

我激灵一下子坐起来。揉揉眼，看着眼前的这几个陌生人——他们的鼾声，我已经很熟悉了，面相却是才见到。

那几个人看到我，突然一愣。可能是拍我屁股的那个人说，这是谁呀？啥时候换人了？还是你小子会变脸呐？

我说，我是半夜来的，听了你们半宿呼噜。

那人说，你那呼噜也挺响的，把我们都吵醒了。

草爬子

森林里有一种很小很小的小动物叫“草爬子”，小到比小米粒大不多，可是你别看它小样儿不咋地，名字却有好几个，学名叫“硬蜱”，别名叫“扁虱”、“壁虱”，俗称“草爬子”，属寄螨目、蜱总科。这小东西不仅名字多，能量更是大得很。它是嗜血的寄生虫，专叮比它大得多的庞然大物。嗜血前是那种干瘪的灰色小虫粒子，嗜血后就鼓胀到臭虫那么大，通体变成了紫血色。

以前经常听人们说起它，凡是被草爬子钻过的，说起来都是谈之色变，令人恐惧得很。只要这小东西钻进你的肉里，没及时拔出来，那就要遭殃了，轻的是又痛又痒，阴雨天里更是奇痒难忍，重的会发烧、恶心、头痛，得上森林脑炎，特别是小孩子为此一命呜呼的也大有人在。人们为了防范它，编了个顺口溜：“扎紧腿（裤腿脚）、系好腰（腰带），说啥也不能让草爬子往衣裳里头跑”。话是这么说，可人们在林子里头哪有不解个手、不松开裤脚腰带和袖口的时候，那么个小活物是防也防不住的。所以，在森林里，提起草爬子，人们既深恶痛绝又不寒而栗。

有时听别人讲起草爬子，我都暗自为自己庆幸，在林区这么多年，还真就没被这可怕的小动物叮过。我曾开玩笑地说，草爬子不吸好人的血。

然而，凡事别说过头话。这次在阿尔山的火场上，不幸就发生在了我的身上。

那一天上午，我拖着疲惫的身子从火线上下来，穿过一片林子和草塘子，想到营地休息一下。钻进小帐篷躺下没多大会儿，就觉得右大腿根那痒痒得很。我以为是在野地里解大手时被蚊子叮着了，我挠了又挠，痒劲儿还是过不去。我从衣兜里掏出风油精闭着眼睛往那痒处抹了一些，没管多大一会儿，还是痒，而且还有针刺的痛感。我就又以为是被蜇麻子给蜇着了。蜇麻子是一种低矮的草本植物，叶子上是有细密的蜇毛，只要是人裸露的部位碰到它，就会红肿起来，有蜇痛感。因为是在大腿根处，属隐私范围，不好与外人道。我就自己脱了裤子看，噢，原来，右大腿根那竟是扎了个细小的毛刺。我伸出两只粗手指头去拔那毛刺。揪了两下，还就揪下来。可是，拿到眼前一看，竟吓了一跳，不是茅草刺，而是一根细细的虫子爪。

坏了，一准儿是被草爬子叮上了！

这时，我也无法顾忌私处不私处了，穿着裤衩就跑出了小帐篷，我对一个小战士说，你赶紧找卫生员，我被叮上草爬子了！

功夫不大卫生员等两三个人来了。我四仰八叉地躺下来，接受他们的检查。卫生员说，草爬子已经钻进去了，拿烟头熏一下吧。拿烟头熏是治草爬子的一个土办法。不亲身经历不知道，这烟头熏可不是个好办法，离的远了不管用，离的近了就容易烫到皮肤。我被烟头烫了两下，那烧灼感简直受不了。扯淡!我一把推开卫生员拿着烟头的手。

卫生员说，草爬子是钻进去了，熏不出来。

那咋办？我和周围的人都瞪着眼睛。

卫生员说，要是有麻药用上点，割个小口能把它整出来，可是我们没带麻药上来呀。

有人埋怨卫生员工作不细致。有人说，要不就赶紧下山到医院里去取吧。

卫生员面有难色嗫嚅着说，就怕时间长了，草爬子钻得更深了，就不好办了。

我咬咬牙说，你有酒精吗？消消毒，找个针把肉挑开吧。

有人说，没有麻药那可是要相当疼的，能受得了吗？

我说，别废话了，有酒精就赶紧整吧！

卫生员从药箱子里拿出酒精，在我的大腿根处摩擦了几下，就用酒精棉擦了一把小手术刀和镊子。

我闭着眼睛说，整吧，就当被蛇咬了一口！

卫生员也是咬着牙，用手术刀在草爬子钻进去的那个红肿的眼儿那挑了一下，说，哎，就在这儿，还没怎么往里钻呢，说着就拿镊子把那断了腿的草爬子给夹出来了。

卫生员还拿着镊子往我眼前晃了晃，说你看就这么点小玩意儿，吸了血色儿都变红了。

我龇牙咧嘴地说，别啰嗦了，你赶紧拿酒精给那块擦擦，敷点消炎药给我包上。

我只想尽快改变这会儿四仰八叉的难看形象。

抓鱼与抓蛇

临近半晌午的时候，从火线上回到营地休整，看见两个炊事员正在露天地里准备着做午饭。我问，做什么菜？

炊事员说，罐头肉炖土豆还有罐头肉炒白菜。

我说，再加俩菜咋样？

炊事员面有难色地说，咱就带上来的白菜土豆和罐头，再做不出别的菜了。

我说，你们别急，我一会儿给你们变出两样菜来。

我对一个身边的战士说，你拿个竹筐拎个桶再带上团剩米饭，跟着我走。

我刚从火线下来时，趟过一条不算深的河流，我看见那河里有鱼在游动。

我们地处的这个地界是个很偏远的大山里头，人迹罕至，我看见那些鱼们游得悠闲自在，似乎没遭遇过人们的捕捞，“傻”劲儿十足。

我带着那个战士来到河边儿，用刀砍了几根柳条子，围着竹筐口编了几圈，只留了一个巴掌大小的口子。然后把米饭团捻开，糊到篓子里，拿根绳子把竹篓子拴紧然后甩进河里，绳子的这一头系在岸边的树根上。

我对那个战士说，等一会儿就有收获了，咱们先去采点山野菜。

这几天从火线上来来回回的，我已经注意到这边的山坡上长着一大片山韭菜，山韭菜都开花了，绿绿的茎叶，白白的花朵，开得漫山遍野，煞是好看。

我俩只一会儿的工夫，就掐了多半水桶的韭菜花。这新鲜的韭菜花凉拌或者用肉丝炒都美味可口。

那战士说，鱼能往咱那个竹篓子里钻吗?

我说，钻不钻看看就知道了。我们来到河边，拽着绳子把竹篓子拉上来，那竹篓子一离水面，我掂着分量说，今中午这鱼是保准儿吃上了。

把竹篓子拽到岸上，往里一看，好家伙，六七条细鳞鱼，还有几条小华子鱼。

我说怎么样，没吹牛吧?

那战士乐得合不拢嘴。

我告诉那战士，这细鳞鱼属于冷水鱼，只有大兴安岭的河里才有，味道鲜美，在市场上价可是高着哩。

我俩撅了一根棍子，把装着鱼的竹篓子和装着韭菜花的水桶穿起来抬着走。

那战士也很逗，他刚刚看到我们的营地，就一摇一摆地唱到：鱼啊菜啊送到哪里去，送给咱亲人解放军……

大家伙看到我们的战利品，都说好饭不怕晚，一定要吃个鲜。

我说，我也不怕晚，你们做吧，做熟了叫我。我进到小帐篷想躺下休息一会儿，就在往鸭绒被上栽歪的那一刻，我看见鸭绒被上有一截草绳子。心想，谁把草绳子扔到这了？我伸手抓起来就要把它扔到一边去，可就在抓到手里的那一刻，我“嗷”地叫了一声，哎呀呀，这是啥呀？！外边有人听到我不是好动静的叫，立马冲进来，问，咋了？咋了?

这时，我已把手里的东西甩到一边了，心咚咚地跳。

进来的人朝我手指着的方向看了看，说，哎呀，是条蛇，还在这吐芯子呢!

几个战士拿着铁锹和三齿子把那条蛇给拍住了。

有的说，又多了一道菜，吃蛇肉吧。有的说，不行，蛇是有毒的，不能吃。

我这会儿什么都不想说了，觉得刚才抓蛇的那只手还是凉丝丝肉乎乎的，心房还在颤悠着。

后来，听说大兴安岭的蛇都是无毒蛇，不知真假。但那天实在是被吓着了，魂飞魄散。

2015年7月14日于天津

当我和送行的人们握别的那一刻，我知道，我与养育我长大的内蒙古、与培养了我二十四年的内蒙古森警总队就要说“再见了”。

江南虽好，却不是我们停留之地。我们的目的地是江北，是与“虎园”相邻的一处偏僻之地。

我知道，就在我所在之处的北面并不是很遥远的黑暗处，曾有一颗文学明星的光芒在那里划过——那就是呼兰河畔孤独敏感矜持又倔强的才女——萧红。

从青城到冰城的那一天

2000年6月10号，是我由呼和浩特到哈尔滨去履新赴职的日子。

因为这是一次不同以往的旅行，家里人一大早就起来准备早饭了。妈妈还在，妹妹和妹夫一家以及表舅夫妇也都早早地过来了。虽然大家都在说笑着，但我却感到有一种戚戚然的气息在家里弥漫着。

毕竟，我算是这个家里的一根顶梁柱，而今天却要抽身而去，不是临时的公差，而是一次工作上的调动。家里明里暗里的困难一下子凸显出来。

但是，令来如山。

各省区的森警在转隶武警之前，都是相对独立和封闭的，除了彼此的参观访问之外，基本没有什么实质性的交往。而在1999年森警转隶武警之后，平静的湖水却被搅起了不小的波澜，总队级的领导开始交流。但无论如何都没想到，这交流的事会有一天落到我的头上。

这一天是个蓝天白云阳光明媚的日子。我和与我同行的张大军（原内蒙古森警学校校长，即去赴任武警森林指挥学校筹备组成员）被内蒙古森警总队的十几台小汽车簇拥着送到呼和浩特白塔机场。送行的人群中不仅有总队的一干领导，而且有森林指挥部来总队工作组的将军级领导，这规格让我本来有些凄惶的心情感到了几分温暖和欣慰。

当我和人们握别的那一刻，我知道，我与养育我长大的内蒙古、与培养了我二十四年的内蒙古森警总队就要说“再见了”——武警总部一纸命令，我的身份即由内蒙古森警总队副政委而平职改为武警森林指挥学校筹备组组长，而很快就会有一个新的正式的头衔罩在我的头上——武警森林指挥学校政治委员。

那时候，呼和浩特至哈尔滨没有直达的飞机，需要在北京中转。飞到哈尔滨的时候，已是近中午时分。由机场到市区的路还是老路，窄而不平且又漫长，进到市区边缘就走了一个多小时。

哈尔滨是一座比呼和浩特规模大得多的城市，楼群高且密，街道上的车多人也多。欧式的洋房、绿树成荫的街道以及街道上裙裾飘飘袒胸露臂的女人，这城市让我有一种新鲜与异样的感觉。

更重要的是，我对哈尔滨有一种特别的亲近感。我的父母在他们很年轻的时候就带着年幼的大哥，也带着对未来生活的美好憧憬，从河北老家来到这座城市谋生路过日子。这座城市很多条街道上都印刻着父母的足迹，很多幢建筑上都滞留着父母的眼神。他们常常和我们说起南岗、马家沟、巴陵街、秋林家、中央大街。眼角眉梢中洋溢着对哈尔滨许多美好与甜蜜的记忆——父母后来带着大哥二哥离开了这座城市，当然，是为了更好的生活。

我们的汽车并没有走到市区深处，出了埃德蒙顿大街，就一路向北，穿过河图街，江桥就在我们的脚下了。透过车窗，看着那滚滚奔涌但并不清澈的江水，我想起了那首令人悲怆满怀的歌曲“我的家在东北松花江上，那里有森林煤矿，还有那漫山遍野的大豆高粱……”

江南虽好，却不是我们停留之地。我们的目的地是江北，是与“虎园”相邻的一处偏僻之地。

过了江桥，虽有“江北第一渔村”、“老鱼头”、“渔家第一锅”的招牌与幌子在一幢幢低矮的房屋前招摇着，但郊外的景色还是显示出了好几分的荒凉。

令人没想到的是那条通往我们目的地——原黑龙江森警学校——现今就要三校合一的办学之地的道路，竟是一条坑坑洼洼满是泥泞的土路。汽车轮子在泥水中坑洼里横七竖八的车辙棱子间左右摇摆着，晃荡着。

接我们的人说，办公室和宿舍都已经准备好了，就等着你们来了。

等着我们的是食堂与车库上面的二楼宿舍。我和大军比邻而居，都是单间。是精心安排和打扫过的，干净简洁。一张床，一对有些陈旧的沙发，还有一个脸盆和电视机。

只是房间太不隔音，不仅楼道里吵闹得很，其他房间说笑声叫骂声也能毫不保留地传进我们的房间里来。

旅途劳顿，我想洗漱一下。当我端着脸盆找到楼层一侧的盥洗间的时候，我却无法把脸盆放到水龙头下——盥洗间里已经挤满了与我同住一个楼层的士官班学员——个个都是只穿着小裤衩的小伙子。

那我就先去隔壁的厕所吧。可是也不行——几个大便池的门虽然一拉就开了（没有插头），但里面已经都蹲着人了——我们四目相对时，好不尴尬。

从理论上说，此时的我已经是这一亩三分地的主官了，但是学员们目前并不认识我，况且洗漱与如厕时是不好马上停止自己的行动而让给领导的。

终于在盥洗间的水龙头下有了一席之地。可我发现水龙头放出来的水竟是黄而浊的。

怎么会是黄水？

一个学员奇怪地看着我说，历来不都是这样吗？（后来了解到，这儿的水位很低，又一直没有打深水井——所以患阑尾炎的人很多——改造水源，提升水质随后成了我们首要的任务之一）。

夜幕降临了，一轮明月升上了天边。我想应该欣赏一下夜幕下的哈尔滨。

走出宿舍，走出校门。校门南面不到二十米就是松花江的堤坝。我信步走到坝上，这是为防洪而修的外围堤坝。此时的松花江水并没有多么漫漶，还在它既有的江道中奔流，堤坝下是一大片的杂草和低矮的树丛，远处江水的涛声隐隐传来。

对岸的灯火却是满目的辉煌与明亮，灯火中有霓虹闪烁，有鳞次栉比的楼群以及那一格格窗子里的白炽灯光。

我所在的北岸却是一片的黑暗。黑暗中是蚊虫的嗡嗡嘤嘤和在我手脸上的横冲直撞，只一会儿的工夫，我裸露的皮肤上就被叮咬出了一个个的大包。

哦，江北，江北，这里不是哈尔滨，这里只是哈尔滨的江北！

我转过身不再看那对岸的景色，而是抬眼望向比我们更北的北面。只有寥寥的几处灯光，愈发显出大片的黑暗。

虽然是初来乍到，但我还是了解一些哈尔滨历史的。我知道，就在我所在之处的北面并不是很遥远的黑暗处，曾有一颗文学明星的光芒在那里划过——那就是呼兰河畔孤独敏感矜持又倔强的才女——萧红。

噢，从今天起我要和萧红做老乡做邻居了，可是她却早已不在……

但，她的故乡还在，她的家园还在，她笔下的呼兰河还在，那呼兰河就是松花江一条分支的血脉。

如今，我也要来饱饮这松花江水了，只可惜，我却缺少那才情的种子。

夜里躺在床上，感觉闷热，蚊子也在耳边嗡嗡地叫。打开灯，没有找到风扇和蚊香，但也不敢打开门窗，恐怕蚊虫蜂拥而入。

2015年6月25日于天津

说时迟那时快，没等我反应过来，狂风旋转着黄沙铺天盖地而来，车子被风沙刮得就地打了个转儿，我的眼前一片迷茫一片混沌。也是瞬间，牛吼一样的风声和沙砾的拍打声就过去了，空间又归于沉寂。我的鼻孔和嗓子里感到一股沙土的腥气。

后来，看到额济纳旗森警中队的一份事迹材料，说他们守护的那片梭梭林是抵御巴丹吉林沙漠漫延保护卫星发射基地的一道屏障。有人嫌这话说大了，要一笔勾去。我说，不要删，你亲身去一次额济纳，就理解这句话的意义了.

夜空晴朗，星光满天，明亮的星星仿佛就在我的头顶上，只要向上伸伸手，星星就可在我们的掌握之中。

戈壁风马

我是怀着兴奋的心情坐到2020 吉普车上的。我们要去位于卫星发射基地附近的额济纳旗森警中队慰问，据说那个中队组建快十年了，总队机关的人却很少有人去过，大队部的人去的也不多，那儿好像是远离大陆的一座孤岛。

这座孤岛遥远又神秘。早在组建这个中队的时候，听总队机关去过的人回来说，他们是得到军方批准由甘肃的酒泉乘军用专列进去的，铁路线都是军用的，开火车的摆旗的扳道岔的一色儿都是军人。发射基地的机关在一个小城镇，而这个小城里也一色儿都是军人，连商店邮局里的工作人员都是。大队的人说，八十年代中期以后，发射基地慢慢地也有些开放了，但那里毕竟是戈壁与沙漠的深处，外人还是很难进得去。

出了巴彦浩特，向北，地面上的建筑就不多了，偶尔还能遇到过往的车辆，一股浓浓的黄烟由远而近，飞起的沙砾“哗啦啦”地溅到我们的车体上，尘土瞬时就覆盖了车窗，然后流水似的慢慢落下，司机不得不开动雨刷器刷掉这些浮土。途中下车小解，我看到车体上尽是砂砾击打的麻坑儿，连车牌子上的数字都被击打得模糊不清。司机师傅说，阿拉善的车都这样。

起初，车窗外的景致还不时有些变化，一段沟壑，一围沙丘，风蚀的凹谷，仿佛一张放大了的月球图像。车子越向东北，戈壁越发的坦荡辽阔，一眼望不到尽头，看不到植物也看不到飞鸟，蓝天白云覆盖着黑褐色铁石一样的大地。

汽车轮子甩着沙砾噼里啪啦地匀速行驶着。司机说，在戈壁和沙漠上车速不能太快，快了容易侧翻。我说，慢一些也好，正好看风景。司机说，等一会儿，有好风景给你看。

司机是个健谈的人。他是大队从阿拉善盟林业局借来的老师傅，据说不仅驾驶技术好，对这一路上的情况也熟悉。早晨见面的时候，他就说，我给你们当司机兼导游。

话说过不大一会儿，突然看见远处有一条黄龙似的尘雾拔地而起，打着旋儿滚滚而来，伴随着的还有牛吼一样的声响。司机一脚把车刹住，说，是沙尘暴来了。说时迟那时快，没等我反应过来，狂风旋转着黄沙铺天盖地而来，车子被风沙刮得就地打了个转儿，我的眼前一片迷茫一片混沌。也是瞬间，牛吼一样的风声和沙砾的拍打声就过去了，空间又归于沉寂。我的鼻孔和嗓子里感到一股沙土的腥气。

司机说，没事了，沙尘暴过去了。我抬眼看看车里的人，头脸和衣服上都落下了一层黄沙。我们的吉普车封闭得不好，沙尘在那瞬间就钻进来了。司机从后备厢中取出事先准备的塑料水桶，把里面的水倒到一个茶缸子里，然后往挡风玻璃和两侧的车窗上泼，用以洗刷那些沙尘。

陪同我们的大队曹教导员说，你看这风景咋样？我说，够吓人的。

司机说，沙尘暴本身就是戈壁滩上的一景。你们要是没遇见沙尘暴那怎么算是走了戈壁滩？

言之有理。

听司机一边开车一边聊，我感到他说自己是兼导游一点都不是说大话。我觉得他是个有文化的人，一打听，果不其然，这个司机是个“老三届”——1967年的高中生，“文革”中从呼和浩特市到阿拉善插队的知青。

他说，我就是一棵芨芨草，在阿拉善扎根了呀。

司机师傅对阿拉善地理人文知识确实了得。从他半文半白的讲述中，我更多地了解了这片我们正在行驶中的大漠戈壁。

其实，这片空旷的戈壁大漠早已不是一个单纯的地理概念，它的历史与人文内涵如同千年不朽的胡杨一样，充满了沧桑与神秘。

这戈壁上时而旋起的风卷烟沙和现已纤弱如丝的额济纳河水早在唐朝就被诗人王维空谷绝响般地描述为“大漠孤烟直，长河落日圆”，成为千古绝句。不只是王维，诗仙李白、诗圣杜甫等众多的文人墨客都曾把这戈壁大漠写进了他们或悲壮或凄美的诗卷里。

尽管是一片草木难生终日风沙飞鸟不到的荒蛮之地，可是早在旧石器时期，这里就有了人类的活动。老子曾来这里化仙而去可能只是一个美好的传说，而霍去病、李广曾在居延饮马却是千真万确的史实，张骞出使西域，走阳关，入居延，成就北丝绸之路。意大利旅行家马可·波罗在这里留下探寻中华大地的足迹。清乾隆年间，十六万土尔扈特人万里东归，其中一部进入了额济纳河流域……流亡中的六世达赖喇嘛仓央嘉措在这里从事过宗教活动，也有人说他就死在了这里。

听着司机师傅讲到仓央嘉措，我不由得想起了“那一刻我升起风马不为祈福／只为守候你的到来”——“那一年磕长头匍匐在山路不为觐见／只为贴着你的温暖”那两个名句。

这里也曾是兵家必争之地。汉朝强弩都尉曾在这里筑城，设郡立县，南北朝时柔然曾占领这里，隋唐时这里属于突厥，后来西夏王朝将这里作为政治、经济、文化的中心之一。居延汉简，黑城遗址，丝绸北道是我国古代文明的宝贵遗产。

小小的吉普车在沉寂的大戈壁上踽踽独行，车上的人除司机师傅外都有些困顿。我从口袋里掏出笔记本，看看出发之前才记到本子上的王维的《使至塞上》诗“单车欲问边，属国过居延。征蓬出汉塞，归雁入胡天……”细细品咂，我们此时的情景与王维的当年不是绝好的时空穿越吗？一边盯着笔记本上的这首诗一边看着车窗外戈壁上时而高高旋起时而匍匐幻灭的如舞蹈般的龙卷风烟，我又想起《红楼梦》里曹雪芹借香菱之口对“大漠孤烟直，长河落日圆”的解读。她说，“想来烟如何直？日自然是圆的，这直字似无理……”我想曹雪芹老先生定是没有亲眼见过王维之所见，这戈壁上的龙卷风裹挟着沙尘拔地而起的那一刻，它不就是一个直直的旋转着的烟柱吗？王维的这一个“直”字用得是太恰当不过了，它把戈壁的坦荡辽阔，把龙卷烟沙直冲云霄的气势，把戈壁大漠静与动的神韵点化透了，还能找出比这“直”字更精道的字来吗？不过，曹雪芹毕竟是文学大师，他让香菱又说，“还真再找不出两个字来换。”

戈壁大漠四野空阔，没有具体的道路没有标识，全凭着司机对方向的直感。他说只要大致方向对，就能到达目的地。从巴彦浩特到额济纳旗政府所在地的达来呼布镇大约有七百公里左右的路程。但是因为司机是凭着直感开车，我们免不了要走一些冤枉路。虽然午餐都是在车上吃的面包，一直在抓紧赶路，可是在夜幕四合的时候，我们的路途还很遥远。

司机师傅说，这大黑天的，黑城遗址你们是没法看了。听了这话，我心里一下子凉了半截。这不是太遗憾了吗？黑夜里用我们黑色的眼睛踏访黑城也说不准是个有意思的事。但是，我不能给人家出难题。况且，曹教导员说，额济纳旗林业局的领导还在等着给我们接风。

出发之前，就说居延海也是去不成的，那里已经干涸，没有看头，早已成了风沙频起的黑风口。

我在车上闭着眼睛听夜色，听风声，听沙砾的飞扬，心有戚戚，很是落寞。

顺着车灯，突然看到不远处有车有人群。我们有些兴奋，过了吉兰泰以后，我们这一大天似乎没遇见过什么人。

车开到人群旁，才知道这是一辆抛锚的大客车。已经一两个小时了。

有的年轻人耐不住，徒步向前走了，而老人妇女孩子却不敢走进这黑夜里的茫茫戈壁。天很冷，裹着大衣也冻得直哆嗦。这些人看到我们的到来，如同抓到了救命稻草，竟欢呼起来。我说我们几个留下来吧，让我们的车拉着几个老人孩子先走，到旗里找辆车回来。曹教导员有些为难，他说，昨天就在电话里和林业局的领导商定了，他们等着给我们接风，太晚恐怕是不好。没什么好不好的，我们几个商量了一下，曹教导员带着几个妇女小孩走，连到林业局说明情况带要车。大客车的司机说，也就是二三十公里的路，顺当了，很快就能回来。大客车司机比我们的司机路更熟，干脆让他开着我们的吉普车去了。我们和这些男女老少钻到大客里，那些人因为有了盼头，都兴奋得很，你一言他一语地感谢着我们。虽然饥寒交迫，但是我们几个心里踏实，毕竟是学了一回雷锋。

等我们到达额济纳旗林业局的时候已经是晚上十点多了，一栋平房里一间五六十平米的餐厅，灯火辉煌。有差不多二三十个男女在餐厅外迎接我们。我纳闷地问，咋这么晚了，还有这么多人？局长说，外面来人了，局里干部职工都很兴奋，都想跟你们见见面，我就定了局里全体人员给你们接风。

呵呵，我们加司机也只有五个人，陪同我们的竟有客人的五六倍之多，太隆重了。

果然，开席后，过来给我们敬酒的不光有领导，还有出纳员还有保管员。都是那么的好客，那么的热情。我们客人干了杯中酒他们高兴，抿上一点点，他们也高兴。他们都说，咱这儿好久没来过客人了，真是憋闷得慌啊。有好几个人跟我碰杯的时候都说，我也是内地人，家是哪儿哪儿的。局长就反复对我说，他是大连人，是内蒙古林学院毕业分到额济纳的。他问我，你去过大连吗？我说还没去过。他立刻有些炫耀地说，一定得去一次，我们大连可是好地方，比你们呼和浩特可要强多少倍。

过后，我问我们的司机师傅，他们为什么都那么爱强调自己是内地人呢？

司机师傅却反问我，你说呢？

达来呼布镇只是一个驿站，我们的目的地是76号的森警中队。

第二天，吃罢早饭，告别了林业局的领导，我们就出发了。穿过一片胡杨林，就进入了马鬃山戈壁。凛冽的风嗖嗖地刮着，沙砾拍打着车子，车子都有些摇晃。我说，看着天晴朗朗的，风却这么硬。司机说，这个地方是典型的一年一场风从春刮到冬，风吹石头跑遍地不长草。

满眼的青褐色，确实看不见什么植物。

接近中午的时候，我们遥遥地看见了一座高耸的白色纪念碑如火箭般的直插苍穹。司机说，这就到发射基地的烈士陵园了。

我们肃然地走下汽车，默默地站在安放着聂荣臻元帅骨灰的花岗石立壁前，那上面镌刻着江泽民同志的题字“聂荣臻同志永远和我们在一起”。花岗石壁后面便是聂帅生前亲笔题写的“东风革命烈士纪念碑”。我们走过一个又一个墓碑:原基地司令员孙继先、徐明……有将军，有士兵，有职工，有家属，还有无名烈士。

我坚持要在航天城吃午餐。那久远的居延与黑城遗址我们已经擦肩而过了，这常人难得亲临其境的航天城，我们不能再留遗憾。

外面有一个军事检查站，我们出具了身份证件，就顺利地通过了。司机说，现在宽松多了，过去可是严得很。

过去这里被称为20号基地或者“东风基地”，1992年江泽民同志来视察时题写了“东风航天城”，这里从此有了一个正式的而且响亮的名字。城镇不大，二层三层的楼房居多。街道两边栽有胡杨、白杨，没有了叶子的树干与枝桠在寒风中顽强地挺立着。街道上行走的差不多都是军人，也有背着书包的少年儿童。我和同行的人说，这儿的孩子可都是优良品种。我好奇地去了一个市场，看看是否如传说的那样，店员都是军人。和传说的不一样，柜台里，男男女女，都是老百姓。我和一个正在购物的军人攀谈，他说，过去这儿就是外界传说的那样，一色儿的都是军人。八十年代中期以后，慢慢地开放了，服务业也都由地方人员干了。不过这些人差不多都是军人的家属或亲戚，有的就是在基地复员退伍的战士。在基地当一回兵，对这地方都有感情。

在饭馆午餐的时候，我看到来吃饭的都是军人，有的在等待上饭上菜的那个空挡还在埋头看书。两三个人的也是低声交谈，没有把杯换盏，没有大呼小叫。阳光照耀着这个干净整洁而又静谧的餐厅，我感受到了在内地饭馆里不曾感受过的一种雅致与温馨。

太阳躲进了云层，天空变得阴沉。再有七十多公里就是我们的目的地——额济纳旗森警中队了。前来迎接我们的中队长说，中队和发射基地的航天城是最近的邻居。中队购买日用品、看病、邮信都是到这里来。

为什么要在这茫茫的戈壁滩上建一支森警呢？见到中队长，我把憋闷已久的话说出来。中队长说，呼布达来镇附近那一大片胡杨林、红柳大泉那片红柳、中队驻地76号附近的梭梭林都非常宝贵，沙漠边缘还有一些芨芨草和沙葱，都有防风固沙的作用，这点不多的树木要是被砍没了，这戈壁大漠就一点绿色也没有了。

我说这大戈壁上跑一天都见不到个人影，有人砍树吗？

中队长说，虽然人烟稀少，但还是有一些老百姓的，有的是定居，有的是游牧。他们都是以梭梭为烧柴的。梭梭材质坚硬、易燃，火的劲头足、热量高，梭梭的嫩枝还是骆驼的好饲料。不仅是当地老百姓砍伐这些树木，也有专门为砍伐胡杨远道而来的盗伐分子，胡杨木在市场上交易价是很高的。

哦，存在总是有存在的理由。

后来，看到额济纳旗森警中队的一份事迹材料，说他们守护的那片梭梭林是抵御巴丹吉林沙漠漫延保护卫星发射基地的一道屏障。有人嫌这话说大了，要一笔勾去。我说，不要删，你亲身去一次额济纳，就理解这句话的意义了。

很快就看见了沙漠，漫漫黄沙，绵延起伏，望不见尽头。中队长说，这就是著名的巴丹吉林沙漠。

紧贴沙漠的边缘，矗立着一座孤零零的院落。一列整齐的队伍站在院子门口迎接我们。

我诧异地问，你们怎么知道我们到达的准确时间？

郭排长说，好几个小时前战士们就爬到水楼子上瞭望你们了。

我用力地握住了郭排长的手，握了每一个战士的手。

曹教导员说，趁着天黑前看看梭梭林吧。

就在营区的东侧，在沙漠的边缘处，我们见到了一大片梭梭林。这戈壁滩上鲜见的植物，并不高大，类似于大兴安岭次生林里的灌木丛，而梭梭的树根却像古老的大树那样盘根错节地向四处扎着。

中队长说，假如没有这片梭梭林，沙漠早就漫延老远了，只是梭梭林太少了。

我说，旗林业局的领导说，中央和自治区都在治沙上下功夫呢，面包会有的。

晚餐备了酒。酒过三巡，大家便唱起了歌。黄干事一首《说句心里话》，战士们拍红了手掌，坚持要他再唱一遍。那就再唱一遍吧，在这天之边缘地之尽头，他们有什么要求我们都会答应的。这首歌的作曲者叫士心，他从小参军热爱部队热爱士兵，以“战士之心”为自己的名字，在给军营给战士谱写了这首最能表达战士心声的歌曲后永远地离开了这个世界。

小战士年柏元腼腆得像个姑娘，自我们来后见了一面就钻进伙房里忙乎起来。像他这个年龄如果在家里还是个在父母身边撒娇的孩子。中队长点名让他唱个歌。开始，他还忸怩着，可还是唱了，而且唱得那么好。一首《小芳》，悠悠的，温柔缠绵。

我悄声问身边的副指导员，你有“小芳”了吗？

他低下了头说，在这个地方跟谁都联系不上。

小年又唱起一首《花纸伞》：

“细雨蒙蒙落江面，船头撑开花纸伞。好似彩云从天降，美似荷花静似水莲。花纸伞呀，多么美丽，多么鲜艳，你打开了我童年的梦幻，把我带到故乡的彼岸，把我带到母亲的身边。”

先是有人跟着哼唱，接着歌声连成一片。

我的心跟着震颤。假如这戈壁大漠常常能有细雨蒙蒙，有彩虹，还有一把鲜艳的花纸伞……

“黄尘翳沙漠，念子何当归。”杜甫的诗句涌入我的脑际。

我独自离开餐厅，走出了营院。坐在一围沙丘上，漠风吹拂着我的思绪。

夜空晴朗，星光满天，明亮的星星仿佛就在我的头顶上，只要向上伸伸手，星星就可在我们的掌握之中。

这是早在1993年冬季，我的一次戈壁之旅。当时以为还有机会再去踏访，未曾想，那一别竟是二十多年过去了，那片戈壁大漠成了我的回忆之地。

2014年11月5日晨于天津

这拉萨的天是真蓝呐，像水洗过似的蓝得透明，云也白得洁净，好像飘在头顶不远处的一袭轻纱。

汽车刚刚驶出机场，就看到一幢幢被五彩经幡缠绕的藏式青砖房，看见有穿着紫红色藏袍的人走来走去，继而又见到路边的一块块山体岩石上雕刻的佛像，直感到一股浓浓的民族与宗教的气息扑面而来。

在去往拉萨的路上，车身的右侧就是有名的拉萨河。河面宽阔河水明亮。我看到一群群的水鸭子在河水里嬉戏徜徉。

来到拉萨

近中午的时候，走下飞机的舷梯，突然就觉得明晃晃的耀眼，一抬眼，白花花的太阳像等在那里的两把光亮亮的利剑，一下子就刺进了眼睛。赶紧移睛别处，嚯，这拉萨的天是真蓝呐，像水洗过似的蓝得透明，云也白得洁净，好像飘在头顶不远处的一袭轻纱。

望见出口处很多戴着墨镜的接机人，手捧着或蓝色或白色的哈达仨一群俩一伙满面笑容地迎候在那里。

我看见有先我而出的旅客在接受哈达，而后还在喝着什么。

呦，是喝“下马酒”吗？我心头一颤。我在内蒙古多年，多次领教过“下马酒”和“上马酒”的厉害。献酒者的情和银碗里的酒一样浓烈，不由你不喝。

我心怀忐忑地走到出口，就见森警总队的周政委大步的迎上来，后面还跟着两位年轻警官。

在蓝色的哈达披挂到我的胸前的时候，我抬眼看见了他们递过来的一支咖啡色小瓶子，说您喝了这一瓶再喝一瓶。

噢，内蒙古是小银碗，西藏是小瓶子，喝了一瓶还要再喝一瓶，有意思，有风情！我一边暗自心里嘀咕着，一边笑着接过那小瓶子，定睛一看，居然里面插着吸管。

这是?

这是“红景天”，专管高原反应的，周政委说。

呵呵，我吸吮着“红景天”想着还以为是要喝“下马酒”呢，就有些憋不住笑，差点把药水“扑哧”喷出来。

汽车刚刚驶出机场，就看到一幢幢被五彩经幡缠绕的藏式青砖房，看见有穿着紫红色藏袍的人走来走去，继而又见到路边的一块块山体岩石上雕刻的佛像，直感到一股浓浓的民族与宗教的气息扑面而来。

在去往拉萨的路上，车身的右侧就是有名的拉萨河。河面宽阔河水明亮。我看到一群群的水鸭子在河水里嬉戏徜徉。

我问，这是放养的还是……

周政委说，这可是纯天然的野鸭子啊。

我说，多好啊，这要是在内地在车来车往的路边，可是不敢想象会有这样的场景。特别是野鸭子们的自由自在真令人羡慕!

正感慨着，忽见有雨滴打在车窗上，啪嗒啪嗒，一滴、两滴，继而是稠密的雨滴噼噼啪啪地落下来，骤雨如织，而抬眼看看，天空却还是那么湛蓝，并未有乌云（这急雨是从哪儿来的呢？）。仅几分钟的工夫，雨就停了，亮闪闪的太阳斜照出一弯彩虹。

周政委说，拉萨差不多每天都有这么一阵急雨，来得快走得快。我摇落车窗，一股清新的气息扑进来，呼吸道觉得爽爽的。

我说，很多人都说不敢来西藏，可我看这西藏挺好啊，也没觉得什么不舒服呀。

周政委说，这说明你身体素质好，适应性强。不过，有的人对高原反应来得快，有的来得慢，但程度不同的都会有反应，所以，你还是多注意为好，大意不得。

周政委的话是对的。

进了招待所的客房，医生要给我测血压。我说，我的血压一贯正常，常年是120／80。医生说，还是要测一下，这里可是海拔3700多米了。

不测则已，一测血压果然就升高了：140／90！

没说血压升高，我没觉得有什么反应，而一说血压高了，我还真就觉得脑袋发沉了，开始晕乎乎的。

坐在饭桌前，我问周政委，我这会儿血压高了，是属于反应快的还是反应慢的？

周政委说，快和慢都正常。放松点，心里别有压力。

我说，你是让我向拉萨河里野鸭子学习吗？听我这样说，周政委舒展双眉爽朗地笑了，而周围的其他人都觉得莫名其妙。

西藏的第一夜，我没能把野鸭子精神学到手。深夜了，关掉了电视我还没有困意，又看了一会书还是没有困意。不仅没有困意，胸部还觉得有些憋闷，不自觉地就会叹上一口气，是缺氧的反应。

躺在床上辗转反侧怎么也睡不着。我干脆下床把窗帘拉开，把窗户打开，透透气也许会好些。

就在打开窗子的那一刻，我突然看见一弯大大的月牙儿就悬挂在我们对面的山顶上，月光如华，清清亮亮。这似乎是我人生记忆中距离月亮最近的一次。

我想起来西藏前一个孩子对我的问话：

她说，那你走着天路去的地方是不是离天就很近了呀？

果不其然，我们像腾云驾雾似的走进那曲森警大队的营区。我看到官兵们个个都是紫黑色的皮肤，焦干的嘴唇。然而他们的站姿却是挺拔的，向政委报告的声音也是响亮的。

如血的残阳照耀着这座没有树没有草的光秃秃的城镇，低矮的平房以及平房上一色儿的白铁皮房顶在晚霞中铺洒着宗教般的光芒。大队领导告诉我，那曲风沙长年不断，风力很大，一般的瓦盖或者油毡顶是经不住考验的。

在那曲

我是像踩着棉花一样踏上那曲土地的。

森警大队的官兵列队欢迎我们。长河政委在讲话，他讲得很简短，但我却没有听进去，只感到头蒙蒙地痛，像要炸裂开一样。

我知道长河政委的状态也不行，脸上蜡黄，来西藏后他就一直拉肚子，刚才在路上还专门为他停了好几次车。

起初我们还开玩笑，看到修建青藏铁路的沿线一些低矮的木板棚子尽是挂着“世界屋脊大饭店”、“环球豪华歌舞厅”等的牌匾，都觉得乐不可支，又觉得很是在理。可渐渐地大家就没了精神，车上的人鼻子眼儿里都插上了氧气管。

陪同的周政委说，到了那曲，可能反应更大，那儿可是海拔4510米了。

果不其然，我们像腾云驾雾似的走进那曲森警大队的营区。我看到官兵们个个都是紫黑色的皮肤，焦干的嘴唇。然而他们的站姿却是挺拔的，向政委报告的声音也是响亮的。

大队的一个指导员陪着我在院子里转圈的时候说，这个地方上级领导来的不多，听说指挥部的领导来，我们就像过节一样的兴奋。

这话我听到过多次，但每一次听我心里都会有一种颤动，他们说的不是肉麻的俗话也不是虚于应付的客套话，而是真心话真情话，因为我在青春之时在森警之初曾有过备感孤寂被遗忘被丢失的切身感受。

我在大队荣誉室里看到一张那曲地委行署颁给大队的一张奖状，上面写的是“绿化先进单位”。

我说，我刚还想问问你们营区咋不搞绿化呢，怎么这就成了绿化先进单位了？

那指导员说，你没看见我们营区种了树和草坪吗？

我这脑袋蒙蒙的，可能没注意到，我再去看看。

到了院子里，确实有一长溜小树苗苗，在风里抖动着干枝。而在营房南面也确有一块约二十来平米的草坪，但那草是稀稀落落的，而且是黄得发白了，不仔细看真是难以注意得到。

我说，就凭这就是绿化先进单位？

指导员说，那曲这地方几乎没绿色，我们刚把树和草皮栽种上的时候，地区领导都来看过，其他单位的领导和一些老百姓也来参观。地区领导想鼓励我们也想激励其他单位，就给我们发了奖状。

可是也没成活呀？

指导员说，我们为这些树和这块草坪可是下了大功夫了，可这太阳近的地方不生长绿色啊。任凭我们怎么浇水怎么松土也都没保住成活。不过，我们教导员开会时说的话也有道理，他说这块奖状我们得好好保存着，这可是我们和地区领导的绿色梦想。

傍晚的时候，我特意坐车转了一下那曲城。如血的残阳照耀着这座没有树没有草的光秃秃的城镇，低矮的平房以及平房上一色儿的白铁皮房顶在晚霞中铺洒着宗教般的光芒。大队领导告诉我，那曲风沙长年不断，风力很大，一般的瓦盖或者油毡顶是经不住考验的。

瓦盖油毡以及草草木木经不住这荒寒高原的朔风，可是那曲的人民却能在这里顽强地生存与生活。特别是那些世世代代生活在这里的藏民们，还有那些从内地以各种名义来到那曲的人们，他们以共有的坚韧精神扎根在那曲，比如森警的官兵。

在藏北高原的深处，在著名的“羌塘”之地，虽没有大片的森林，但却有珍稀的藏羚羊等野生动物需要森警来保护。“羌塘”是他们的任务区也是一片氧气稀薄的生命禁区……

大队营房建的时间没几年，我却发现有的房子基础下沉了，有的有了裂痕。指导员说，这都是冻害的原因，地委的房子也这样。

躺在床上，辗转反侧地睡不着，头痛得想要是“乒乒乓乓”地撞撞墙可能会好一些。忘记让人把氧气瓶搬到我的床边了，我摸着黑，搬把椅子凑到电视柜边上的氧气瓶前吸氧。冷，把被子扯过来围着身子，但是还不热乎。因是大队自己发电，晚十点营区里就漆黑一片了，我不敢点燃床头柜上的蜡烛，我害怕引爆了这个咕噜咕噜冒着泡的氧气瓶。终于呀，终于挨到了天亮，心里好像开了一丝的缝儿。

吃罢早饭准备着要返回拉萨而后去日喀则。周政委说，这路上可能不好走，外头下雪了。

可是我们不能等雪停了再走，后面的行程安排得紧，日喀则在等着我们。

为我们送行的不是飘飘洒洒的雪花儿，而是劈头盖脸的粗大的雪粒子，打到脸上有痛感，打到车上噼啪作响。

那曲呀那曲，你真是粗狂得可以。

长河政委说，下车照个相，在东北也难得见到下这么大雪粒子。

我们几个下得车来，迎着雪，在镜头前还大呼小叫的比画出了V字的姿势。

缺氧的感觉好像被遗忘了。

2015年5月21日一时于武汉

最担惊受怕的还有两车交汇，在异常狭窄的盘山路的拐弯处冷不丁看到对面一辆车驶过来，我的心就会“咚咚”地蹦起来……那是最考验司机驾驶技术的时刻，稍有不慎，要么两车相撞，要么坠落悬崖。

无论走在哪一条路上都能遇见磕着长头的朝圣者，无论是多么高的垭口多么偏远的湖泊都能看到密密如织猎猎飘荡的五彩经幡。

在这天路之上我们就像是去赴一场宗教盛会。

我从心底里坚信，他们的灵魂一定是洁净的纯粹的高扬的，是属于来世的。

行走在天路上

因为要跑遍森警所有的驻勤点，在西藏三个多月，我们几乎三分之一的时间是跑在路上。诗意一点说是行走在天路上。可是这天路平坦的少，崎岖的多，险峻的多。

从邦达机场到昌都沿德玛雪山的那一段九曲十八弯，从林芝到波密的通麦天险，然察线盘山路的“匚”字形（车顶棚上罩着随时往下掉石头的像雨搭一样的山体，逼仄的路下就是百丈悬崖，悬崖下然乌湖烟波浩渺。据说经常有车掉进湖里，美丽而幽静的然乌湖也是一处水葬之地）……处处是险，步步惊心。我从昌都去岗托，在路上，司机小杜总是用他那鸟语一样的甘肃话劝我，睡觉吧睡觉吧。我不解地问他，你怎么总是让我睡觉？他说，闭着眼睛，你就不紧张了。

他说的太对了！有时瞄一眼车身外紧贴着的百丈悬崖，心脏立马就紧张得抽搐一下，提留到嗓子眼儿！从西藏回到内地，发现心脏出了问题，我觉得和在西藏跑路有关。

我们由乃龙去聂拉木的路上，遭遇了雪山的围堵。那雪山的高度比装载货物的大货车还高。当人们把雪山扒开一个豁口时，好家伙，这哪里是雪山？分明是一座披了白雪的冰山。那冰山的剖面滋滋实实，晶晶莹莹，我们如同置身于水晶宫中。我想不通，即或下多少天的大雪，也只能是雪山的堆积，怎么会是一座冰山呢？总队的周政委对我说，这可能是雪山流水的作用，就像泥石流。那一天，我们过了这座小冰川，汽车还是滞留了小半天，因为前方的山体不断有滚石下来。

最担惊受怕的还有两车交汇，在异常狭窄的盘山路的拐弯处冷不丁看到对面一辆车驶过来，我的心就会“咚咚”地蹦起来……那是最考验司机驾驶技术的时刻，稍有不慎，要么两车相撞，要么坠落悬崖。

西藏的越野车上都装有海拔表。这个东西真是好，让我们走到哪里，对海拔情况心里都有个数。可是在西藏时间久了，我不用看海拔表，凭借自己的感觉就能大致判断出海拔的高低。像我到了那曲、江孜、邦达这样超过海拔4000米的地方，我开裂的嘴唇就会往外渗血。这是海拔高气压低的缘故。就连一次性的碳素笔内的液体都会自动流淌出来，封闭的牙膏管儿会爆裂，塑封的方便面也会因气压低迸裂开口子。到了德姆拉山、东达山、岗巴拉山这样超过海拔5000米的高山垭口，就觉得头重脚轻，脑袋有蒙蒙的感觉。

西藏的天路荒寒艰险但并不冷清寂寞。

无论走在那一条路上都能遇见磕着长头的朝圣者，无论是多么高的垭口多么偏远的湖泊都能看到密密如织猎猎飘荡的五彩经幡。

在这天路之上我们就像是去赴一场宗教盛会。

我不怎么了解那些经幡的深刻内涵，不怎么了解朝圣者们的内心世界，但我总是为这种荒寒高原之上浓浓的宗教情怀和盛大的宗教仪式所打动。虽然我是一个无神论者，但在那一刻那一处，冥冥中我相信在这天地之间是有神灵存在的，至少我从心底里感佩着那些神灵崇拜者们的真挚与虔诚。

有一次，我们在青藏线上跑长途，是一个阴沉的天气，铅云密布，雪粒纷飞，漫野皆白。我觉着这宇宙间只有我们这一辆车是活的存在。我正沉闷着甚至抑郁着，突然发现有一行几个人在我们前方的旷野雪地上蠕动，及至近前了，我看见他们双手扬起落下，身体此起彼伏。这是一队磕长头的朝圣者。我估计他们大约是从遥远的青海或甘肃某个乡村而来，携着全部的家资，怀揣着对来世的美好祈盼，以苦行的方式清除着前世今生所造的“罪孽”，三步一扑，五体投地，磕着等身长头。据说，他们每天自上路起，只准念经不能讲话，遇到非说不可的时候，要先念经以求宽恕。途中遇到河水或大雪壳子，实在无法磕头，要目测那未磕的距离，待到能磕头的时候要磕着头把那距离补回来。这是一种怎样的虔诚啊，这虔诚是只有人类才有的，是只有人类中极少数人才具备的，他们衣衫褴褛，手脸脏污结痂，在或者阳光或者阴霾或者风霜或者雨雪或者崎岖或者险峻的路上，他们磕出的是长长的穿越了荒野和岁月的身迹与心迹。跟随或者面对着这些磕长头的人，望着他们执着而坚定的眼神，我的脑子里总是闪现出“灵魂”二字。这两个字和他们蓬头垢面衣衫褴褛满身脏污无关。我从心底里坚信，他们的灵魂一定是洁净的纯粹的高扬的，是属于来世的。

我在滇藏线的山路上还遇到过两个骑着自行车的外国人，金发碧眼高鼻深目。我们的车在他们的身边停下来，问他们有什么需求，他们用生硬的汉话说，谢谢，要快点赶路。我们的车刚踩了一脚油门就超越了他们，然而，我却觉得这两个老外还是在我们的前方，前方有他们的意志有他们的追求，有我所不了解的他们的内心世界。

2015年1月30日晨于天津

人类多数人所难得到的滋补被它们轻而易举且悠然自得地吃掉了。于是它们的肉身就有了其他同类所达不到的特殊的营养价值。

这些有特殊营养价值的食材若遇到了有技艺的厨师，那么，西藏的特色美食就会呈现在食客们面前，一顿令人愉悦的美餐就不可避免了。

我毕恭毕敬地接过酒碗并低头屈身接受女主人献上的白色哈达。我用右手的无名指蘸着酒分别向上、向前、向下弹了三下，而后双手端碗，将酒一饮而尽。

藏地美食

西藏不仅有一般人看不到的美景，还有许多一般人吃不到的美食。

精心炖上一锅加入了鸡肉和冬虫夏草的松茸羊肚菌汤，匙举唇边，就有一股清香扑鼻而来。

或者夹一块蒸煮的牦牛舌，刚刚入口，齿喉间就会盈溢着软软嫩嫩的椒香。

要么拈来一条牦牛肉干，咬下一块儿在嘴里细细咀嚼，哈，那是满腮的肉香。

还有烤制的藏香猪、鲁朗石锅鸡、吧啦饼……

西藏的牦牛、藏猪、藏鸡与内地的同类不同，它们是适应青藏高原环境的动物，就连它们的长相都因高海拔的环境而发生了变化。牦牛像是披挂了盔甲，而藏猪则像是内地山林野猪的缩小版。但它们是绝对的幸运儿。因为是散放牧养，它们可以在神山圣水间自由徜徉，特别是它们吃的都是被内地人视为极珍贵的高原上的野生植物，如冬虫夏草、人参果、雪莲、天然菌等。人类多数人所难得到的滋补被它们轻而易举且悠然自得地吃掉了。于是它们的肉身就有了其它同类所达不到的特殊的营养价值。

这些有特殊营养价值的食材若遇到了有技艺的厨师，那么，西藏的特色美食就会呈现在食客们面前，一顿令人愉悦的美餐就不可避免了。

第一次途径林芝的鲁朗镇，我看见不很长的街面上到处都挂着“鲁朗石锅鸡”的招牌，不禁好奇。同行的西藏森林总队苏立财副政委说，这是鲁朗的特色，是西藏名吃，我请你品尝品尝。

寻得一家窗明几净的小店坐进去。店家说，要耐心等一阵儿，多炖一会儿才能有味道。要不先要两个小菜，来杯青稞酒边喝边等怎么样？

立财沉吟着说，既然是品尝美味来了，嘴巴就不要先吃那些杂七杂八的，特别是不能喝酒，口舌间一旦被辛辣味占领了，再有什么美味也品不出来了。

是啊，好饭不怕晚，为了这张嘴，等一会儿又何妨？我们边聊边等。约莫过了半个时辰，服务员把一个墨绿色石锅端了上来，掀开盖子，热气升腾，一缕浓郁醇厚的香味冲进鼻孔。我凑近石锅前用汤勺搅了搅，看见淡黄色的汤里面除了鸡块外，还有参、蘑菇、枸杞、红枣以及鲜姜、八角和花椒，五颜六色的，令人赏心悦目。

立财说，看见这参像人的小手掌吗？这是鲁朗特产，叫手掌参，补气补肾益血益脑，特别是壮阳，领导多吃点啊。

立财这样一说，大家都不好意思吃那个参了，汤却喝得滋溜滋溜的。

结账时，光这个石锅鸡就掏出了好几张大票儿。我不禁咋舌。

立财说，值。参是藏参，鸡是藏鸡，蘑菇也是当地的藏蘑，比内地的蘑菇营养高多了。单这个石锅就不一般，它是墨脱云母石做的，含有多种矿物质微量元素。你吃了这顿石锅鸡，起码得增寿五年。

这顿石锅鸡增寿不增寿不知道，但是它却刻进了我大脑味觉记忆的皮层，至今还想着那醇香的味道。

在鲁朗美味美哉，而在江布工达一户藏民家做客吃手抓糌粑喝青稞酒却遭遇了一次狼狈。

引领我的朋友说，今天是星期天，我要请你吃顿正宗的藏餐，手抓糌粑喝酥油茶饮青稞酒。

噢，太好了。我早就听说过这三样是西藏的美食之首，素有不吃糌粑喝酥油茶饮青稞酒就不算来西藏的说法，可是一直没有得到这个机会。

临近中午，我们进了一户事先联系好的藏族人家。这家的男女主人用接待尊贵客人的礼仪招待我们。说是要一切都现场制作，以表达对我们的尊敬。他们先是做酥油茶。先用锅熬砖茶，然后把熬好的茶水倒入一个竹筒中，从厨房里端出一个盛着酥油的铁盆子来——这酥油是事先从牦牛奶中提炼出来的，女主人把酥油倒入竹筒的茶水中，然后就拿着一根长柄勺子在里面打搅，一边打一边加入盐，慢慢地酥油就溶化到茶水里了。男主人说，可以喝了。于是就给我斟了一碗酥油茶，双手敬过来。我还以双手，躬身相接，捧着碗轻轻地呷了一口。和内蒙古的奶茶清香不同，酥油茶中酥油的味道很是浓郁，我的口感不大适应。接着主人又把一大盘子牦牛肉干和一大盘子酥油炸的馓子摆在我面前的红漆蓝花边的茶几上，这时女主人双手捧着一条哈达，哈达上面是一个盛满青稞酒的银碗，她对我笑了笑，就唱起了藏族的祝酒歌。我虽酒量不大，但在这种郑重的礼仪面前，我岂有不接之礼？男主人用生硬的汉话对我说，好喝，度数低，啤酒一样的。我这个有着多年内蒙古经历的人，知道这碗酒必喝无疑。我毕恭毕敬地接过酒碗并低头屈身接受女主人献上的白色哈达。我用右手的无名指蘸着酒分别向上、向前、向下弹了三下，而后双手端碗，将酒一饮而尽。与酥油茶的味道相反，酒的味道却是清淡的，有些像米酒（在西藏，酒茶浓淡之味好像错置了）。接着又是一歌又是一碗，又是一歌又是一碗。少数民族同胞在给客人敬酒上是有仪式感的，内涵很深。我不敢多言，也不敢吃一口下酒的菜，站在那里接连喝掉了，而且每次都让人家看看那光光的碗底。虽然青稞酒度数低，但三碗酒落肚，酒劲儿就上头了。我们喝着酥油茶聊起天来，间或着男主人也给我敬酒，在座的其他人也给我敬酒，我感觉酒意渐浓。我说，酒是不能再喝了，看你们做糌粑吧。这时女主人已将盛有青稞炒面的盆子端到我面前的桌子上，一边往里加入酥油加入水一边搅拌，待油和水加到量时，她两个手就在面里反复的抓捏。

像我们揉面一样，面团抓捏“熟”了的时候，女主人抓下一个小面团双手递到我面前，说，可以吃了。我疑疑惑惑地吃了一团，女主人又递过来一团。出于礼貌，我又吃掉了。朋友也在吃，而且津津有味。而我开始反胃，越来越不舒服。可是我得强忍着，我不能让好客的主人面子上不好看。但是胃不由心，呕吐感一股一股地往嗓子眼儿拱。实在是忍不住了，连话都不敢说，我起身就往外蹿，出了门没两步哇哇地呕吐起来。那一刻，主人的面子自己的面子都顾不得了，只有胃肠在无所顾忌的述说，狼狈极了。

内地人到西藏，在饮食上确实有关口要过。因为海拔高氧量小气压低，水的沸点就低，刚烧到80°水就沸腾了。喝着80°烧开的水和100°烧开的水口感大不一样，温吞吞的。水的沸点低直接影响饭菜的质量。一般的蒸锅是做不熟饭的。所以在西藏，我所到的森警的各个执勤点用得最多的炊具是高压锅。甭说做米饭蒸馒头，就是煮饺子、煮方便面也都要用高压锅。可是，过去没有高压锅的时候，藏族人怎么办呢？慢慢地我知道了，糌粑和酥油茶对水的温度要求并不高。正所谓适者生存。

2007年在西藏三个多月那一次，我们跑了无数的长途。任务在身，责任在肩，我们没有遍寻各地特色美食的时间和雅兴。相反在无数次的长途辗转中，我们没有进过一次沿途的饭馆(鲁朗石锅鸡是另一次的西藏之行)。据说那些饭馆，虽然规模不大，但饭菜的价格却都不低。如果我们每天在沿途进一次饭馆，三个多月下来，也要进个十大几次，那会是一笔不小的开支。我们每次出行都带着面包、烙饼、咸菜和塑封香肠，保温壶里灌满热水，到了吃饭的时间，就找一处景色优美的地方席地而坐，一边欣赏着雪域高原的神山圣水，欣赏着高山垭口密密如织的飘飘经幡，一边开着野餐，倒也是别有一番行走在天路上的情趣。

九进西藏。品尝过西藏的特色美食，观赏过西藏的绝地美景，也见过裹着鲜艳藏裙扎着一头小辫子脸上长满高原红的美少女，眼福口福都得到了。

西藏之行，足矣。

2015年6月6日于北京

再细想，我还不如那新娘，她还可以常常回到娘家来——那里有她父母为她每天清扫的不容外人踏步的闺房。

铁打的营盘流水的兵，用不了几年，我就是这个“娘家”的陌生人了。

离开森警的日子

公示后拖的时间很长，直到跨了年度，又过了春节，还没有正式的消息，以致地方上有知道此事的领导私下里打听：“这家伙是不是有什么事儿，没过关？”

直拖到2011年的2月下旬，有和上边有关系的热心人探听来了消息，给我来电话说，“顶上”的会开完了，已经过了，就等着“一号”签字了。

听着这电话，我的心情当然如旱苗得甘霖，终于“呼”地喘出了一口长气。

但还是拖进了3月。

3月9号的上午，森林指挥部干部处的同志来了电话，通知我到指挥部谈话。我要到一所武警院校去任职。

当然是高兴！提了一职嘛，而且是很重要的一职，借此就能跻身于将军的行列。怎能不高兴！但高兴之余也有一种失落的情绪在心底里滋长出来、漫延开来——就像一个披了婚纱马上就要出嫁的新娘——一边是就要投身爱人怀抱的幸福，一边是就要离别娘家的酸楚。

再细想，我还不如那新娘，她还可以常常回到娘家来——那里有她父母为她每天清扫的不容外人踏步的闺房。

而当我一旦离别了这个培养了我三十多年的“娘家”，我还能再回来吗？铁打的营盘流水的兵，用不了几年，我就是这个“娘家”的陌生人了。

到了指挥部一看，我的想法还是乐观了。找我谈话的指挥部政委即是刚刚到任的新领导，一位新面孔。部门和处室的人也有调整。大家都很热情，但那种生疏感却在彼此间的眼神里游走着。

好在还有熟悉的老领导在。特别是崔副政委主动请缨，要代表指挥部把我送到新的单位。

2011年3月18日的那个午后，我在崔副政委的陪送下，走出了森林指挥部机关的大门。

出大门的那一刻，我似乎没有回眸，我是坐在车里，正和车里的人说着话。

新单位迎接我的是一个场合很大的晚宴（十八大之前还可以招待宴请）。不只是为我，还有武警附属医院的一大拨人，他们是来洽谈医疗保障的事情。

除了崔副政委和森警的干部处长外，一大桌子二十几个人都是生面孔。举酒相敬，人来人往，杯觥交错。我分不清楚哪位是我新单位的人哪位是附属医院的人。几杯酒落肚就晕晕乎乎了。崔副政委是武警总部宣传部的老部长，有些文人的气质。他站起来郑重地举了一杯酒，用他那浓重的河南话说：今天晚宴的客人虽然很多，但我还是要说句话，我是代表森警娘家来送女儿出嫁的，拜托学院的各位领导可要善待我们的嘉龙哦。

听了崔副政委的话，大家再次举杯，而我却已是热泪盈眶。

晚宴结束了，醉意朦胧中的我执意要把崔副政委送到高速路口。

其实，崔副政委并不是我们的老森警，但到森警部队任职也有四五年的时间了，我们之间有着良好的上下级关系。他是属于见过世面的文化人，但他不虚荣不做作，为人低调。这次森林指挥部班子调整要安排几位领导接送，他主动提出来送我这个刚刚提拔的又是去外单位任职的人。

在高速路口，按惯例是送行的人与赶路的人挥手告别。然而，崔副政委和干部处长却从车上下来了。我们之间没有谁和谁示意，就相互迎上去，紧紧地拥抱了。

拥抱着，我说，首长，我和您这个告别也就是和森警部队告别了。

崔副政委用力拍拍我的背。

已是近五年的时间过去了，我再也没有迈进过森林指挥部的大门。不是不想，而是很想，很想。但没有机会。

我曾多次在我所熟悉的机关大门前路过，如果是步行，我都要停住脚步，如果是在车上，我都让司机减缓一下速度，每一次，我都要向那个庄严的机关投去我的深情的注目。

好在信息化发达了，我每天在办公室的电脑前都要浏览一次森林部队的新闻网，各总队的只要能打开的网页我都认真地看一遍，这是几年来每天都坚持的功课，已经成了习惯。

我还征订了两份我的单位里别人所没有的报纸和杂志：《中国绿色时报》与《生态文化》。这是国家林业局和全国绿化委员会主办的报刊。据邮政局的人说，在这个偌大的直辖市，除了林业系统，没有另外的人订这样的行业期刊。我说，我得订，捧着这看了多少年的报纸杂志，心里踏实，就感觉还在老林子里一样。

况且，这报纸杂志里有很多关于森警的消息。

2015年6月27日于天津

然而，这小排长的官衔还真就是风中的树叶，飘来在我头上打了个旋儿就又飘走了。

现在回过头看，一路走来，我的经历还真如这位老领导所说的，有点与多数人不大一样的故事。

“一直就是老森警”这句话相当于当众打开我仕途背景的天窗，在场的人几乎都掂量出了我的分量。

一路走来

哎，听说你要当官儿了！

1976年初春的一个下午，我正百无聊赖地在家里翻着一本竖排版的《三国志》，我的一个知青同学闯入我的家里说。

当什么官儿？我丈二和尚摸不着头脑。

同学说，我刚去知青办了，想打听打听咱们去哈拉沟修路的事，我瞄见他们桌子上有个去哈拉沟的人员名单，悄悄地扫了两眼。我看见你我都在名单上，那上面还写着你是排长呢——嘿，这不是要当官儿了吗？

同学说完话，顺手捅了我一拳。这是他兴奋时的一个习惯性动作，可能是孩提时就养下的毛病。

还能轮到我当官儿？我将信将疑。当了快两年的知青了，连个小组长都没当过，一直就是个淹没到人堆儿里的平头小知青，哪里有过当官儿的欲望。

但是同学的话不是空穴来风。紧接着又有知青同学来给我报信儿。

一个知青点儿上的小排长本不算什么，都是临时的，像风中的树叶，飘来了就在，飘走了就没了。

可蚂蚱也是肉，临时的小排长也是官儿啊，一个未及十九岁的青年心里颤微微的有些暗自得意。

然而，这小排长的官衔还真就是风中的树叶，飘来在我头上打了个旋儿就又飘走了。

当我们参加修路的这帮子知青集结动员的那一天，会上一宣布，三四个排长都是别人的名字，哪里有我的事儿！

后来一个知情的人对我说，先前真是准备让你当排长的，名单都打上了，可有人反映你不是团员，领导们一合计，就换了别人了。

听了这话，我心有落寞。像小孩子听阿姨说一会儿会得到一块糖，而最终却了无踪影一样的失望。那时正处在“文革”时期，学校里就没怎么发展过团员，毕业后，知青点发展过，自己也没有被重点培养，实际上当时像我这样一个十几岁的青少年对于有无政治面貌的事并没有特别在意过。没想到，不是团员的事儿会在这件小事上找了后账。

无独有偶。我当森警后提干的时候，被任命为安格林一分队副分队长（后来改为中队），是副连职。一提干就是连职干部，人前人后心里都觉得美滋滋的，如果屁股上安个尾巴这时候也会摇晃起来的。

在基层工作一段时间后，组织上抽调我到大队政治处工作（那时我不仅入了团，而且已是一名光荣的共产党员了）。政治处敖主任和我谈话。这位资深的达斡尔族老政工说，当初提拔你们这拨人当干部的时候，觉得你小子那年在劳模会上的发言不错，还能写点小材料，新训当班长时做思想工作还有点小招数，就准备给你安排到政工岗位，当分队的指导员，方案都拿出来了。可是快要上党委会研究的时候，突然发现你小子还不是党员，我们马上做了调整，让你当了个军事干部，由正连职降到副连职（瞧我这仕途，还没提呢，就先降了！）。嘿，差点在你身上闹出个政治笑话来。

听敖主任这样说，我突然想起了知青点没当上排长的事。

一向好板着脸的敖主任听了我的那个故事，居然笑容灿烂了。他说，你小子年龄不大，这小经历上还有点故事啊。

敖主任不经意间说的那句话已经过去几十年了，现在回过头看，一路走来，我的经历还真如这位老领导所说的，有点与多数人不大一样的故事。

你是哪年入伍的？哦，森警的，森警之前在哪个单位啊？

这是我离开当了三十五年的森警到了新单位后遇到的一个不可回避的问题。

部队里好像有问清楚这个问题的传统。我来此单位时间不长，反复被问到这个问题。

这一天上级来了个工作组，晚饭后陪着一位机关的同志散步，我又遇到了这个问题。

他问我，刚听说你是1976年入伍的，你是春季，还是冬季？

我说，是冬季。

那位机关的同志有点兴奋地说，嘿，我也是1976年冬季的，咱们是一批兵啊！

我喉咙里咽了口唾沫，想了想还是把话说出来，我这个兵和你们可能有点不一样。

他瞪起眼睛问，不都是应征入伍吗，怎么不一样？

我说，我当时当的是森警。

他说，森警不是武警的一个警种吗？

我说，那个时候武警还没恢复，森警还是林业企业管理的警察。

这位机关的同志像发现了重大情况，脚步停下来盯着我问，你把我说糊涂了，到底是怎么回事？

我说，别着急，咱们还是走着说。

我告诉他，我当森警时是补充林区职工自然减员，换句话说，就是顶替某一个或者退休或者死亡的林业职工的编制指标。我说，你要是能看到我的档案，就能看到那张表，内蒙古大兴安岭劳资处的大印是决定我命运的一个关键。所以，你们都是应征入伍，而我是被招工。

那同志说，哦，你原来是林业工人呐？那怎么又成了现役军人了呢？

我也盯着他看，我说，你是上边来审查我的？

别误会，他说，你的经历有点意思。

嘿，我说，还有有意思的事呢。

噢？说说看。他表现出了兴趣。

我说，你知道我转现役是哪个机关批准的吗？

他说，转现役当然是兵役机关了，你是哪个机关批的？

我说，是内蒙古自治区林业厅。

这老兄脚步一下子停下来，眼睛瞪得像个玻璃球，说，跟我开玩笑呢，我可是老总部机关的。

我说，你老总部也是不了解森警，我怎敢跟您开玩笑，我管过干部档案(但是从没有起过更改出生年龄之心，虽然我的“57”或“五七”尾数改成“9”或“九”是轻而易举的事，而据说很多很多的官场之人却是费尽心机求爷爷拜奶奶地做这件事！)，见过我们转现役的表，批准机关一栏盖的就是内蒙古自治区林业厅的印章，只是写了根据国务院中央军委第多少号文件，准予转为现役的一行字。

乖乖，还有这类事！这老兄捋捋头发说，哎，你身上还有什么奇事？

我说，也不能算奇事，只是有点少见为怪吧，我提拔正团职的命令也是内蒙古林业厅盖的大印。

乖乖，在解放军提拔正团职可是大军区的权限呐，你这林业厅批的算数吗？

我说，也是有授权的啊。

乖乖，在你身上还有什么新鲜事？

我说，我的副师职务是国家林业部下的通知，那时森警干部的管理权限归属林业部，那一纸批文的复印件还在我手里。

乖乖，这位总部来的同志无可奈何地只会说“乖乖”了，你老兄原来是整个一个穿着现役外衣的地方干部啊，居然还当到了将军，真是不可思议！

我说，那得感谢国务院中央军委把森警部队转隶到武警，使我们这些为数不多的老森警管理权限最终归属到了中央军委。

这一晚的散步竟成了森警史的汇报，成了个人成长史的写实。

到这个新的单位后，每当有上级工作组来，我们的领导总是把在座各位的现任职务和之前是哪一个单位的介绍一番。一是借此机会让上级领导更多地了解下级的情况，二是让在座的被介绍者抓住机会被上级领导所熟悉，三是多一些话题，使这种场面更有热烈一些的氛围。实际上，这一看似很随意的介绍，是有意与无意间把每一个被介绍者的前世今生和盘托出了。这时，被介绍者绝大多数要么是来自这个机关的要么是来自那个机关的，再之前他们又是哪个军哪个师的，提到某某某人相互都很熟悉，于是他们之间就有很多的话题被勾起来，气氛立马就热络起来。而当介绍到我时，说是来自森警。森警？几乎所有的领导眼神里都现出诧异，那你森警之前是哪个部队的？——每一拨领导都要这么追问上一句。

我说我一直就是森警，是老森警。

“一直就是老森警”这句话相当于当众打开我仕途背景的天窗，在场的人几乎都掂量出了我的分量。

有的领导听了介绍感慨又随意地说，哦，老林子里出来的，不容易，不容易。也有的不经意间送给我一个睥睨的眼神后就不再看到我，像是我不存在了一样。甚至和我碰酒，酒杯也在似碰与非碰之间，只是象征性地递过酒杯来，眼睛并没有看着我。

起初，遇到这种情况，我很有些尴尬很有些落寞。时间久了，这种情况遇到的多了，也就慢慢地释然了。

大家说笑着的时候，我也是一脸的春风。心，在千里之外的老林子里。

2015年5月12日于天津

一声“新兵”把我叫回到了三十多年前。我定睛看看他们，一个个我都认得出，可是个个都已经苍老了，英姿勃发的青春已经不在，他们都该是花甲的年龄。

那是一个阳光照耀人心的午后。

那是一个酒不醉人人自醉的午后。

音容记得与否无所谓，只要记得那次抬担架的经历，我们就是至亲的战友。他们几位并没有计较我对他们的生疏，一听到我说记得抬担架的事，立刻把手伸过来，有劲儿，亲热！

相逢的快乐

相逢老友是值得期待的事，老友相逢是令人欣喜的事。

相信《相逢是一首歌》的词曲一定是作者在浓浓的亲情或友情的浸泡中，熏熏然挥笔而成的。歌唱家唱得也好，曼妙悠扬，情深意长。我生来五音不全，不会唱歌，可是每当听到这首歌时，就会从心底里涌出一种“新友恨见晚，老友惊相逢”的喜悦与陶醉。

一次休假的机会，在我回到牙克石林区故地重游之时，我就彻彻底底地浸泡在了与老战友们相逢的快乐之中了。

回乡遇旧友，似乎是常理之事，然而这常理于我却是难得。我离乡三十年，虽然此间也曾多次回去省亲，却因有公务在身，每次都是来去匆匆，加上老战友们又分散在各地，与他们相见相聚就成了一种奢望。感谢组织把我调整到了一所院校，虽是做行政的工作，却也可以与师生们一道享受寒暑假的待遇。近四十年戎马倥偬，不期然竟可以有大把的自己可以支配的休闲时间，调节身心，放松自我，这是过去做梦都不敢想的，真是幸哉乐哉。

假期甫一开始，我就急切地踏上了北去的列车。回牙克石林区去！回我的故乡去！去与亲人团聚！去与老战友们相聚！

亲人们是一定能够见到的，可是我能够和那些老战友们相见相聚吗？我心有忐忑。掐指算起来，一晃三十四五年，我和他们分别得太久太久了。旅途中，我一路上想，相思易，相见难，见一两个人易，和诸多的老战友们聚在一起谈何易。

我所说的老战友，其实都是长我四五岁，甚至七八岁“班长”辈的老森警。我1976年底参加森警部队，被分配到大兴安岭北麓的得耳布尔森警中队。除了我们四个新兵之外，大多是1971年入伍的森警，当然还有几位比他们更老的老森警——有抗战的老八路、解放战争的解放军和抗美援朝的志愿军，他们都是担负了一定职务的森警部队的创建人。因为1971年入伍的森警们和我们年龄上比较接近的原因，也因为他们多数人和我们一样当着普通警士的原因，我们很快就熟稔起来。他们人人嘴上都响亮亮地喊我们“新兵”，呼来唤去，因为他们在当了五六年的“新兵”之后，终于有了比他们兵龄短、资历浅的人来垫底了。当他们呼我们“新兵”的时候，我看到了他们从心底里洋溢到眼角眉梢的自豪与骄傲。

我当森警的时候，是职业制。森警是隶属于林业企业的一支以护林防火、维护林区社会治安、防奸反特为主要任务的森林警察部队。当森警的第一天就挣工资，穿上绿下蓝四个兜的警察服，一人一匹马，一人一杆枪，是地地道道的老森警。那时候，部队好几年才招一次兵，所以1971年当森警的，干了好几年，还是被更老的森警们唤作“新兵”。那个时候大家几乎没有等级观念，老兵也好，新兵也罢，喊在嘴上而已。衣食住行，都是打成一片，不分彼此。在穿上，都是一样的衣服，个头差不多的可以混着穿，有的老兵下山相对象，就把新兵的衣服要过来，用装满开水的搪瓷缸子当熨斗，把警服熨的板板正正地穿到身上。在吃上，那时是吃“大伙”，一个锅里搅勺子，月底统一算账，平均摊钱。在住上，我们的外站是一间屋子两铺炕，褥子边上顺着枪，枕头下面压着钱，谁也不防备谁，到了晚上，咬牙放屁打呼噜说梦话，随便得很，谁也不忌讳谁。在行上，刚才说了，那是一人一匹马，快的慢一点，慢的快一点，一溜烟儿地跑。

这种新老兵的关系好吧？密切吧？我曾向现在的一些新老兵们讲述过那时的情景，他们瞪大了眼睛，觉得不可思议。可是，我告诉他们，还有更令你们羡慕嫉妒的呢！老兵们对我们“新兵”长、“新兵”短地呼来唤去，并不是把我们当成小指使为他们搞服务，而是无微不至地尽着老兵对新兵的引领之责、爱护之责、兄长之责。

“新兵！”是叫作刘贵海的老兵冲着我叫，“把你的‘青杆子’牵过来，我帮你遛遛！”我这个连马鼻子都没摸过的新兵要想驾驭一匹昂首挺胸不停地打着鼻响的高头大马，真是望而生畏。我刚到外站的头些天，老兵们就都向刘贵海一样，主动教我怎样备鞍子怎样骑马。

骑马出行是经常的事，可是每一次都是老兵一前一后把我们新兵夹在中间，为的是我们的安全。

每一次打马草都有老兵接我的趟子，每一次砸刀，都被老兵们抢过去替我砸……

“战友、战友亲如兄弟”，每当我听到这首歌，都会情不自禁地想起我初入森警时的那些老战友。世事沧桑，物换星移，这些年来我忽而华北，忽而东北，忽而西北，整个是一个漂泊者，而老战友们也都在转业后各奔了他乡，相见不易，相聚难啊！

然而，只要有情，纵是相别多年也相思；只要有缘，纵是相隔千里也相会。

真要相信情缘！我到家的第二天中午，刚吃罢午饭，手机就响了，是我同批战友胡忠打来的，他喊着我的名字说：“我是胡忠，你在哪儿呢？”

我说：“你是属曹操的，我正在想你呢，你在牙克石吗？”

“在呀，我不在牙克石能去哪儿？”

“那我就在你身边！”

“瞎说！”对方不信，“真的？假的？”

我说：“你说个地方，我一会儿就能到。”

电话那头停顿了一下，里面有嘈杂的声音。胡忠又喊我的名字，“喂，你才真是属曹操的，现在就过来吧！”他说了一个地方。

牙克石地方小，打车没几分钟就到了城南一道街的一个大烟囱下。还未下车就见到胡忠还有当年的小队长刘立建在路边上等着我。

我推开车门惊喜地抓住他的手：“立建，你也在？”

胡忠在一边说：“还有更多的人在等你呢！”

我跟着他们走进一家低矮的平房，一进院子，门里涌出五六个人，定睛一看，“哇！”都是我班长辈的老战友！

立建说：“给你惊喜了吧？是建军的孩子要结婚，老战友们山南海北地凑到一块儿了，刚端起酒杯就念叨起你，没想到你还真不抗念叨。”

敖文还是那样壮实，还是那样的大嗓门只是头发都已经白了。他伸手在我肩上擂了一拳，说：“嘿，新兵！”

一声“新兵”把我叫回到了三十多年前。我定睛看看他们，一个个我都认得出，可是个个都已经苍老了，英姿勃发的青春已经不在，他们都该是花甲的年龄。

他们团团地围着我。马福田说，当年的新兵也老了。刘立建说，是啊，也这么多白头发了。肖喜民说，怎么背也驼了。黑黑瘦瘦的刘建军还是话那么少，我看他嘿嘿地笑着，嘴里门牙却没了。

说了半天的话，我还没有走进屋子，而是被他们围在了七嘴八舌的问候与慨叹中，围在了多年不见一朝相逢的惊喜中，围在了那种浓得化不开的战友情谊中。

与老战友们相逢相聚是我多少年的期盼，更是我此次故乡之行的一个沉沉的心愿。但我知道，人间的相逢之事原本是可遇不可求的。可是怎么也没想到，在我回乡的第二天就能如愿以偿，而且是多个战友的相聚，而且是以这样一个喜庆的契机。

大家团团围坐在建军家简易的饭桌前，嬉笑着，回忆着，吵嚷着，把小杯换成了大杯，把半杯倒成了满杯，把往事搅拌在了菜肴里，把情谊溶入了酒水中。老战友们相逢的愉悦就在这个小小的老旧的平房里氤氲弥漫开来。和老哥们碰着杯，我不由得想起了《楚辞》中的那句诗："悲莫悲兮生离别，乐莫乐兮新相知。"其实，结识新的相知固然值得庆幸，可是和这些三十多年前就相知、相依、携手走过一段难忘青春岁月的老战友们，在三十多年后、在雪染两鬓的花甲左右年纪相逢相聚，不是比与新朋友的相遇相识更加快乐吗？

那是一个阳光照耀人心的午后。

那是一个酒不醉人人自醉的午后。

如果说这一次与班长辈的老战友们相聚是一次期待中的相逢，情缘早已注入在里面了。而在三天之后，在我专程拜访了尚留在得耳布尔的三位老战友之后，在莫尔道嘎与四位1980年入伍的"新兵"相遇，却是我做梦都想不到的一次意外惊喜。

那是八一建军节的这一天，在我沿着奇（奇乾）莫（莫尔道嘎）线——那是一条洒满老森警足迹的一片山、一条路——巡游了一天之后，夜幕降临的时候，森警大队的教导员说要陪我转一转林业局的文化广场。镇子里人口并不多，白天里看不见多少人，没想到到了晚上，这广场上却满是休闲的人群。各种造型的雕塑被灯光映照的神韵灵动，音乐喷泉浪花飞天，周边的建筑霓虹闪烁，合唱的人群歌声嘹亮，秧歌舞彩绸飘扬。我对教导员说："我1976年在这里参加新兵训练，那时的莫尔道嘎和今天的莫尔道嘎是两个世界两个天地了。"我正感慨着，突然听到有人在我耳边叫"王干事"。我并没有在意，这人又叫了一遍，还过来拉了我袖子。我停下脚步，定睛看对面的几个人，好像并不认识。那个拉我袖子的高个子对我说："你是王干事吗？""啊，啊，你们是？"我有些懵懂。"王干事"，是我三十岁之前的一段职务称谓，实话说，随着工作的变动，我对"王干事"这个称谓已经很久很久没有听到了。高个子对着他的另外三个同伴说："没错，就是王干事！"这时，我突然意识到，一定是遇到老战友了，知道我这个称谓的至少也是1985 年以前的森警兵！

我打量着他们说："这么说咱们一定是老战友了？"

另一位体态有些发福的中年人说："还真是王干事，我们哥几个跟着你有一段了，在广场边上就看着是你，可分别这么多年，一下子有些不敢认。”另一位稍瘦小的说：“你还记得当年在满归伊克萨玛往山下抬病号的事吗？”

“那怎么不记得，记得！记得！”我的记忆一下子被调动出来了。

那是再过多少年也不会忘记的一次经历。1980年的春季防火期里，机关安排我到满归森警大队伊克萨玛中队蹲点。去了没几天，有一个叫张振国的新兵突然发烧，中队里仅有的一点感冒药，吃了也不见疗效。大家就到激流河的阴坡边上找来冰块给他冷敷，也仍不见好转，而且越发烧得糊涂了。中队领导决定把他抬下山送到满归镇里去治疗。

伊克萨玛到满归连便道都没有，既要翻山穿密林又要过河趟急流，四十多公里的距离，我和一个中队干部以及十来名战士，深一脚浅一脚地轮换着抬担架，轮换着砍树枝开路影，人人都汗流浃背，人人的肩膀都压出了“小馒头”，鞋子里灌满了泥水，衣服刮出了口子，手脸划出了血。从早晨六点半出发到大队部的车在山边路口接上我们，整整走了十一个小时。张振国终于转危为安。那一路，大家都相互激励着，相互搀扶着，战友的情义就围绕着这个担架得到了凝聚，得到了升华。当时有人说，咱们抬着担架走这没有路的路和红军长征也没啥区别。也有人说，今后咱这十几个人无论走到哪，都得常联系，到老了聚到一块再回忆回忆这事肯定有意思。话是这样说了，可我和他们山下一别却再未相见，后来辗转的听到一些人说那些抬担架的战士们经常讲那件事，而且也都讲到了“王干事”。我每每听了都心生感动。他们是把我当成了同生死的战友，当成了共克艰的兄弟。

音容记得与否无所谓，只要记得那次抬担架的经历，我们就是至亲的战友。他们几位并没有计较我对他们的生疏，一听到我说记得抬担架的事，立刻把手伸过来，有劲儿，亲热！我提议第二天早晨一起到森警大队聚餐，找找回家的感觉。教导员热情周到，一大早，炒菜、炖菜、馒头、饺子、啤酒、蓝莓酒就摆满了桌子。四位1980年的“新兵”，武国良、徐占鹏在莫尔道嘎当地工作，他俩是老森警的后代，说起他们父亲的名字，我充满了对老一代创业者的敬意；另两位叫倪志平和解天军，在呼和浩特发展，事业很有成就。浊酒一壶喜相逢，当年艰险事，都付回忆中。彼时的苦化作了今日的甜，彼时的携手化作了日后的情牵。按说早晨是不应该喝酒的，大家却都主动端起了酒杯，为三十多年后意外的相逢干杯，为八一建军节的相逢干杯，为我们争分夺秒共赴艰险抢救了战友的生命干杯！

“相逢不必忙归去。”尽管我在北京出发前就预订了返程票，可我还是把票退掉了，把行程推迟了。我还要参加建军孩子的婚礼，我还要和老战友们再聚一聚。有战友在席间问，什么时候回呢？我笑笑说，古人不是说了吗？“相逢何必问归期”。那几天里我总是在想，我看重老战友们的重逢，在意的不仅仅是老熟人的相见，表达的不仅仅是青春不再的唏嘘，更不是富贵与贫贱的比对，而是情与情的相遇，心与心的相牵，是对当年真情纯情挚情的缅怀与思念，是对当下与未来人与人纯洁关系的期盼。

我会怀念这一次牙克石林区之旅的，因为那是透进生命的一段快乐。

2013年8月19日于北京